Arielle Queen
Bunker 55

Du même auteur

Dans la même série
Arielle Queen, La société secrète des alters, roman jeunesse, 2007
Arielle Queen, Premier voyage vers l'Helheim, roman jeunesse, 2007
Arielle Queen, La riposte des elfes noirs, roman jeunesse, 2007
Arielle Queen, La nuit des reines, roman jeunesse, 2007

Romans
L'Ancienne Famille, éditions Les Six Brumes, collection Nova, 2007
Samuel de la chasse-galerie, roman jeunesse, éditions Médiaspaul, collection Jeunesse-plus, 2006

Nouvelles
Le Sang noir, nouvelle, revue *Solaris* n° 161, 2007
Menvatt Blues, nouvelle, revue *Solaris* n° 156, 2005
Futurman, nouvelle, revue *Galaxies* n° 37, 2005
Porte ouverte sur Methlande, nouvelle, revue *Solaris* n° 150, 2004
Les Parchemins, nouvelle, revue *Solaris* n° 147, 2003

ARIELLE QUEEN

BUNKER 55

Michel J. Lévesque

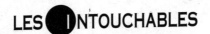
LES INTOUCHABLES

Les Éditions des Intouchables bénéficient du soutien financier de la SODEC et du Programme de crédits d'impôt du gouvernement du Québec.

Nous remercions le Conseil des Arts du Canada de l'aide accordée à notre programme de publication.

Nous reconnaissons l'aide financière du gouvernement du Canada par l'entremise du Programme d'aide au développement de l'industrie de l'édition (PADIÉ) pour nos activités d'édition.

LES ÉDITIONS DES INTOUCHABLES
4701, rue Saint-Denis
Montréal, Québec
H2J 2L5
Téléphone : 514 526-0770
Télécopieur : 514 529-7780
www.lesintouchables.com

DISTRIBUTION : PROLOGUE
1650, boulevard Lionel-Bertrand
Boisbriand, Québec
J7H 1N7
Téléphone : 450 434-0306
Télécopieur : 450 434-2627

Impression : Transcontinental
Photographie de l'auteur : Pierre Parent
Illustration de la couverture : Boris Stoilov
Conception du logo et de la couverture : Geneviève Nadeau
Infographie : Geneviève Nadeau

Dépôt légal : 2008
Bibliothèque et Archives nationales du Québec
Bibliothèque nationale du Canada

ISBN : 978-2-89549-306-8

Pour Stéphane « Nosh » Hénault,
qui est à la fois mon vieux chum
et mon meilleur ami.

« Nous assistons à l'une des plus grandes transformations de l'histoire, à tel point que nous avons quelque peine à mesurer l'ampleur de la révolution qui est en train de s'accomplir. Il ne s'agit pas seulement d'un changement de régime politique, ni même d'une révision de l'importance relative des puissances, c'est un âge nouveau de l'humanité qui naît sous nos yeux, avec des méthodes nouvelles de production, une structure sociale renouvelée, des mœurs différentes, une morale à réviser. »

– André Siegfried,
de l'Académie française.
Préface de *L'Année politique*, 1945

Bam, bam, baba bam, bam
Baba bam, bam, baba bam, bam…

Feel the love generation!
Yeah, yeah, yeah, yeah!
Feel the looooove generation!
C'mon c'mon c'mon c'mon yeah!

– Bob Sinclar, *Love Generation*

PAROLES D'ABSALONA, LADY DE NORDLAND, PRONONCÉES EN L'AN DE GRÂCE 2037 DEVANT UNE ASSEMBLÉE DE JEUNES LÉGIONNAIRES ICELANDER, À L'ACADÉMIE MILITAIRE DE RINGHORN :

« Au début du XXIe siècle, dans le royaume de Midgard, il n'existait qu'une version partielle du *Livre d'Amon*, l'ouvrage sacré des elfes de lumière. Le premier exemplaire complet du document, incluant le verset manquant intitulé *Révélation*, a été découvert en Bretagne, le 23 novembre 2008, lors de l'invasion de la fosse nécrophage d'Orfraie par les forces armées humaines. Le texte était rédigé en *futhark* norvégien, une ancienne écriture rudimentaire qu'on appelait aussi « runes ». Les experts en alphabet runique des gouvernements de l'époque produisirent cette traduction, qui demeure, encore aujourd'hui, l'unique version officielle. »

« Moi, Amon, descendant d'Idunn et Bragi, affirme avoir visité pendant mes voyages les neuf citadelles des neuf royaumes. C'était à l'époque où les murailles et les frontières étaient encore indissociables ; elles se croisaient et s'entrelaçaient comme des rubans, afin de protéger l'écorce et la chair tendre d'Ygdrasil, l'arbre de vie et l'axe du monde. En quittant mon roi et mes frères d'Alfaheim, je me suis rendu à Muspelheim, royaume de la lumière et de la chaleur, pour y saluer le géant Surt. À Niflheim, royaume de la brume, j'ai ensuite salué Nidhug, l'Amer-Rongeur. À Helheim, le royaume des morts, j'ai salué Loki et Hel. À Jotunheim, royaume des géants, j'ai salué les colosses de la montagne ainsi que les invincibles Thurses. À Asaheim, royaume des dieux Ases, j'ai salué Odin et Thor. À Vanaheim, royaume des dieux Vanes, j'ai salué Hoenir. À Svartalfaheim, royaume des elfes noirs, j'ai salué Mastersylf et son fils, Ivaldor. À Mannaheim, royaume des hommes, où je me suis enfin arrêté et reposé, j'ai salué les descendants d'Ask et d'Embla. Je me suis installé près d'un feu et leur ai raconté ma vision, celle que Skuld, la Norne du futur, m'a transmise en songe pour eux : "C'est pour l'amour d'une femme que Loki mettra en danger l'équilibre de l'univers, les ai-je prévenus. D'ici peu, le dieu du mal fera un choix : il choisira d'aimer son amante, Angerboda, et les enfants qu'elle lui a

DONNÉS, PLUTÔT QUE SIGYN, SA FEMME LÉGITIME, ET LEURS DEUX FILS : NARI ET VALI. DEPUIS QU'ANGERBODA A ÉTÉ CHASSÉE DE NIFLHEIM PAR TYR ET QU'ELLE S'EST RÉFUGIÉE AUPRÈS DE LOKI, LE ROYAUME DES MORTS PORTE UN NOUVEAU NOM : CELUI DE HELHEIM, EN L'HONNEUR DE HEL, LA FILLE CHÉRIE D'ANGERBODA ET DE LOKI. CE DÉSAVEU DE LOKI ENVERS SA FEMME NE SERA PAS LE DERNIER. LA NORNE DU FUTUR A ÉTÉ CLAIRE À CE SUJET : EN PLUS DE TRAHIR SA FEMME, LE DIEU MAUDIT SE FERA COMPLICE DE SON AMANTE ET LAISSERA ASSASSINER SES DEUX FILS LÉGITIMES, NARI ET VALI, PENDANT LEUR SOMMEIL. LE JOUR SUIVANT, SIGYN VOUDRA CONSTATER DE SES YEUX LA MORT DE SES DEUX FILS, MAIS LES ENFANTS MÂLES D'ANGERBODA, JÖRMUNGAND-SHOKK, DIT LE SERPENT DE MIDGARD, ET FENRIR, DIT LE LOUP, L'EN EMPÊCHERONT. IL Y AURA UN AFFRONTEMENT ET SIGYN SERA MORTELLEMENT BLESSÉE PAR JÖRMUNGAND ET FENRIR. AVANT DE MOURIR, SIGYN JETTERA UNE MALÉDICTION SUR ANGERBODA ET SES FILS : "QUE MON VOYAGE VERS LE NÉANT ÉTERNEL VOUS ENTRAÎNE VERS LA DOULEUR DES MORTELS. PUTAIN, BÂTARDS, JAMAIS PLUS VOUS NE REVERREZ LE MONDE DES DIEUX !" ANGERBODA, L'AMANTE DE LOKI, ET SES DEUX FILS SERONT ALORS CHASSÉS DE L'HELHEIM ET N'Y REPARAÎTRONT PLUS JAMAIS. LOKI ET HEL RECHERCHERONT PENDANT LONGTEMPS LES MEMBRES DE LEUR MONSTRUEUSE FAMILLE, MAIS COMPRENDRONT UN JOUR QUE CEUX-CI ONT ÉTÉ BANNIS DU MONDE DES DIEUX, EXILÉS DANS UN ROYAUME AUQUEL LOKI LUI-MÊME N'A PAS ACCÈS : MANNAHEIM, LE ROYAUME

PROTÉGÉ DES HOMMES, LES CRÉATURES FAVORITES DU DIEU THOR. DÉSESPÉRÉS, LOKI ET HEL IRONT JUSQU'À REQUÉRIR SECRÈTEMENT L'ASSISTANCE DES ELFES NOIRS EMPRISONNÉS DANS L'ALFAHEIM. EN ÉCHANGE DE LEUR LIBERTÉ, LES ELFES PROMETTRONT DE RETROUVER ANGERBODA ET SES DEUX FILS. SATISFAITS DE CETTE ENTENTE, LOKI ET HEL AIDERONT LES SYLPHORS À S'ÉCHAPPER DE LEURS PRISONS, CE QUI PROVOQUERA LA BATAILLE DU THING, UN VIOLENT COMBAT ENTRE LES PEUPLES DE L'OMBRE ET CEUX DE LA LUMIÈRE, QUI SE CONCLURA PAR LA TRISTE MORT DE BALDER, LE JEUNE FRÈRE DE THOR. LES ELFES NOIRS SORTIRONT VICTORIEUX DE CET AFFRONTEMENT, ET LOKI, SOULAGÉ, SE HÂTERA DE LES ENVOYER SUR LA TERRE POUR FAIRE CONTREPOIDS AUX PREMIERS HUMAINS ENVOYÉS LÀ-BAS PAR ODIN. MENÉS PAR IVALDOR, LES ELFES NOIRS AFFRONTERONT LE PEUPLE DES HOMMES QUI SOUHAITERA CHASSER LES DÉMONS DE SON ROYAUME. LE SOUVERAIN DE MANNAHEIM, MARKHOMER, S'OPPOSERA AUX ENVAHISSEURS, MAIS SON ARMÉE DE MORTELS CAPITULERA APRÈS NEUF CENTS JOURS DE COMBATS ACHARNÉS. AVANT D'ÊTRE FAIT PRISONNIER, MARKHOMER TROUVERA UN MOYEN DE PERCER LA PUISSANTE ARMURE D'IVALDOR, FORGÉE PAR LA GÉANTE GUNLAD, ET BLESSERA MORTELLEMENT SON ENNEMI. AFIN DE VENGER LA MORT DE LEUR CHEF, LES ELFES TORTURERONT MARKHOMER PENDANT UNE LUNAISON, AVANT DE L'HUMILIER ET DE LE METTRE À MORT DEVANT SON PROPRE PEUPLE. À MIDGARD, L'ÉTENDARD DES HOMMES SERA REMPLACÉ PAR CELUI DES SVART

ALFES. UNE FOIS LE ROI MARKHOMER TUÉ ET SON JEUNE FILS KALEV EXILÉ, LOKI EXIGERA DES ELFES NOIRS QU'ILS SE METTENT À LA RECHERCHE D'ANGERBODA ET DE SES DEUX ENFANTS, TEL QUE CONVENU. MAIS AU LIEU D'OBÉIR À LOKI, LES ELFES SE REBELLERONT CONTRE LEUR MAÎTRE. IVALDOR AYANT ÉTÉ TUÉ, IL SERA REMPLACÉ PAR SON FILS AÎNÉ, ITHRAL, QUI REVÊTIRA L'ARMURE HAMINGJAR ET PRENDRA LA TÊTE DES SYLPHORS. FORTS DE LEUR VICTOIRE À MIDGARD, ITHRAL ET SES ELFES MENACERONT D'EXTERMINER LES DERNIERS HOMMES, PUIS D'ENVAHIR L'HELHEIM ET LES AUTRES ROYAUMES. NE POUVANT PLUS CONTRÔLER LEURS CRÉATURES, LOKI ET HEL SUPPLIERONT ODIN DE LES AIDER À ANÉANTIR LES ELFES NOIRS. ODIN ACCEPTERA, NON SANS REPROCHER AUX DEUX DIVINITÉS LEUR IMPRUDENCE, ET LÈVERA UNE ARMÉE DE NOUVEAUX SERVITEURS QUI SERA CHARGÉE DE TRAQUER ET D'ÉLIMINER LES ELFES RENÉGATS. POUR CELA, ODIN ÉVEILLERA LA PART D'OMBRE EXISTANT CHEZ CERTAINES DE SES CRÉATURES MORTELLES ET CRÉERA AINSI UNE NOUVELLE RACE DE DÉMONS-GUERRIERS QUE L'ON DÉSIGNERA SOUS LE NOM D'ALTERS NOCTA. CES NOUVEAUX DÉMONS SERONT PRÊTÉS À LOKI, AFIN DE LUI PERMETTRE D'ÉRADIQUER LA MENACE SYLPHOR. POUR ÉVITER QUE CES NOUVEAUX ENVOYÉS, À L'INSTAR DES ELFES NOIRS, SE RÉVOLTENT À LEUR TOUR, ODIN EXIGERA DE LOKI QU'IL TROUVE UN MOYEN D'ANNIHILER RAPIDEMENT LES ALTERS EN CAS DE RÉBELLION. LOKI FORGERA LUI-MÊME DEUX MÉDAILLONS MAGIQUES QUI, UNE FOIS RÉUNIS, ENGENDRERONT LA DESTRUCTION TOTALE

DES ALTERS. IL CONFIERA LES MÉDAILLONS À UN GROUPE D'ADORATEURS HUMAINS, DE FIDÈLES SERVITEURS QUI N'HÉSITERONT PAS À RÉUNIR LES DEUX BIJOUX LE JOUR OÙ LOKI LEUR EN DONNERA L'ORDRE. MAIS LOKI, EN DIEU FOURBE QU'IL EST, NE DONNERA JAMAIS CET ORDRE, CAR IL PROMETTRA SECRÈTEMENT AUX GÉNÉRAUX ALTERS DE LEUR LÉGUER MANNAHEIM, LE ROYAUME DES HOMMES, LE JOUR OÙ ILS RÉUSSIRONT À ÉLIMINER LES ELFES NOIRS ET À RÉDUIRE L'HUMANITÉ EN ESCLAVAGE. LES ADORATEURS DE LOKI DEMEURERONT EN POSSESSION DES MÉDAILLONS JUSQU'À CE QU'UN CHASSEUR DE DÉMONS, PROTÉGÉ PAR LE DIEU THOR, PARVIENNE À S'EMPARER DES PRÉCIEUX PENDENTIFS LORS D'UNE ATTAQUE DES SIENS. LE CHASSEUR ET LES BIJOUX DISPARAÎTRONT ALORS POUR NE RÉAPPARAÎTRE QUE BEAUCOUP PLUS TARD, DANS UN PAYS ÉTRANGER. LE CHASSEUR REMETTRA LES MÉDAILLONS À DEUX ÉLUS CHARGÉS DE LES RÉUNIR LE JOUR OÙ LES ALTERS ANÉANTIRONT ENFIN LES DERNIERS ELFES RENÉGATS. LES ALTERS NOCTA DISPARAÎTRONT ALORS DE MIDGARD, LE ROYAUME TERRESTRE, APRÈS LEUR VICTOIRE SUR LES ELFES SYLPHORS, CAR LES MÉDAILLONS DEMI-LUNE FORMERONT DE NOUVEAU UN CERCLE PARFAIT. SE PRODUIRA ALORS LE *DOSSEMO HAGMA*, LE VOYAGE DES HUIT. LE ROYAUME DES MORTS ACCUEILLERA DANS SA CITADELLE LES HUIT CHAMPIONS QUI AURONT LIBÉRÉ MIDGARD DE SES ENNEMIS. ENSEMBLE, ILS COMBATTRONT LES TÉNÈBRES ET VAINCRONT. HEL SERA CHASSÉE DE SON ROYAUME. LA DÉESSE VERSERA TANT DE LARMES DE COLÈRE ET DE HONTE

QUE DISPARAÎTRONT LES NEIGES ÉTERNELLES QUI RECOUVRENT LES PLAINES ANCIENNEMENT VERDOYANTES DE L'HELHEIM. CE JOUR VERRA LA FIN DE LA PRISON DU GALARIF ET L'ENVOL DES ÂMES LIBÉRÉES VERS LE VALHALLA, MAIS AUSSI L'AVÈNEMENT DE LA LUNE NOIRE ET LA DISPARITION DU SOLEIL DE MIDGARD.

ANGERBODA ET SES DEUX FILS SERONT RETROUVÉS LORSQUE SURVIENDRA LA RÉVÉLATION DU TRAÎTRE, QUI APPARAÎTRA AUX YEUX DE TOUS LE JOUR OÙ URIS L'OCCULTEUR SERA ENFIN ÉLIMINÉ. LES FORCES DE L'OMBRE SE JOINDRONT ALORS À L'ELFE DE FER, LE PREMIER ET LE DERNIER ELFE À FOULER LE SOL DE MIDGARD. L'ENCLOS HUMAIN SERA DIVISÉ EN DIX-NEUF TERRITOIRES OÙ RÉGNERONT TERREUR ET CRUAUTÉ. AINSI SERONT-ILS DÉSIGNÉS: FEHLAND, URLAND, THURSLAND, OSSLAND, REIDHLAND, KAUNLAND, GIPTLAND, VENDLAND, HAGALLAND, NAUDHRLAND, ISSLAND, ARLAND, YORLAND, PEORDLAND, ALGIZLAND, SUNLAND, TYRLAND, BJARKANLAND ET IORLAND.

VAUTOURS, PANTHÈRES ET LOUPS PROTÉGERONT DE LA PLÈBE HUMAINE LES DIX-NEUF SŒURS SOUVERAINES QUI GOUVERNERONT CES TERRITOIRES. MAIS UN JOUR, LES SAUVEURS REVENUS DE L'HELHEIM LIBÉRERONT LES HOMMES DU JOUG DES TYRANS. LE PRINCE EN EXIL VAINCRA ALORS L'USURPATEUR ET REPRENDRA SES DROITS SUR LE ROYAUME. IL OCCUPERA ENFIN LE TRÔNE DE SON PÈRE ET ENTREPRENDRA SON RÈGNE SUR

MIDGARD APRÈS QUE LA LUNE AIT DE NOUVEAU FAIT PLACE AU SOLEIL DANS LE CIEL. LA VICTOIRE DES FORCES DE LA LUMIÈRE SERA TOTALE APRÈS LE PASSAGE DES TROIS SACRIFIÉS, LORSQUE LES DEUX ÉLUS NE FERONT PLUS QU'UN. LE PAPILLON QUITTERA ALORS SA CHRYSALIDE, DÉPLOIERA SES AILES ET PRENDRA SON ENVOL. ON SUIVRA SON VOYAGE TRANQUILLE À TRAVERS TOUT LE ROYAUME. ACCOMPAGNÉ D'ODHAL, IL GUIDERA LES HOMMES VERS LE SANCTUAIRE LÉGUÉ PAR LES DIEUX, LÀ OÙ CHAQUE QUESTION TROUVERA ENFIN SA RÉPONSE." »

1

*La jeune fille secoue vigoureu-
sement la tête en espérant que
cela l'aidera à s'éveiller.*

Une main se pose sur son bras. Arielle prend une profonde inspiration et ouvre lentement les yeux. Sa tête est posée sur un oreiller humide, et ses tempes lui font mal. Une couche de sueur froide recouvre son visage et son cou. Ses cheveux sont mouillés et des mèches rousses lui collent au visage; le vêtement qu'elle porte, trempé, est plaqué contre sa peau. Elle a eu une poussée de fièvre pendant son sommeil, mais maintenant la fièvre semble être tombée. Elle est encore étourdie, mais la température de son corps a diminué. Arielle voudrait que Noah et Brutal soient là, avec elle. Elle essaie de s'imaginer les traits de Noah, toutefois ce sont ceux de Razan qui prennent forme dans son esprit. Les deux garçons ont un visage semblable, mais leurs expressions sont différentes: les traits de Noah sont calmes et posés, et son regard dégage douceur et tendresse, contrairement à celui de Razan, dont l'œil malicieux exprime la fougue et la rudesse. Noah est le gentil, le sage qui réfléchit avant d'agir; quant à Razan, c'est la bête, le voyou, celui qui fonce tête baissée et qui ne craint rien ni personne, mais qui bien souvent doit payer le prix de sa témérité. Leurs baisers aussi sont différents: ceux de Noah sont doux et amoureux, tandis que ceux de Razan sont brusques et passionnés. Arielle se demande lequel des deux garçons lui manque le plus en moment. Elle ne saurait le dire.

— Hélène, vous m'entendez? demande une voix inconnue.

Arielle tourne la tête vers l'endroit d'où elle provient. Ses yeux rencontrent ceux de l'homme en sarrau blanc qui se tient debout près d'elle. Après avoir observé l'homme un moment, elle baisse les yeux et examine le lit sur lequel elle est étendue… et immobilisée. D'épaisses sangles de cuir passées à ses poignets, à sa taille ainsi qu'à ses chevilles la maintiennent solidement attachée au lit. *Un système de contention*, se souvient-elle. Ce n'est pas l'unique chose qui remonte à la surface. *Je me suis retrouvée ici, ficelée sur ce lit, après avoir quitté le garage du manoir Bombyx en compagnie de ma grand-mère Abigaël.* Avant son départ, elle se rappelle aussi avoir passé le médaillon demi-lune au cou de Razan, ce qui a provoqué le retour de Noah. Regrette-t-elle de l'avoir fait? S'en veut-elle d'avoir chassé Tom Razan pour libérer Noah Davidoff? *Razan! Toujours cet idiot de Razan!* râle-t-elle intérieurement. Elle en veut à l'alter d'occuper ainsi ses pensées. C'est Noah qui mérite toute son attention et toute son affection. Après tout, c'est lui, le second élu, non ? Non, pas si l'on en croit Razan. Mais comment se fier à ce que dit Razan ? C'est un démon ! Un vaurien d'alter !

– Vous avez soif, Hélène ? Vous voulez de l'eau ? lui demande l'homme en saisissant la carafe en plastique sur la table de chevet.

Cet homme est le docteur Stevenson, se rappelle Arielle, *celui qui affirme que je suis folle.* Elle se demande où sont les deux autres, la femme et l'homme, qui se prennent pour ses parents. Tout juste avant qu'elle ne perde connaissance, l'homme, Robert, lui a crié : « Arielle Queen n'a jamais existé, tu m'entends ?! JAMAIS ! » Selon le docteur Stevenson, la jeune Hélène Stewart souffre d'une maladie mentale, une forme de psychose qui lui fait perdre contact avec la réalité. C'est cette maladie qui a fait éclore chez Hélène une personnalité alternative qu'elle utilise comme mécanisme de défense. « Tu n'es pas Arielle Queen ! a prétendu Robert. Tu ne l'as jamais été ! Elle est le produit de ton imagination, vas-tu enfin le comprendre ?! »

Arielle Queen, une invention de mon cerveau malade ? songe la jeune fille. Elle n'en croit rien. Elle est plus que jamais convaincue qu'elle est bien la *vraie* Arielle Queen, et qu'elle le demeurera jusqu'à la fin de ses jours. *Hélène Stewart ? Connais pas !*

Arielle est sur le point de demander au docteur Stevenson de la libérer de ses sangles, mais elle se ravise, se souvenant de ce que le médecin lui a dit plus tôt : « La dernière fois que nous vous avons retiré ces sangles, mademoi-selle, vous vous êtes attaquée à votre père. Vous avez bien failli le tuer, vous vous en souvenez?»

Il refusera de me les enlever, se dit Arielle.

— Je m'adresse bien à Hélène Stewart? lui demande le docteur Stevenson.

Après avoir rempli un verre d'eau, le médecin repose la carafe. Il ouvre ensuite le tiroir de la table de chevet et en sort une paille, qu'il plonge dans le verre.

— Faux numéro, docteur, répond Arielle. Il n'y a aucune Hélène Stewart ici.

— Alors, qui est là?

— La fée Clochette.

Le docteur Stevenson se penche et approche le verre de la bouche d'Arielle.

— De l'eau? propose-t-il en orientant la paille vers les lèvres gercées de la jeune fille.

Arielle a soif, la fièvre l'a déshydratée. Elle s'empresse de tirer de l'eau dans la paille. Le liquide est tiède, mais lui fait quand même du bien. Une fois désaltérée, Arielle repose sa tête sur l'oreiller, sans remercier le médecin. Steven-son pose le verre sur la table, près de la carafe, puis tourne les talons et s'éloigne.

— Attendez, dit Arielle.

Stevenson s'arrête et fait demi-tour. Il incline la tête, l'air de dire: «Qu'est-ce que je peux faire pour vous?»

— Où sont les deux autres? lui demande Arielle.

— Qui? vos parents?

— Ce ne sont pas mes parents.

— Hélène, écoutez…

— Ma mère était une nécromancienne et mon père…

Arielle hésite un instant, puis continue :

— Enfin, je croyais que mon père était un elfe noir et qu'il était mort, mais apparemment, c'est un plutôt un dieu, et il est bien vivant. Le dieu du mal, vous connaissez ? Son nom est Loki.

Arielle admet que ces révélations peuvent paraître absurdes, mais il n'en reste pas moins que c'est la vérité. La seule et unique vérité.

— Vous prétendez que votre père est le dieu du mal, c'est bien ce que j'ai compris ?

Le ton du médecin n'a rien de sarcastique. Il ne se moque pas d'Arielle, au contraire : il considère ses affirmations avec le plus grand sérieux et souhaite de toute évidence qu'elle poursuive sur le sujet.

— Ça peut sembler ridicule, dit comme ça, mais je vous assure que c'est vrai. Et moi, comme je vous l'ai déjà mentionné, je suis une élue de la lignée des Queen. En fait, je suis l'une des deux élus de la prophétie, ceux qui devront un jour sauver le monde.

Stevenson hoche la tête, tout en continuant d'écouter Arielle avec le plus grand intérêt.

— Hmm… Je vois, finit-il par dire. On parle de lignée ici, mais on pourrait tout autant parler de maisonnée. Ça concorde.

Après un court silence, le médecin poursuit :

— Alors, tout aurait commencé avec votre père, c'est bien ça ? demande-t-il sans regarder Arielle, comme s'il réfléchissait tout en parlant. Vous l'avez pris pour un elfe, puis pour un dieu, mais récemment, vous êtes parvenue à effectuer un transfert, et maintenant, c'est vous qui incarnez une sorte de dieu, un champion, un héros qui sauvera le monde. Mais le monde que vous devez sauver en réalité est celui… d'Hélène.

Il réfléchit de nouveau, puis ajoute :

– C'est tout à fait clair à présent ! déclare Stevenson avec un mélange de confiance et d'enthousiasme.

Selon lui, la relation entre Hélène et son père durant l'enfance a certainement été difficile. Il est fort probable que ce conflit non résolu soit à l'origine des problèmes psychiatriques qu'éprouve la jeune fille aujourd'hui.

– Je n'ai pas osé le dire devant vos parents, pour ne pas les inquiéter, continue le médecin, mais votre cas est beaucoup plus complexe que celui des autres patientes.

– Plus grave, vous voulez dire ? rétorque Arielle, qui, malgré tout le sérieux du médecin, n'accorde aucune crédibilité à ses élucubrations.

Stevenson lui révèle que les autres patientes qui reposent dans cette salle souffrent pour la plupart de schizophrénie, mais que le cas d'Hélène Stewart est différent. Il explique à Arielle qu'elle souffre de ce qu'on appelle « le trouble de la personnalité multiple ». La majorité des cas traités en psychiatrie sont causés par des agressions physiques ou des chocs émotionnels, subis durant l'enfance.

Arielle est certaine qu'Elleira lui a déjà parlé de cette maladie. *C'était le premier soir… Oui, le soir de la réception au manoir Bombyx, où tout a commencé.* Mais la jeune alter lui a assuré qu'elle n'en était pas atteinte : « Non, tu ne souffres pas d'une maladie. » Arielle se souvient très bien de cette conversation. Elle ne l'a pas imaginée.

Je suis bien Arielle Queen, se dit-elle. Et je ne suis pas folle. Mais cet homme essaie de me le faire croire. Pourquoi ?

— Qui êtes-vous ? demande-t-elle au médecin.

Mais Stevenson poursuit, comme s'il n'avait rien entendu :

— Les agressions provoquent chez la victime un éclatement de la personnalité. D'autres personnalités sont ainsi créées afin de remplacer l'hôte principal. Elles sont là pour subir les agressions à la place de la personnalité primaire, autrement dit, pour supporter l'insupportable à sa place.

Arielle insiste :

— Docteur, je vous ai posé une question : Qui êtes-vous ? Et quel est cet endroit ?

Le médecin continue, imperturbable :

— Ces nouvelles personnalités sont appelées « alters ». Nous en avons identifié vingt-quatre chez Hélène Stewart. Vous êtes la dix-neuvième alter, Arielle. Les suivantes n'ont été découvertes que tout récemment, mais elles refusent encore de s'identifier.

Arielle se met à rire.

— Je suppose que la première s'appelle Sylvanelle la quean ? réplique Arielle sur un ton ironique. Et que celle avant moi est Abigaël Queen ?

— Exact, répond le médecin. Ce sont toutes des alters d'Hélène Stewart.

— Ce ne sont pas les alters de cette foutue Hélène Stewart! proteste Arielle avec véhémence tout en tirant sur les sangles avec ses poignets.

Le fait de ne pouvoir bouger attise sa colère.

— Ce sont mes ancêtres! ajoute-t-elle. De la lignée des Queen!

— De la *maisonnée* des Queen, rectifie aussitôt le docteur. Chaque alter fait partie d'une famille d'alters, associée à la personnalité primaire et...

— Ça suffit, arrêtez! le coupe brusquement Arielle. Vous mentez! Dites-moi où je suis! Pourquoi me gardez-vous ici?!

— Calmez-vous, Hélène, ou je devrai appeler l'infirmière.

Arielle s'apprête à envoyer promener le médecin, lorsqu'elle s'interrompt au dernier moment. Elle sait ce que la présence de l'infirmière signifie: *Si la femme en blanc débarque, j'aurai droit à un calmant ou, pire, à un somnifère.* Une fois endormie, ces salauds pourront lui faire n'importe quoi, elle n'aura plus aucun contrôle. Elle juge donc préférable d'obéir au médecin et d'adoucir le ton. Elle détend ses muscles, cesse de malmener les sangles de cuir et pose doucement sa tête sur l'oreiller.

— Je ne comprends pas, docteur..., murmure-t-elle d'une voix plus calme.

C'est tout ce qu'elle a trouvé à dire pour rassurer Stevenson. Elle espère que ça suffira à le convaincre qu'elle est bien détendue à présent et qu'elle n'a besoin d'aucun médicament. De cette manière, il renoncera peut-être à solliciter l'assistance de l'infirmière et de sa seringue. Les espérances d'Arielle sont vite comblées: Stevenson pose une main réconfortante sur son avant-bras et s'adresse à elle sur un ton à la fois amical et rassurant:

— Les gens comme vous qui sont atteints du trouble de la personnalité multiple traversent de fréquentes périodes d'amnésie, ce qui les trouble considérablement. D'ordinaire, les personnalités primaires ne se souviennent pas de ce que leurs alters ont fait ou dit lors de leur manifestation. C'est normal que vous ne compreniez pas tout, Hélène. Mais rassurez-vous, nous sommes ici pour vous aider. Laissez-moi faire et tout ira bien.

Vous laisser faire? On verra ça, doc. Je n'abandonnerai pas aussi facilement.

— Merci pour tout, docteur, répond Arielle avec une gratitude feinte.

Le médecin lui sourit puis plonge de nouveau la main dans le tiroir de la table de chevet. Cette fois, au lieu d'une paille, il en sort un tableau vitré, de la grosseur d'un petit cadre.

— Regardez ceci, Hélène, dit-il en montrant le tableau à Arielle. C'est votre tante Rose et votre oncle Émile qui vous ont offert ce cadeau pour votre anniversaire. C'est une collection de papillons.

Sans cesser de sourire, Stevenson ajoute:

— Observez les spécimens ici et là… Votre cousin Noah les a identifiés pour vous.

Stevenson vient de prononcer les noms de Rose, d'Émile et de Noah, ce qui aurait dû provoquer une réaction immédiate chez Arielle. Mais celle-ci, plutôt que de réagir, fixe, impassible, les insectes alignés à l'intérieur du cadre. Ils sont figés derrière la vitre; leurs grandes ailes sont déployées, mais demeurent immobiles. Ils sont de couleurs et de formes différentes. Arielle ne peut s'empêcher de les examiner un par un. Leur petit corps est percé d'une fine aiguille qui les maintient en place sur le tableau de liège. Mais ce qui attire davantage le regard d'Arielle, ce sont leurs noms. Malgré son calme apparent, le cœur d'Arielle bat la chamade. Sous les insectes sont collées de petites bandes de papier sur lesquelles on peut lire le nom des différents papillons : BOMBYX, SPHINX, APOLLON, SATURNIE, VANESSE, DANAÏDE.

Arielle n'avait pas réalisé avant cet instant que ces noms étaient des noms de papillons : *Le manoir Bombyx, la rue du Sphinx, le motel Apollon, l'usine Saturnie, le clan des Vanesse, le* Danaïde... *mon Dieu, ce sont tous des... des...* La jeune fille a de la difficulté à organiser ses pensées. Trop d'informations lui parviennent en même temps. *Et si j'étais vraiment folle?* se demande-t-elle en relisant sans cesse les petites bandes de papier. *Est-ce possible? Toutes ces aventures que j'ai vécues avec Noah, Ael, Jason, Razan et les animalters, est-ce vraiment possible que ça ne soit qu'un rêve? Un rêve mis en scène par cette maladie, ce trouble de la personnalité multiple?*

— Vous avez dit que... c'est mon oncle Émile et ma tante Rose qui m'ont offert ce cadeau?

La voix d'Arielle n'est plus qu'un murmure, tellement elle est bouleversée.

– Oui, pour votre anniversaire. Vos cousins Noah et Jason sont venus avec eux.

– Noah est… mon cousin?

– Jason et lui sont les fils de votre oncle Simon. Vous avez aussi un frère et une sœur.

– Emmanuel?

Le docteur Stevenson confirme d'un signe de tête:

– Et votre sœur s'appelle Elizabeth. Votre meilleure amie, Léa, viendra vous visiter demain après-midi. Elle a promis d'apporter avec elle des photos de votre chat et de vos deux chiens.

– Docteur, je…

Arielle est incapable de parler. Elle a l'impression que tous les muscles de son visage sont figés, en particulier ceux de sa mâchoire.

– Tout à l'heure, vous vouliez savoir où nous nous trouvions, déclare Stevenson. Eh bien, je peux vous le dire maintenant que vous êtes plus calme: nous sommes dans la salle 2B du pavillon d'Orfraie, lui-même situé dans l'aile psychiatrique de l'hôpital Belle-de-Jour, en Normandie.

Des photos de mon chat et de mes chiens? La Normandie? L'hôpital Belle-de-Jour? Deux petites larmes roulent silencieusement sur les joues d'Arielle. La jeune fille ne croit pas à ce qu'elle voit, ni à ce qu'elle entend. Pourtant, il lui faut bien admettre que le médecin, les papillons et la salle où elle repose lui paraissent fort réels. *Réels… Mais qu'est-ce qui l'est vraiment? Le suis-je moi-même? Abigaël, Noah, Razan, Brutal, où que vous soyez, si vous existez vraiment, je vous en supplie, venez à mon secours! Car si je ne suis pas folle, je vais sûrement le devenir!*

Arielle remarque soudain la présence d'une grande armoire en bois sombre tout au fond de la salle. Une vieille serrure en fer orne le meuble. Cette armoire n'était pas là il y a quelques secondes à peine, l'adolescente en est certaine. *Voilà que j'ai des hallucinations maintenant. Manquait plus que ça.* Un énorme M de couleur violette est gravé sur la porte :

Arielle est convaincue de l'avoir vu briller. C'est alors qu'une voix s'adresse à elle en pensée : « *Vous prendrez avec tout ce qu'il contient, sans rien déranger, le quatrième tiroir à partir d'en haut ou, ce qui revient au même, le troisième à partir d'en bas.* »

De quoi s'agit-il exactement ? d'un message ? d'une énigme à résoudre ? Arielle n'en a aucune idée, mais elle a le sentiment que ces indications sont importantes.

– Reposez-vous, lui conseille la voix calme de Stevenson. Je reviendrai plus tard.

Arielle cesse de contempler l'armoire et cherche le médecin du regard. Ce dernier s'est éloigné du lit et marche lentement vers la sortie.

– Docteur ? l'interpelle Arielle.

Stevenson ne se retourne pas. Il continue d'avancer sans répondre.

– Docteur ?

En silence, le médecin ouvre la porte et sort de la salle, abandonnant derrière lui une Arielle fort perplexe. Sans prévenir, la voix s'adresse une nouvelle fois à la jeune fille :

« ... *c'est ma vie, mon honneur, ma raison qui sont entre vos mains.* » Après une pause, la mystérieuse voix ajoute : « *Si vous me faites faute ce soir, je suis perdu.* »

2

*– Arielle! s'écrie Noah
aussitôt réveillé.*

Le jeune homme se redresse brusquement et bondit hors de sa couchette. Il s'empresse de fouiller la pièce à la recherche d'Arielle. Mais il n'y a personne. Personne d'autre que lui. *Où suis-je?* se demande-t-il. En vérité, l'espace est réduit et Noah se trouve entouré de bien peu d'objets: la couchette, qu'il occupait quelques instants plus tôt, ainsi qu'une toilette et un lavabo en acier inoxydable, tous deux situés dans un coin de la pièce. Le sommeil a embrouillé ses pensées, mais le garçon se souvient bientôt de l'endroit où il se trouve: on le retient prisonnier dans une cellule de la Tour invisible, le quartier général du colonel Xela.

– Bonjour, jeune Davidoff, dit une voix calme derrière lui.

Noah se retourne. La cellule n'a pas de barreaux, que trois murs en béton et une épaisse vitre en plexiglas qui donne sur un couloir peu éclairé. De l'autre côté de cette vitre, sous l'unique ampoule du couloir, se tiennent deux hommes. Ils observent Noah en silence. Le premier, celui qui se trouve le plus près de la vitre, paraît être dans la trentaine. Il est de poids et de taille moyens; ses cheveux sont bruns, courts et bien soignés, et il porte un costume noir de bonne qualité. Ses traits et son allure n'ont rien de menaçant. Au contraire, l'homme semble plutôt sympathique. Le second type est grand et costaud et se tient bien droit, les mains derrière le dos. Il se trouve légèrement en retrait par rapport au premier homme, mais son attitude de prédateur aux aguets démontre qu'il est prêt à intervenir en toute situation; son rôle, sans aucun doute, est celui de garde du corps. Ses cheveux sont coupés en brosse et, malgré l'obscurité, il porte des lunettes de soleil à monture dorée, comme celles des pilotes. Son visage ne laisse transparaître aucune émotion. L'uniforme bleu de l'armée de l'air dont il est vêtu ne fait qu'ajouter à son air austère. Il s'agit de Xela, l'alter intégral du colonel Alex Atkins. Surnommé « Xela le Boucher » par les elfes noirs, cet alter détient le record du plus grand nombre de sylphors tués, tous lieux et toutes époques confondus.

L'homme au costume, le sympathique, est celui qui a souhaité bon matin à Noah. Il replace le nœud de sa cravate en soie avant de se présenter au garçon:

— Je suis Nayr, dit-il, l'alter de Ryan Thomson. Je travaille à la Maison-Blanche en tant que conseiller à la sécurité nationale.

Plusieurs voient en moi le prochain président des États-Unis.

– Sans blague, répond Noah.

– On dirait que tu as fait un mauvais rêve, mon garçon, observe Nayr.

– C'est si évident que ça ?

– Tu es tout en sueur, intervient Xela sur un ton neutre.

Le colonel est toujours posté derrière son chef. Il n'a pas bougé d'un poil.

– Que se passe-t-il avec Arielle ? demande Nayr. Nous t'avons entendu crier son nom. Elle est en danger ?

Noah hausse les épaules, feignant l'indifférence.

– Je ne sais pas.

– Inutile de mentir ! grogne Xela entre ses dents serrées.

La mâchoire du colonel a à peine bougé, mais Noah a quand même ressenti toute la haine que l'alter éprouve pour lui. C'est ce matin, dans le garage du manoir Bombyx, que le jeune homme a fait face pour la première fois au mépris de Xela ainsi qu'à celui de ses commandos. Mais Noah soupçonne que cette hargne est en fait dirigée vers son alter, Razan. Le colonel Xela et ses hommes ne semblent pas porter Razan dans leur cœur. Noah n'a aucune idée de ce qu'a pu leur faire cet imbécile. *De toute façon,* se dit Noah, *ce vaurien est la cause de tous mes ennuis.*

– Razan a pris ta place cette nuit, lui a révélé Arielle dans le garage ce matin, peu avant de disparaître avec sa grand-mère Abigaël.

– Le salaud! a rétorqué Noah. Tu as parlé avec lui? Qu'est-ce qu'il t'a raconté à mon sujet? J'espère au moins que tu ne l'as pas cru!

Arielle ne voulait pas aborder le sujet, mais elle a fini par avouer que Razan lui avait raconté beaucoup de choses, entre autres que c'était elle qui avait blessé Noah au visage, causant ainsi sa cicatrice. Razan avait ensuite prétendu que Noah avait embrassé Arielle, le soir de son anniversaire, pour lui faire tout oublier. Toujours selon Razan, la marque de naissance de Noah, en forme de papillon, prenait la couleur blanche de celle des élus seulement lorsque le garçon adoptait sa forme alter.

– J'ai l'impression que tu le crois, Vénus, s'est alors inquiété Noah.

Arielle n'a pas eu le temps de lui en révéler davantage; les hélicoptères de Xela se sont posés, et le colonel alter et ses commandos ont fait leur entrée peu de temps après. Arielle et sa grand-mère se sont empressées d'utiliser le *vade-mecum* pour disparaître. Utilisant le livre magique pour voyager dans le temps, Arielle a donc accompagné Abigaël en 1945, à la demande de cette dernière. *Du moins, c'était le plan original*, songe Noah en repensant à la lettre écarlate que Jason lui a remise à leur retour de l'Helheim: « Pour Noah D. À ouvrir au lever du jour, le 13 novembre 2006 ». De toute évidence, quelque chose n'a pas fonctionné; le jeune homme l'a tout de suite compris en ouvrant la lettre qu'Abigaël Queen avait fait suivre à son attention depuis 1945. Noah a détruit la lettre tout juste avant que Xela et ses hommes ne le capturent dans le garage du manoir Bombyx, mais il se souvient clairement de ce qu'elle contenait. Abigaël y expliquait qu'elle avait rédigé la lettre en 1945 et qu'elle l'avait ensuite confiée à Jason Thorn avant qu'il ne soit fait prisonnier par les elfes noirs. Elle ignorait encore comment Jason réussirait à traverser les âges sans prendre une ride, mais elle savait qu'il y parviendrait, car elle l'avait aperçu au cours des combats au manoir Bombyx, après qu'Arielle eut eu recours à l'appel synchrone pour invoquer ses ancêtres. Abigaël révélait aussi à Noah qu'Arielle et elle avaient quitté l'année 2006 grâce au *vade-mecum*, mais qu'un problème était survenu : Abigaël s'était retrouvée seule en 1945, sans sa petite-fille ; elle n'avait aucune idée de l'endroit où était Arielle, mais il était possible que la jeune fille ait échoué chez les sylphors. À la fin de la lettre, Abigaël sollicitait l'aide de Noah pour retrouver Arielle et lui disait que la façon la plus simple de venir la rejoindre en 1945 était de faire appel à la Walkyrie, que cette dernière lui accorderait le Passage, mais que le prix à payer serait élevé. Abigaël lui donnait rendez-vous le 23 avril 1945, au 34, Krausen Strasse, Berlin, et c'est donc à cet endroit qu'il devait demander à la Walkyrie de le conduire.

– Nous nous inquiétons aussi pour Arielle, affirme Nayr, toujours séparé de Noah par la vitre.

– Vous vous inquiétez surtout pour son médaillon demi-lune, rectifie Noah, se rappelant que les commandos alters de Xela l'ont privé de son propre médaillon lorsqu'ils se sont emparés de lui dans le garage du manoir Bombyx.

Ces brutes de commandos n'y sont pas allés de main morte, se dit Noah en examinant son smoking, sale et abîmé. Après lui être tombés dessus et l'avoir projeté au sol, ils l'ont forcé à passer les mains derrière le dos et lui ont emprisonné les poignets ainsi que les chevilles dans des menottes en nylon. Ils ont ensuite relevé le garçon et l'ont traîné avec rudesse à travers le garage. Une fois à l'extérieur, d'autres alters l'ont poussé· dans un hélicoptère et l'ont conduit jusqu'ici, dans le Maine, là où a été érigée secrètement la Tour invisible.

On a donné ce nom au repaire des alters parce qu'il a été construit sur l'un des flancs du mont Washington, au centre d'une forêt humide qui a la réputation d'être très souvent plongée dans la brume. Et quand il arrive que la brume naturelle se dissipe, ce sont les condensateurs de la tour qui prennent le relais. Combinés à un puissant système thermique qui reproduit à volonté l'évapotranspiration du sol et des plantes, les condensateurs créent une nappe de brouillard artificiel qui parvient à dissimuler la tour aussi bien que le fait la brume. De plus, le revêtement extérieur du bâtiment de six étages a été maquillé de façon à ressembler à un gros rocher. À chaque étage se trouvent des baies vitrées, qui servent à la surveillance ainsi qu'à l'observation, mais elles demeurent camouflées derrière des projections holographiques qui imitent la surface rocheuse. Il existe une issue de secours, au pied de la tour, qui donne sur la forêt, mais l'accès principal se trouve tout en haut, sur le toit, là où peut se poser en tout temps un hélicoptère. C'est d'ailleurs la seule façon de se rendre là-bas. Le bâtiment, entouré de ravins, est pratiquement inaccessible. Il n'existe aucune route pour s'y rendre, aucun sentier. La seule façon sûre d'atteindre ce territoire, c'est par la voie des airs. Et encore : les conditions climatiques sont si imprévisibles dans la région du mont Washington et les vents sont si forts que seuls des pilotes d'expérience peuvent s'y aventurer. Une fois seulement, un randonneur est parvenu à échapper à la vigilance des gardiens alters qui patrouillent dans le parc. Certains alters affirment que c'est le hasard qui l'a conduit jusqu'à la tour, et non une exploration délibérée du territoire. Le pauvre homme s'est probablement perdu. Ce qui est certain, c'est que le randonneur en question était un alpiniste d'expérience, et qu'il s'est servi du matériel qu'il traînait en tout temps avec lui pour escalader la tour. Il a grimpé jusqu'au sommet, où il a été accueilli par les hommes du colonel Xela. Ces derniers l'ont aussitôt escorté jusqu'à la salle d'interrogatoire, à la demande de Xela. On ne l'a plus jamais revu. À ce qu'on raconte, l'homme était d'origine allemande et portait un nom étrange : Lukan Ryfein. Certains gardes alters prétendent, encore aujourd'hui, que ce Ryfein n'était pas un homme et qu'après avoir découvert qui il était vraiment, Xela l'aurait fait enfermer dans une pièce secrète de la tour, puis aurait exigé que tous les accès menant à cette pièce soient condamnés.

– Qu'avez-vous fait des habitants de Belle-de-Jour ? demande soudain Noah.

Nayr hausse un sourcil ; il paraît étonné par la question du jeune homme.

– Les kobolds, tu veux dire ?

– Il n'y avait pas que des kobolds ! Il y avait aussi des humains !

– Peu importe, répond Nayr.

Il révèle à Noah que les alters ont réglé ce problème de la même façon que par le passé, en Afrique de l'Ouest, c'est-à-dire en appliquant à la lettre la procédure établie au Japon en 1932 par l'unité 731 : ils ont tout d'abord demandé aux autorités locales de déclarer l'état d'urgence, puis les alters infiltrés au sein du gouvernement ont annoncé que Belle-de-Jour était frappée d'une épidémie infectieuse virale. L'armée d'abord, puis les journalistes ont été informés qu'un arénavirus très agressif, provoquant une fièvre hémorragique, et transmissible par voie aérienne, avait été volontairement introduit dans la ville par un dangereux groupe terroriste. La majorité des habitants étant contaminés, l'imposition de la quarantaine n'a été qu'une formalité ; les routes ont été fermées et tous les accès à Belle-de-Jour ont été placés sous haute surveillance par l'armée et la police. La nouvelle était fausse, bien sûr, mais elle s'est répandue comme une traînée de poudre et a contribué à éloigner les journalistes et autres curieux. La ville a été complètement isolée, et ses habitants ont été « nettoyés » par les troupes du colonel Xela.

— Personne ne s'est plaint, dit Nayr. Pas même les citoyens de Noire-Vallée, la ville voisine. Ils aident en ce moment même à surveiller les routes, afin d'éviter que des habitants de Belle-de-Jour ne s'échappent du périmètre de sécurité et ne répandent le virus.

— Mais il n'y a aucun virus !

— Et que fais-tu des kobolds, jeune homme ? Il s'agit bien d'un virus qui circule dans leur sang et qui les force à obéir à ces maudits sylphors, n'est-ce pas ? Il fallait éliminer ces créatures afin d'éviter qu'ils aillent grossir les rangs de nos ennemis.

— Leur état était réversible ! rétorque Noah. La plupart n'en étaient qu'au stade primaire ! Ils agissaient encore en tant que groupe !

Nayr n'est pas d'accord : même s'ils étaient issus d'une production de masse, les kobolds de Belle-de-Jour auraient fini par atteindre leur pleine maturité. Il n'était pas question pour les alters de les laisser développer une quelconque forme d'autonomie.

— Alors, vous les avez tués ? Tous ?

— Non, pas tous, le rassure Nayr. Ne t'inquiète pas pour tes parents, ils sont encore vivants… et humains. Ils font partie d'un petit groupe de personnes qui ont échappé à la mutation.

— Un véritable miracle, déclare Xela sans même accorder un regard au jeune homme.

— Où sont-ils en ce moment ?

— Ils ont été placés sous observation, répond l'alter de Ryan Thomson. Avec les autres rescapés. Leur témoignage nous sera très utile.

Noah ne saisit pas : utile pour quoi ? Nayr lui explique qu'ils auront besoin d'eux pour prouver aux autres humains que les elfes noirs existent bel et bien, et qu'ils constituent une menace pour la race humaine. La propagation du virus de Lassa à Belle-de-Jour est la première étape de cette vaste opération de discrédit. Au cours de la prochaine année, d'autres incidents de ce genre surviendront et, chaque fois, les alters du gouvernement feront porter le chapeau à un nouveau groupe de terroristes : le O.D.E.R. pour One Dark Elves Revolution. Ainsi, dans quelques mois à peine, les alters pourront aisément convaincre les hommes de faire la chasse aux elfes noirs, et peut-être parviendront-ils enfin à se débarrasser de ces saletés de lutins.

Noah se met à rire.

— Et la menace alter, alors ? Vous en faites quoi ?

Nayr s'esclaffe à son tour.

— Les alters sont en partie humains, mon jeune ami. Nous sommes la prochaine étape de l'évolution. Les humains n'ont rien à craindre de nous ; nous sommes des cousins, en quelque sorte. Et Loki nous a promis ce royaume, ne l'oublie pas. Il nous revient de droit, mais nous le partagerons avec vous.

— Foutaises ! rugit Noah à travers la vitre. Vous volez nos corps et détruisez nos âmes !

— Mais qui te dit que ces corps ne nous appartiennent pas déjà, en vérité ? Et si c'étaient les alters qui avaient été maintenus prisonniers dans le corps des humains pendant tout ce temps ? Ne serait-il pas normal et juste qu'ils renaissent à nouveau, qu'ils puissent à leur tour évoluer sur la Terre? Un jour, lorsque les hommes de ce royaume comprendront réellement qui sont les alters, ils supplieront les dieux d'éveiller leur propre part de ténèbres afin d'accéder eux aussi à la force et à la puissance. Si seulement les hommes savaient que leur force et leur résistance décupleraient s'ils laissaient éclore un alter à l'intérieur d'eux-mêmes! Tous posséderaient alors d'immenses pouvoirs, comme celui de voler ou encore de voir dans l'obscurité! Comment réagiraient-ils si on leur promettait santé et beauté pour le reste de leurs jours? Tu imagines, Noah, poursuit Nayr, si tous tes semblables acceptaient de céder leur place à leur alter, nous pourrions vivre dans un monde où il n'y aurait plus de pauvres ni de faibles, un monde où la maladie et la laideur n'existeraient plus. Chacun aurait sa chance. Tous les gens seraient beaux, forts et intelligents.

– Et mauvais, ajoute Noah.

– Un détail, précise froidement Xela. Ce n'est qu'une question de temps avant que notre race supplante la vôtre, poursuit le colonel sur un ton académique. Les alters qui maîtrisent la possession intégrale sont de plus en plus nombreux. Ce pouvoir n'est plus réservé qu'aux membres des puissantes familles à présent. Même les soldats peuvent espérer un jour occuper le corps de leur hôte de façon permanente. Dorénavant, soutient Xela, le soleil ne fait plus peur aux alters, contrairement aux elfes noirs, lesquels continuent de se terrer dans leur tanière pendant le jour, comme leurs misérables cousins les vampires. Ce sont des bêtes. Des bêtes stupides et vicieuses qu'il faut traquer et éliminer comme de la vermine.

Nayr s'empresse d'appuyer le colonel: selon lui, les alters doivent absolument éradiquer les elfes noirs de la surface de la Terre, mais pour cela, ils auront besoin des humains. Lorsque ces derniers découvriront que des démons aux oreilles pointues vivent parmi eux et qu'ils ont le pouvoir d'asservir leurs filles, leurs fils, leur mère et leur père et d'en faire des serviteurs kobolds, les hommes chasseront eux-mêmes les elfes noirs; ils les poursuivront et les tueront jusqu'à ce qu'il n'en reste plus un seul dans le royaume.

— Et comment les hommes découvriront-ils l'existence des elfes noirs? demande Noah.

— En partie grâce au témoignage de tes parents et à celui des autres rescapés de Belle-de-Jour, répond Nayr avec un sourire satisfait. Mais aussi grâce à nous, il va sans dire. Les alters se feront un plaisir de diffuser l'information et de fournir de précieux renseignements aux armées des différentes nations afin qu'elles puissent découvrir et neutraliser rapidement les repaires elfiques qui existent sur leur territoire. Tanière après tanière, cachette après cachette, les sylphors tomberont.

— Et si les sylphors décidaient de faire la même chose que vous? demande Noah. Que feriez-vous si eux aussi vous dénonçaient aux hommes?

— Ça n'arrivera pas, répond aussitôt Nayr, sûr de lui. Et même si les sylphors essayaient de dévoiler notre présence, pas un humain ne les croirait. Quel homme sensé pourrait accorder ne serait-ce qu'un semblant de crédibilité à des démons?

– Vous êtes aussi démoniaques que les elfes, réplique Noah, et peut-être même plus!

– C'est gentil, je suis flatté, mais tu négliges un fait important: les alters arrivent à se fondre dans la masse, à se faire passer pour des hommes, contrairement aux lutins, qui ne peuvent se mêler aux indigènes que le soir de l'Halloween et à Noël, dans les centres commerciaux. Les alters n'ont pas qu'une apparence humaine: leur corps, leur sang, leurs organes internes, ils sont tous *humains*. Je te suggère de faire passer un test d'ADN à un elfe noir. Le chimiste et toi risquez d'être très étonnés par le résultat. Une autre chose joue en faveur des alters, poursuit Nayr. Plusieurs d'entre eux peuvent vivre le jour dorénavant. Sans l'influence de la lune, ils ne possèdent pas tous leurs pouvoirs, bien sûr, mais leur situation est préférable à celle des elfes, qui doivent encore fuir la lumière du soleil pour ne pas être privés d'énergie vitale. Au fait, jeune homme, tu as déjà vu des elfes surpris par le lever du soleil? Ils s'effondrent carrément, ils roulent sur le dos. C'est comme si tous leurs organes s'arrêtaient de fonctionner. Ils sont pris de spasmes atroces et se convulsent en cherchant leur air, pareils à des poissons qui suffoquent hors de l'eau. C'est affreux.

Noah observe l'alter pendant quelques instants, comme s'il évaluait ses propos.

– Alors, vous croyez vraiment en vos chances de remporter la guerre contre les sylphors?

– Tout à fait. C'est une question de mois.

– Parfait, répond Noah. La prophétie annonce votre victoire depuis des siècles. Mais ensuite, ce sera à vous de disparaître.

Cette réplique provoque le rire de Nayr. Le colonel Xela ne bouge toujours pas, mais un sourire discret se dessine sur ses lèvres.

– Ah oui! c'est vrai! déclare Nayr sur un ton moqueur. «Les alters nocta disparaîtront de Midgard, le royaume terrestre, après leur victoire sur les elfes sylphors, car les médaillons demi-lune formeront à nouveau un cercle parfait.» C'est bien ce que dit la prophétie, n'est-ce pas? «Les deux élus réuniront enfin leurs médaillons demi-lune et éradiqueront les alters nocta de la surface de la Terre!»

Noah acquiesce, avec tout le sérieux du monde:

– C'est bien ça.

Nayr fouille dans une des poches de son luxueux veston et en retire un médaillon demi-lune, celui de Noah. Il l'exhibe fièrement devant le jeune homme.

– Mais qu'arrive-t-il si les élus ne possèdent qu'un seul des médaillons?

Noah se rapproche de la vitre et dit à Nayr:

– Eh bien, ils s'arrangent pour récupérer l'autre, dit le garçon.

Nayr acquiesce, toujours avec le sourire.

– Comme le disait un philosophe français: «*Le pessimisme est d'humeur; l'optimisme est de volonté.*» J'admire ta confiance, Noah, poursuit l'alter de Ryan Thomson, et je comprends qu'elle soit de mise, mais j'ai bien peur de te décevoir : sache que tu ne remettras plus jamais la main sur ce médaillon, je peux t'en faire le serment, ici, maintenant.

Noah fixe son interlocuteur un moment, puis retourne au milieu de sa cellule.

— Qu'attendez-vous de moi exactement ? demande-t-il en s'adressant cette fois aux deux alters, au civil et au militaire. Pourquoi m'avoir emmené ici ? Pourquoi ne pas m'avoir tué au manoir Bombyx ?

Le conseiller de la Maison-Blanche lui révèle qu'ils ont besoin de lui. Qu'ils ont une mission à lui confier.

— Une mission ? répète Noah, incrédule. Que j'effectuerais pour le compte des alters ?

— Tu as tout compris.

Noah éclate de rire.

— Vous êtes fous...

— C'est quelque chose que tu feras de toute façon, affirme le colonel Xela.

— C'est vrai ? Et juste par curiosité, qu'est-ce que c'est ?

— Nous souhaitons que tu élimines Arielle Queen, déclare le militaire.

Noah cesse de rire pendant une seconde, le temps de lancer un regard mi-amusé, mi-perplexe en direction du colonel Xela.

— Colonel, ils vous ont recruté dans un asile militaire ou quoi ?

— C'est tout à fait sérieux, précise Nayr.

— Jamais je ne ferai ça, affirme Noah.

— Bien sûr que tu le feras, soutient l'alter de la Maison-Blanche. Avec ou sans notre aide, tu élimineras Arielle Queen. C'est écrit, jeune Davidoff.

3

*Arielle se réveille encore
une fois en sueur.*

Vraisemblablement, elle a de nouveau perdu conscience. Mais la voix, dans sa tête, ne s'interrompt pas. Cette fois, ce n'est pas un rêve; plutôt les résidus d'un souvenir qui émerge lentement de sa mémoire: « *J'ai la confiance que vous ne prendrez pas cet appel à la légère. Et pourtant, le cœur me manque et ma main tremble à la seule idée d'une telle possibilité. Pensez qu'à cette heure même je suis dans un endroit inconnu, en proie à une détresse si profonde qu'elle dépasse l'imagination, et cependant bien certain que si vous suivez ponctuellement mes instructions, mes angoisses s'éloigneront comme une page qu'on tourne.* »

— Si vous suivez mes instructions, répète Arielle dans un murmure, mes angoisses s'éloigneront... comme une page qu'on tourne.

Arielle reconnaît ces mots. Elle ne se souvient plus où elle les a entendus, mais ils lui sont familiers. Quelqu'un tenterait-il de lui faire parvenir un message ?

La jeune fille regarde autour d'elle. Les autres patientes sont couchées dans leur lit. Elles sont étendues sur le dos et fixent le plafond, l'air absent. Leurs bras longent leur corps, et leurs mains, étrangement immobiles, reposent à plat sur les couvertures. Certaines femmes sont sanglées, tout comme Arielle, pourtant leur état catatonique ne semble nécessiter aucune contention. Elles paraissent figées dans l'espace. *On dirait des statues de cire*, songe Arielle. Elles n'émettent aucun bruit, ne font aucun mouvement. *Plutôt calmes pour des schizophrènes. Ces pauvres femmes sont certainement bourrées de médicaments.*

Le docteur Stevenson fait son entrée dans la grande salle ; c'est comme s'il savait à quel moment précis Arielle allait s'éveiller. Mais peut-être ne s'agit-il que d'une coïncidence. Le médecin est accompagné de deux autres personnes qu'Arielle reconnaît sans peine : ce sont Robert et Louise Stewart, l'homme et la femme qui prétendent être ses parents – *ou plutôt ceux de cette Hélène, la psychotique*, se dit Arielle.

– Comment vas-tu aujourd'hui, ma chérie ? demande la femme en s'approchant du lit.

Un hideux sourire s'étire sur son visage trop maquillé. Arielle, prise de dégoût, a envie de détourner la tête pour fuir son regard, mais elle n'en fait rien ; ses yeux rencontrent ceux de Louise Stewart. *Ils sont vides*, constate Arielle avec un certain malaise. *Noirs et vides.* La jeune fille a la désagréable impression que la femme va se jeter sur elle et la dévorer vivante. Mais rien de cela ne se produit : plutôt que de bondir sur Arielle toutes griffes dehors, Louise s'avance lentement vers le lit et s'arrête devant les barreaux, du côté gauche. Stevenson, quant à lui, demeure au pied du lit, affichant toujours le même air compatissant, tandis que Robert, le visage sombre, vient se placer à la droite d'Arielle. La jeune adolescente se sent cernée ; elle est captive d'une force mystérieuse, une sorte de flux invisible qui émane à la fois d'elle-même et de ses trois visiteurs. La pièce est vaste et le plafond est haut, mais Arielle a le sentiment que l'air commence à lui manquer ; elle craint de suffoquer.

– Éloignez-vous de moi ! s'écrie-t-elle en essayant d'échapper à ses entraves de cuir, comme chaque fois qu'elle s'emporte. Et retirez-moi ces maudites sangles !

– Hélène, calmez-vous, l'implore le médecin du bout du lit.

– Ça suffit, jeune fille ! la sermonne Robert à sa droite. Reprends-toi ! On dirait une bête enragée !

– Tu me fais beaucoup de peine, Hélène ! ajoute la femme dont le sourire grimaçant a disparu. N'as-tu pas honte de me faire souffrir ainsi ?

– Petite égoïste ! crache Robert.

– Oui, petite égoïste ! répète Louise avec la même hargne que son mari.

– Petite égoïste ! renchérit le docteur Stevenson.

À tour de rôle, la femme et les deux hommes ne cessent de répéter ce mot : « ÉGOÏSTE !

ÉGOÏSTE! ÉGOÏSTE!» Arielle n'en peut plus, elle sent qu'elle va craquer. «*Ils sont amusants, ces bouffons, pas vrai?*» fait soudain une voix dans l'esprit d'Arielle. La jeune fille ne peut se méprendre sur son propriétaire: ce ton railleur et cette sonorité caverneuse ne peuvent appartenir qu'au dieu Loki: «*Heureuse d'entendre une voix familière, Ari? Je peux t'appeler Ari, n'est-ce pas? Je suis ton père, après tout!*»

C'en est trop pour Arielle, qui ne peut plus retenir ses larmes. Elle cesse aussitôt de s'acharner sur ses sangles et s'effondre sur le matelas, au milieu des draps défaits.

– Mais qu'est-ce qui m'arrive? réussit-elle à articuler entre deux sanglots. Qu'est-ce qui m'arrive?…

– ÉGOÏSTE! ÉGOÏSTE! ÉGOÏSTE!

– Aidez-moi, je vous en supplie… Oncle Sim, Razan, Noah… Venez me chercher!

«*Je ne peux m'adresser à toi que pendant quelques instants,* poursuit la voix de Loki. *Alors écoute-moi bien: tout ceci, cet hôpital, cette salle, ce médecin et ces deux fêlés qui se prennent pour tes parents, ce n'est qu'un rêve, tu avais raison. Et ce rêve, c'est toi-même qui l'as créé, Arielle, et qui l'entretiens grâce aux sérums que t'injectent en permanence ces imbéciles de sylphors et leurs saletés de kobolds nazis. Le voyage a fonctionné, Arielle. Souviens-toi, dans le garage du manoir Bombyx, Abigaël et toi avez utilisé le* vade-mecum *des Queen pour vous rendre en 1945 afin de retrouver* Révélation, *le verset manquant du* Livre d'Amon. *Tu as bien quitté l'année 2006 pour* te rendre en 1945 en compagnie d'Abigaël, mais les sylphors ont intercepté ton voyage. Au lieu de reparaître au même endroit que ta grand-mère, dans un lieu sûr de Berlin, tu t'es matérialisée chez les elfes noirs, au dernier niveau du bunker 55, là où ils te gardent toujours prisonnière. Oui, c'est là que tu te trouves en ce moment. Les sylphors te nourrissent par intraveineuse tout en t'injectant une mixture de somnifères et de puissants hallucinogènes. Ils souhaitent te maintenir inconsciente, le temps de trouver une façon de te retirer ton médaillon demi-lune sans y laisser leur peau. Cinq kobolds sont déjà morts en essayant de te le prendre. Le médaillon est uni à toi désormais, car, tous les deux, vous avez une tâche commune à accomplir. Et d'ici là, il sera ton compagnon le plus fidèle, ton défenseur le plus brave et ton arme la plus puissante. Mais pour accomplir cette tâche, tu dois quitter ce rêve. Tu dois t'éveiller et te débarrasser des sylphors qui te retiennent prisonnière. Y arriveras-tu, ma fille? Cesse d'espérer des secours et prends les choses en main. C'est ton esprit qui te garde captive ici, mais c'est aussi lui qui te permettra d'échapper à ce cauchemar; il te montrera la voie. Sois attentive aux signes, Arielle, et tu trouveras la façon de sortir d'ici. »

Dès que Loki cesse de parler, Arielle ferme les yeux. Elle le cherche à l'intérieur d'elle-même, mais en vain; elle ne sent plus sa présence depuis quelques instants déjà. Il est parti. Pendant que Loki lui parlait, Arielle a eu l'impression que le temps s'était arrêté et que les voix extérieures s'étaient tues. Mais maintenant que le dieu n'est plus là, le cauchemar reprend là où elle l'a laissé :

– ÉGOÏSTE ! ÉGOÏSTE ! ÉGOÏSTE ! scandent toujours la femme et les deux hommes.

Leur comportement agressif ne semble plus affecter Arielle de la même façon. La jeune fille se sent plus calme, plus solide. Loki serait-il responsable de ce nouvel état ? Aurait-il transmis à sa fille une nouvelle force, une nouvelle assurance ? Quoi qu'il en soit, Arielle ne peut pas lui faire confiance. Loki est le dieu du mal. C'est un être fourbe et pervers, à la fois menteur et tricheur. Et il est mauvais, plus mauvais que n'importe quel alter, que n'importe quel sylphor. Qu'elle soit sa fille ou non n'a pas d'importance, c'est sa mort qu'il souhaite par-dessus tout. N'est-elle pas l'élue de la prophétie, celle qui libérera les âmes prisonnières de l'Helheim et qui détruira le royaume des morts ? Pourquoi voudrait-il l'aider ? Loki n'a rien fait pour l'empêcher de quitter l'Helheim, lorsqu'elle s'y trouvait avec ses compagnons. « Il aurait pu nous retenir là-bas, j'en suis certaine, a-t-elle confié à Noah, peu après leur retour du royaume des morts. J'ai entendu sa voix dans ma tête, juste avant que le Mangeur de cadavres nous emmène hors du palais. Il a dit : "Le mal existe en toi, comme il existe en chacune des sœurs reines. Souviens-toi de ceci, Arielle : un jour, je t'offrirai un des dix-neuf Territoires en récompense, et tu l'accepteras. Tu te joindras alors à moi, comme toutes celles qui t'ont précédée." »

Pourquoi Loki l'a-t-il aidée ce jour-là, et pourquoi l'aide-t-il encore aujourd'hui ? La réponse, Arielle croit l'avoir donnée à Noah pendant cette même conversation : « Il a dit que le mal existait en moi et qu'un jour je me joindrais à lui. Je dois peut-être accomplir quelque chose pour lui… quelque chose de mal. »

– ÉGOÏSTE ! ÉGOÏSTE ! ÉGOÏSTE !

– FERMEZ-LA ! hurle Arielle, à bout de nerfs.

La colère a remplacé le découragement, et la jeune fille ne peut faire autrement que de s'en réjouir. *Mieux vaut la haine que le désespoir*, se dit-elle, tout en réalisant que ces sentiments destructeurs la rapprochent davantage du mal que du bien.

– ÉGOÏSTE ! ÉGOÏSTE ! ÉGOÏSTE !

– Si vous ne me retirez pas ces sangles, menace-t-elle, je les arracherai moi-même !

« *Pourquoi refuser mon aide si cela peut te sauver la vie ?* » demande la voix de Loki. Puis il lui répète : « *Ton esprit te montrera la voie, Ari. Les signes… Sois attentive aux signes !* »

– ÉGOÏSTE ! ÉGOÏSTE ! ÉGOÏSTE !

– Quels signes ? demande Arielle en s'adressant au vide autour d'elle. Quelles formes prendront-ils ?

Aucune réponse de Loki. « *Si vous suivez ponctuellement mes instructions, mes angoisses s'éloigneront comme une page qu'on tourne* », répète plutôt la voix du rêve. Mais ce n'est pas une voix, en vérité, ce ne sont que des mots imprimés dans l'esprit d'Arielle.

« *Mes angoisses s'éloigneront…* »

Des mots écrits, s'alignant dans un texte qu'elle connaît, un texte qu'elle a déjà lu quelque part.

« *… comme une page qu'on tourne.* »

– ÉGOÏSTE ! ÉGOÏSTE ! ÉGOÏSTE !

Robert, Louise et le docteur Stevenson ont repris leur litanie. Arielle les fixe l'un après l'autre, dans l'ordre où ils s'adressent à elle.

– ÉGOÏSTE ! crie Robert en la pointant du doigt.

Il est aussitôt imité par Louise, sa femme :

– ÉGOÏSTE !

Puis par le docteur Stevenson :

– ÉGOÏSTE !

Et le manège recommence. Sans savoir réellement pourquoi, la jeune fille répète leur nom à tour de rôle, dans sa tête : *Robert, Louise, Stevenson. Robert, Louise, Stevenson.* La femme et les deux hommes poursuivent encore plus fort, comme pour couvrir le bruit de ses pensées :

– ÉGOÏSTE ! ÉGOÏSTE ! ÉGOÏSTE !

Mais Arielle ne se laisse pas intimider, et reprend de plus belle : *Robert, Louise, Stevenson. Robert, Louise, Steven…*

Soudain, l'adolescente se fige. Après un bref instant de silence, elle s'écrie, sur le ton de l'illumination :

– Stevenson ! Mais oui, c'est bien ça !

– ÉGOÏSTE ! ÉGOÏSTE ! ÉGOÏSTE !

– Comme une page qu'on tourne, répète Arielle, reprenant les mots du rêve.

Arielle croit avoir découvert le premier signe. Enfin, elle l'espère de tout cœur.

— Robert Louis Stevenson! dit Arielle à haute voix.

Puis elle éclate de rire, d'un grand rire de soulagement. Stevenson est l'auteur de *Docteur Jekyll et Mister Hyde*, et les mots du rêve, ce sont les siens, ceux qu'il fait écrire à Jekyll dans la lettre adressée au docteur Lanyon : « *J'ai la confiance que vous ne prendrez pas cet appel à la légère. Et pourtant, le cœur me manque et ma main tremble à la seule idée d'une telle possibilité. Pensez qu'à cette heure même, je suis dans un endroit inconnu, en proie à une détresse si profonde qu'elle dépasse l'imagination, et cependant bien certain que si vous suivez ponctuellement mes instructions, mes angoisses s'éloigneront comme une page qu'on tourne. Rendez-moi ce service, mon cher Lanyon, et sauvez votre ami. H.J.* »

Docteur Jekyll et Mister Hyde est le roman que monsieur Cordelier, le professeur de français, leur a demandé de lire ce trimestre. *Tout ça semble tellement loin maintenant,* se dit Arielle. Elle a le sentiment de ne pas être allée à l'école depuis des mois, alors qu'en vérité elle y était encore il y a à peine quelques jours.

Le regard d'Arielle s'attarde une fois de plus sur la grande armoire située à gauche, au fond de la salle. L'énorme M violet gravé sur la porte brille de plus en plus. Il émet une sorte de chatoiement qui fascine l'adolescente. À lui seul, le M illumine maintenant toute la pièce. Son rayonnement s'étend jusqu'aux murs ; il balaie le plancher et le plafond, puis se propage jusqu'aux autres patientes. Arielle ne voit plus de mots dans son esprit, elle entend plutôt une voix. Une voix que l'adolescente, malgré tout ce que cela peut avoir d'étrange, devine être celle du docteur Henry Jekyll : «*Ehwaz, la dix-neuvième. Dans votre langage, elle représente la lettre E, la loyauté.*» La grande lettre sur l'armoire pivote lentement sur elle-même. Après s'être inclinée de 90 degrés vers la gauche, elle s'immobilise. Arielle réalise que ce n'est plus un M qu'elle a sous les yeux à présent, mais bien un symbole qui ressemble à un E :

Un nouveau passage du livre de Robert Louis Stevenson surgit dans l'esprit d'Arielle : «*Vous ouvrirez l'armoire marquée de la lettre E, sur votre gauche, en brisant la serrure si par hasard elle était fermée à clé. Vous prendrez avec tout ce qu'il contient, sans rien déranger, le quatrième tiroir à partir d'en haut ou, ce qui revient au même, le troisième à partir d'en bas.*» C'est alors que le symbole se transforme et devient un véritable E :

L'éclat violet de la lettre s'intensifie soudain, et résonne de nouveau la voix du docteur Henry Jekyll : «*Ne doutez plus, jeune fille. Votre nom existera dans la mémoire des hommes, tout autant que le mien. Un jour, sachez-le, on racontera aussi*

votre histoire. » Après une pause, il ajoute : « *C'est notre vie, notre honneur, notre raison qui sont entre vos mains : si vous nous faites faute ce soir, Arielle Queen, nous sommes tous les deux perdus.* »

– Ehwaz, la dix-neuvième, répète Arielle. Elle représente… la loyauté.

4

— Et tant que tu y es, mon garçon, ajoute le colonel Xela, pourquoi ne pas profiter de l'occasion pour nous rapporter son médaillon demi-lune, hein?

Noah ne porte aucune attention au colonel.

— Il est *écrit* que je me débarrasserai d'Arielle? répète le jeune homme en s'adressant à l'alter de la Maison-Blanche. Mais où ça?

«*Dans* La Prophétie pour les Nuls!» rétorque une voix à l'intérieur de Noah, que le jeune homme reconnaît aussitôt; cette voix est celle de Razan. «*Et on dit TOM Razan maintenant!*» précise l'alter.

— C'est écrit dans les traditions, répond Nayr, et aussi dans l'histoire.

La première réaction de Noah est d'envoyer promener Nayr et le colonel. Jamais il n'exécutera une mission pour eux, et jamais il ne fera de mal à la femme qu'il aime. Jamais il ne la tuera!

— Arielle et moi sommes unis pour toujours!

Nayr prend une grande inspiration, puis explique à son jeune prisonnier qu'au début les élus de la prophétie forment toujours un couple très uni. Ensemble, ils peuvent traverser toutes les épreuves, vaincre tous leurs ennemis, triompher de toutes les situations. Mais au fil du temps, leur relation s'effrite. Et un jour, ils finissent par devenir ennemis, c'est dans l'ordre des choses. Pour appuyer ses dires, Nayr donne l'exemple de Sylvanelle la quean et de Mikita, fils de David le Slave. Avant de rencontrer Sylvanelle, première de la lignée des Queen, Mikita, l'ancêtre de Noah, avait une réputation de dangereux meurtrier. C'est pour cette raison qu'il a fui Kiev, sa ville natale. Là-bas, la populace voulait le punir pour le meurtre sordide de sa première femme et de leur bébé. Évidemment, Mikita a pris soin de cacher ce fait à Sylvanelle lorsqu'ils ont fait connaissance. Tous deux ont formé un couple solide et amoureux, jusqu'à ce que Sylvanelle apprenne ce que Mikita avait fait. Craignant que la jeune élue ne le dénonce aux autorités de l'époque, Mikita s'en est pris à elle. Les anciens amants, devenus ennemis, se sont affrontés. Sylvanelle a remporté le combat et a tué Mikita. On raconte qu'elle ne s'en est jamais remise.

– C'est ridicule, proteste Noah. Ça s'est passé il y a… des centaines d'années.

Noah revoit soudain une scène troublante de son passé, ou plutôt du passé de Razan, son alter. Ce dernier, retenu prisonnier dans les cachots du manoir Bombyx, solidement enchaîné au mur, s'adressait à Arielle, qui se trouvait non loin de lui, dans une autre cellule du cachot: « Les histoires d'amour entre les Queen et les Davidoff ne dépassent jamais l'adolescence, princesse, disait Razan. Lorsqu'elles te parlent en songe, tes ancêtres ont le même âge que toi, soit environ seize ans. Elles ne savent pas encore comment se terminera leur relation avec le Davidoff de leur époque. Ton grand-père n'était pas un Davidoff, Arielle. Ta grand-mère, Abigaël Queen, et Mikaël Davidoff se sont aimés, c'est vrai, mais pendant une courte période seulement. Un jour, Abigaël s'est séparée de Mikaël. Elle a rencontré un autre homme et a perpétué sa propre lignée, comme l'ont fait ses ancêtres avant elle. Mikaël a fait la même chose de son côté. Au cours des siècles, les lignées Queen et Davidoff n'ont jamais convergé pour n'en former qu'une seule. Si c'était le cas, Noah et toi seriez du même sang. »

Les histoires d'amour entre les Queen et les Davidoff ne dépassent jamais l'adolescence, répète Noah pour lui-même.

– Mikita n'est pas le seul à avoir essayé de tuer une Queen, continue l'alter de la Maison-Blanche. À travers les siècles, d'autres Davidoff ont répété l'expérience, avec beaucoup plus de succès cependant. Tu veux des exemples?

Nayr révèle que, en 1561, Éva-Belle Queen a été attachée à un arbre et brûlée vive par Ola Davidoff. Jezabelle Queen, quant à elle, a été blessée mortellement par Freddy Davidoff, en 1854, lors d'un duel à Oregon City. Catherine-Isabelle

Queen a donné naissance à sa fille le 20 mai 1700, une fille dont Nikolaï Davidoff n'était pas le père. L'année suivante, la jeune Catherine a été retrouvée noyée, la poitrine transpercée d'une flèche. Nikolaï a été pendu haut et court pour ce crime en 1701.

Des historiens alters ont étudié ce phénomène, mentionne Nayr. Ils sont tous arrivés plus ou moins à la même conclusion : lorsqu'ils croient ne plus pouvoir réaliser la prophétie à leur époque, les mâles de la lignée Davidoff perdent la raison et s'en prennent aux élues Queen. On ne comprend pas encore pourquoi. Peut-être est-ce simplement du désespoir ?

Nayr fait une pause puis ajoute :

— Je crains que tu ne sois pas différent de tes ancêtres, jeune Davidoff. Si un jour tu es convaincu que la prophétie sera accomplie à une autre époque par un autre couple d'élus, tu perdras la boule et tu élimineras ta contrepartie de la lignée des Queen, la jolie Arielle.

— Abigaël Queen est morte dans son lit, d'une longue maladie, objecte Noah. Ce n'est pas mon grand-père Mikaël qui l'a tuée.

Nayr prend un air surpris :

— Alors, tu n'es pas au courant ? Abigaël Queen est morte empoisonnée par son propre médecin traitant. Et pour qui travaillait cet ange de la mort, selon toi ? Eh oui, pour ton grand-papa Mikaël, celui qui t'aimait beaucoup. Beaucoup *trop*, devrais-je dire. Comme il aimait s'amuser avec toi, tu t'en souviens ? Tu devais te faire remplacer par Razan pour arriver à supporter ses jeux pervers. Toi, tu n'étais pas assez fort pour endurer tout cela. J'ai raison?

Noah est soudain pris de panique; il ne doit pas se laisser déconcentrer par les propos de Nayr, lesquels risquent de faire tomber une à une les barrières qu'il a lui-même érigées pour empêcher ses douloureux souvenirs d'enfance de remonter à la surface. Ceux se rapportant à son grand-père demeurent confinés dans un coin de son subconscient depuis tellement d'années que leur retour brusque et inattendu pourrait causer des dommages irréparables. Noah doit se battre pour maintenir l'équilibre émotionnel dans son esprit, s'il veut éviter que ces journées de pêche passées avec son grand-père ne reviennent le hanter à tout jamais. Une fois libérés, ces souvenirs atroces finiraient par le rendre fou ou, pire encore, le forcer à céder définitivement sa place à Razan.

— Arrêtez! Fermez-la! s'écrie Noah.

Même mort, Mikaël Davidoff peut encore me détruire, se dit le garçon.

— Qu'est-ce qui se passe? Tu ne souhaites pas te souvenir? Je comprends que ce soit doulou-reux, mais tout de même…

— JE VOUS AI DIT DE VOUS TAIRE!

Noah appuie ses deux paumes contre la vitre et fixe Nayr droit dans les yeux. Si le jeune homme pouvait tuer du regard en cet instant précis, il le ferait.

— Le déni est une réaction typique, déclare cette fois Xela en se moquant du jeune homme.

Noah aimerait trouver assez de force pour fracasser le plexiglas et traverser de l'autre côté afin de les réduire tous les deux au silence.

– Pourquoi faites-vous ça ? demande le garçon en frappant la paroi avec ses poings. Vous voulez me provoquer ?

– Te *chasser*, en fait, répond Nayr.

Ils veulent que Razan me remplace, en conclut Noah. *Mais ils n'y arriveront pas.*

– Je ne suis pas aussi faible que vous semblez le croire.

Nayr l'étudie un moment en silence.

– Si ce n'est pas toi qui tues Arielle, ce sera Razan qui s'en occupera. Je sais que ton alter nous entend, maintenant que j'ai attiré son attention. Voici ce que j'ai à lui dire : Razan, si ce jeune lâche n'a pas le courage de tuer Arielle Queen, tu devras le faire à sa place. Ta récompense : tu seras gracié. Tu auras droit au pardon total et tu pourras reprendre ta place auprès de nous, ainsi que ton grade de capitaine. Xela sera heureux de t'accorder le commandement d'une de ses compagnies si, bien sûr, tu t'engages à lui rendre l'argent et les armes que tu lui as volés.

Sans médaillon, Noah ne peut contrôler Razan. Son alter a déjà fait usage de la possession intégrale dans le passé, il peut donc le refaire aujourd'hui. Que se passera-t-il la nuit prochaine ? Possession intégrale ou pas, Razan prendra le contrôle, c'est certain. *Comment l'en empêcher ?* se demande Noah. Devra-t-il s'enivrer, ou encore se droguer ? On dit que c'est un moyen sûr de neutraliser son alter. Mais pour que cette méthode soit efficace, il ne faut pas lésiner sur les quantités d'alcool ou de drogue absorbées. Noah ne dispose d'aucune de ces substances ici. Pas même de somnifères. Quelle solution lui reste-t-il alors pour mettre Razan K.-O. et l'empêcher de prendre le contrôle de son corps? Il n'en a aucune idée, mais il lui faut trouver quelque chose au plus vite!

– Je ne sais pas où est Arielle, dit Noah. Personne ne le sait.

Le jeune homme s'est calmé. Il lui semble que les souvenirs désagréables ne forcent plus les barrières de son inconscient. Ils ont renoncé à s'insinuer dans son esprit et, tranquillement, ont repris le chemin de l'oubli. Pendant un bref instant, alors que l'anxiété montait, Noah a senti la présence émergente de Razan en lui. L'alter s'est bel et bien manifesté, mais Noah a su le réprimer à temps, il l'a renvoyé à sa place, dans les ténèbres.

Mais avant de disparaître, l'alter est parvenu à lui murmurer quelque chose à propos d'Arielle – «*C'est moi qu'elle aime...*» – ainsi qu'à lui léguer une nouvelle vision où apparaît Arielle. Encore une fois, la scène provient de la mémoire de Razan. La première chose que distingue Noah, c'est une silhouette. Non, plutôt deux. L'une d'elles appartient à Arielle. Elle est donc en compagnie d'une autre personne, et toutes deux se trouvent dans le garage du manoir Bombyx. C'est presque l'aube. À travers une fenêtre, on voit que l'horizon commence à blanchir. L'autre personne est un garçon. Il tient le visage d'Arielle entre ses mains et l'embrasse. La jeune fille se dresse sur la pointe des pieds. *On dirait que c'est moi qu'Arielle est en train d'embrasser,* se dit Noah. Mais il réalise bien vite que la seconde silhouette est celle de Razan. *Ce vaurien a profité d'Arielle tout juste avant de me céder sa place!* gronde Noah à l'intérieur de lui-même. L'image s'imprime alors dans l'esprit de Noah et ne veut plus s'effacer. D'après leur posture et leur façon de se toucher, Noah comprend que ce baiser n'est ni volé ni forcé. Arielle ne résiste pas, au contraire: la jeune fille se tient sur le bout des pieds, ce qui signifie qu'elle s'est approchée du garçon. Sans cette initiative d'Arielle, leurs lèvres ne se seraient pas touchées aussi longuement. La gorge de Noah se noue, et c'est avec tristesse qu'il tente de chasser cette image de son esprit. Ce mauvais souvenir ira rejoindre les autres, dans un coin reculé de son subconscient. « *Va la sauver, idiot!* » lance soudain la voix colérique de Razan. « *Mais qu'est-ce que t'attends!? Que je t'indique le chemin? Dépêche-toi de siffler la Walkyrie. La gamine a besoin de toi!* » Noah ne connaît aucune Walkyrie à l'exception de Bryni, celle qui a aidé Jason Thorn à traverser ses soixante années de réclusion, alors que le pauvre fulgur était incarcéré dans l'une des cellules de la fosse nécrophage d'Orfraie. C'est sans doute à cette Walkyrie qu'a fait référence Abigaël dans sa lettre. *Si Razan la connaît aussi, c'est qu'il l'a rencontrée la nuit dernière,* suppose Noah, *pendant qu'il occupait mon corps.*

« *NOTRE corps, mon bichon !* » le corrige aussitôt Razan. « *Il est à nous deux, ce sosie de Tom Welling, ne l'oublie pas !* » Nayr plaque alors un document contre la vitre, ce qui tire Noah de ses pensées et le débarrasse aussi de Razan. Le document est rédigé en langue étrangère. Selon l'évaluation sommaire qu'il peut en faire de sa position, Noah suppose que c'est de l'allemand.

– Ce rapport date d'avril 1945, dit Nayr. Il a été découvert par les Russes, à Berlin, dans le bunker d'Adolf Hitler. Selon nos experts, le document a été rédigé par un kobold nazi, membre des SS, puis signé par son chef sylphor et transmis à Hitler lui-même.

– Notre bon ami le *Führer* connaissait l'existence des elfes noirs, intervient Xela.

Hitler les appréciait beaucoup, semble-t-il. Leur puissance et leur quasi-immortalité le fascinaient, mais surtout, en faisaient de puissants alliés. Pas assez puissants pour vaincre les Américains et les Russes, cependant, qui bénéficiaient de l'assistance des alters.

– Encore une fois, ces crapules de sylphors ont mal choisi leur camp, conclut Xela.

Nayr retourne le document, puis le parcourt du regard.

– On y fait état de la capture d'une jeune femme, déclare-t-il sans lever les yeux du rapport. Une jeune femme qui ressemblait étrangement, et je cite : « à la *fräulein* Abigaël Queen, ennemie jurée des maîtres kobolds Himmler et Goebbels ».

– Et vous croyez que c'était Arielle? lui demande Noah.

– C'est notre avis, en effet.

Noah, lui, est en convaincu: c'est bien d'Arielle que parle le rapport. Elle se trouve en 1945, captive des elfes et des kobolds de cette époque. Abigaël Queen le supposait dans sa lettre: «Si Arielle est tombée entre les mains des sylphors de 1945, nous sommes tous en danger.» Le document que tient Nayr confirme que la grand-mère d'Arielle a vu juste.

– Pourquoi me demander de la tuer, alors? Si Arielle se trouve réellement là-bas, il m'est impossible d'aller la rejoindre, à moins de voyager dans le temps.

– C'est exactement ce que nous attendons de toi, répond Nayr, que tu te rendes en 1945.

Noah se met à rire.

– En 1945? J'ai l'air de Marty McFly?

– Tu trouveras un moyen d'y aller. J'ai entendu dire que vous aviez recruté une Walkyrie dans votre joyeuse bande. Lance-lui un S.O.S., sait-on jamais.

Noah est intrigué.

– Et si cette femme venait, vous la laisseriez entrer dans votre repaire?

– Pourquoi pas? répond Nayr. C'est une Walkyrie, elle trouvera un moyen d'y entrer de toute façon.

5

Ensemble, à bord d'une camionnette de l'usine, Rose, Émile et l'oncle Sim font route vers le sud, jusqu'à ce qu'ils arrivent enfin à Noire-Vallée, la ville la plus proche.

Là-bas, ils trouvent refuge chez un cousin du père de Rose : Charles « Chuck » Gorman, policier à Noire-Vallée depuis une vingtaine d'années. Il habite seul un petit bungalow situé l'écart de la ville, dans un secteur rural.

Avant de cogner à la porte, Rose sent le besoin de rassurer ses compagnons.

– Chuck est digne de confiance, ne vous inquiétez pas, dit-elle.

Gorman vient leur ouvrir rapidement et les invite à entrer. Une fois les présentations faites, Rose et Sim lui racontent leur histoire. Ils l'informent sur ce qui s'est passé à Belle-de-Jour et lui demandent d'alerter immédiatement ses collègues policiers. Gorman accepte de contacter son capitaine, mais suggère de passer certains détails sous silence. Il jure que si ses confrères ne voient pas de leurs propres yeux les elfes noirs et les habitants transformés en esclaves-zombies, ils ne le croiront jamais. Il devra trouver autre chose. L'important, c'est de les convaincre d'aller là-bas.

— Et tes parents, comment vont-ils? demande Gorman à Rose en composant le numéro du poste.

— Je ne sais pas. Je n'ai aucune nouvelle d'eux, et je m'inquiète. Pareil pour Émile.

— Ne vous en faites pas, les rassure Gorman. On va les retrouver.

Une fois en ligne avec son chef, le policier invente une histoire de motards criminels qui s'en seraient pris aux commerçants de Belle-de-Jour. La confrontation entre les deux groupes aurait fini dans un bain de sang.

— Ce sont des témoins qui m'ont rapporté ces faits, capitaine. Il faut intervenir sans tarder!

À l'autre bout du fil, le capitaine lui répond que ses témoins ont menti:

— Nous connaissons l'urgence de la situation, Chuck, mais ça n'a rien à voir avec les motards. La population est confrontée à un *outbreak*, et les responsables du gouvernement sont déjà sur les lieux, explique le capitaine.

Le terme *outbreak* est utilisé par les épidémiologistes pour décrire une attaque virale sur un petit groupe de personnes, localisées au même endroit, comme dans les villages ou les petites villes, par exemple. Dans le cas de Belle-de-Jour, il s'agirait d'un dangereux virus de fièvres hémorragiques qui aurait été propagé, semble-t-il, grâce à un disperseur aérosol. Cette contamination est considérée par les autorités comme une action terroriste. L'attaque est revendiquée par une organisation appelée le O.D.E.R., qui fait référence à une race de créatures mythologiques. Selon les informations dont dispose le capitaine, il s'agit en fait d'un groupe d'environnementalistes extrémistes qui se disent aussi anticapitalistes. Dans leur communiqué, ils menacent de s'en prendre à d'autres grandes entreprises à travers le pays et aux États-Unis. Cette attaque-ci visait l'usine Saturnie et tous ses travailleurs, qui constituent la majeure partie de la population de Belle-de-Jour. Les autorités prennent la menace très au sérieux, même si certains experts prétendent qu'il est peu probable que des bioterroristes utilisent ce genre d'agent pathogène, car les virus de fièvres hémorragiques, comme celui qui sévit à Belle-de-Jour, sont difficilement manipulables et très instables. Il est par ailleurs extrêmement ardu de se les procurer. Mais l'avantage, c'est qu'ils provoquent des dégâts considérables et que leur taux de contagion est élevé. Le virus dont il est question a été altéré de façon artificielle ; il était est transmissible par voie aérienne *avant* d'être dispersé, selon les spécialistes américains qui accompagnent les responsables du gouvernement. C'est pourquoi il s'est répandu si vite dans la ville. Une unité spéciale du ministère de la Défense a pris la direction de l'opération. Des militaires de la base la plus proche ont été dépêchés sur place, afin de veiller à la sécurité et de s'assurer que l'épidémie soit contenue. Le rôle de la police locale se résume à établir des barrages et à surveiller les routes, afin qu'aucun habitant de Belle-de-Jour ne quitte le secteur mis en quarantaine.

– Pour ces malheureux, il est trop tard, conclut le capitaine. Il n'existe aucun traitement efficace. Des antiviraux sont disponibles, mais le taux de réussite est faible; on ne peut donc pas compter là-dessus pour enrayer l'épidémie. C'est pourquoi les gars de l'armée vont intervenir et… *nettoyer* le secteur.

Après une pause, le capitaine ajoute:

– Habille-toi, Chuck. On va avoir besoin de toute l'aide possible.

Gorman acquiesce, puis repose le combiné du téléphone. Il répète à ses hôtes ce que lui a révélé le capitaine.

– Cet O.D.E.R. est une invention des alters! s'emporte Sim dès que Gorman a terminé. Ils veulent tout mettre sur le dos des sylphors! C'est une mise en scène, une vulgaire mascarade destinée aux médias et à la population! Ce n'est pas du tout ce qui s'est passé!

– C'est peut-être une couverture, en effet, dit Gorman. Mais mettez-vous à la place des autorités un instant: s'ils sont vraiment au courant pour vos elfes noirs et leurs serviteurs machin-choses, comment peuvent-ils annoncer cette nouvelle à la population sans semer la panique?

Émile prend un air indigné:

– Éviter la panique? Vous croyez vraiment que c'est une raison suffisante pour laisser assassiner froidement tous les habitants de Belle-de-Jour?

— Vous avez bien dit que les elfes avaient transformé la population en espèce de zombies, pas vrai ? Eh bien, pour les militaires et les gars du gouvernement, vos zombies représentent une menace. Mais qu'est-ce que je dis là ? Pas seulement pour eux, mais pour tout le monde, voyons ! Vous savez quoi ? Peut-être même que les militaires y croient vraiment, à cette histoire de virus. Vous avez dit vous-mêmes que ces gens n'avaient plus rien d'humain. Pour les soldats qui ne connaissent rien aux elfes et à toutes ces bêtises dignes du *Seigneur des anneaux*, l'hypothèse qu'un virus ait pu rendre ces gens malades et les transformer en zombies peut paraître très logique. *La nuit des morts-vivants*, ça vous dit quelque chose ? Rappelez-vous comment les militaires traitent les zombies dans ces films : ils les massacrent, sans pitié ! Ne vous faites pas d'illusions, ce ne sera pas différent ici !

— L'état des kobolds est réversible, affirme l'oncle Sim.

— Vous en êtes *absolument* certain ?

Sim hésite ; il ne peut le garantir.

— Voilà ! s'exclame Gorman. Si personne n'a une meilleure idée, je vote pour qu'on les passe tous au lance-flammes !

Après avoir marqué un temps, Gorman se prépare à les quitter. Son chef l'attend ; il y a des routes à surveiller, paraît-il, et il doit retrouver son cousin, le père de Rose. Cette dernière et ses amis peuvent rester chez lui tant qu'ils le souhaitent. Il y a de la nourriture dans le frigo et de la bière à la cave, pour Sim.

— Pour vous deux, ce sera des boissons gazeuses, ordonne le sergent Gorman à Rose et Émile.

Gorman revêt son uniforme et salue une dernière fois ses invités avant de partir. Sim attend que la voiture du policier ait rejoint la route avant de conduire les deux adolescents au salon. Il les fait asseoir sur l'unique canapé de la pièce.

— Je dois me rendre en ville, leur dit-il. J'ai quelques petites choses à vérifier. Vous deux, vous m'attendez ici.

— Pas question, réplique Rose. On y va avec vous.

— C'est trop dangereux. Les représentants du gouvernement et les militaires dont a parlé Chuck tout à l'heure sont probablement des sympathisants alters ou, pire, de véritables alters qui vivent de jour. Des « intégraux », comme on les appelle dans le jargon des chevaliers fulgurs.

— Des chevaliers fulgurs? répète Émile, intrigué. Qu'est-ce que c'est que ça, encore?

Sim n'a pas le temps de répondre. Des bruits de moteurs résonnent à l'extérieur.

— Chuck est déjà de retour? fait Rose.

Ils s'avancent tous les trois vers la grande fenêtre du salon. À l'extérieur, ils aperçoivent une vieille Chevrolet Monte Carlo de couleur rouge, garée dans le stationnement, ainsi qu'une motocyclette Harley-Davidson noire qui repose sur sa béquille latérale.

— Harley-Davidson, modèle Night Rod, murmure Émile en parlant de la moto. Une beauté.

Les nouveaux arrivants s'éloignent de leur véhicule. De leur position, Sim et les adolescents ne peuvent distinguer que leur silhouette. Il y a une femme, qu'ils identifient grâce à sa chevelure, ainsi que deux jeunes hommes. Il y a aussi un chien et, plus bas… un chat.

— Brutal…, souffle Sim.

— Brutal? répète Émile, nerveux. C'est… c'est le chat géant?

— Il est de taille normale, tu vois bien, rétorque Rose en réprimandant son copain du regard, l'air de dire : « Reprends-toi, pour l'amour, c'est juste un chat! »

— Géant, il ne le devient que la nuit, explique Sim.

Émile adresse à Rose un regard triomphant. L'instant d'après, on cogne à la porte. Sim se dépêche d'aller ouvrir. Émile n'est pas du tout convaincu que ce soit la bonne chose à faire.

— Euh… Vous êtes vraiment certain de ce que vous faites?

Rose fixe de nouveau le garçon, exaspérée :

— Trouillard…

— Hé! c'est une façon de parler à son petit ami?

— Petit ami? Plus pour très longtemps, dit Rose avant de rejoindre Sim dans le vestibule. Je fréquente pas les gamins qui font dans leur pantalon à la vue d'un simple chaton!

Émile n'en croit pas ses oreilles.

– Hein?... Mais... Mais attends une minute, toi... Cette affreuse bête n'a rien d'un chaton!

On frappe une seconde fois et Sim ouvre enfin la porte. Sur le perron, à l'avant-plan, se tiennent les deux jeunes hommes. Sim reconnaît Jason Thorn, mais n'a aucune idée de qui est l'autre garçon. Apercevant les marteaux mjölnirs qui reposent dans les étuis de cuir moulant ses flancs, il en déduit cependant qu'il fait lui aussi partie de l'ordre des chevaliers fulgurs. Son teint est cuivré et il paraît plus âgé que Jason. *Sans doute un gradé,* se dit Sim, *de classe noble ou très noble.* Derrière les deux fulgurs se tient la femme qui les accompagne. Elle est grande et fort jolie. Sa longue chevelure blonde, presque blanche, combinée à ses traits fins et à ses yeux bleus lui confèrent un aspect... nordique. *Une Suédoise,* suppose Sim. *Peut-être une Norvégienne.*

– Rien de tout cela, répond la femme. Je suis née à Vanaheim, mais j'ai grandi dans le Glad-sheim, et j'ai reçu mon éducation de Walkyrie dans le Walhalla.

Elle arrive à lire dans les pensées, s'étonne l'oncle d'Arielle.

– Oui, mais pas dans celles de tout le monde, malheureusement, précise la jeune femme. On peut entrer?

Brutal pousse un miaulement et se faufile entre les jambes de Sim. Il examine rapidement le couloir menant à la cuisine, puis bifurque vers le salon où se trouve toujours Émile. Le garçon a un mouvement de recul lorsqu'il aperçoit le chat.

— N'approche pas, sale bête!

Brutal pousse un autre miaulement, qui ressemble cette fois à un rire.

— Il se moque de moi! s'exclame Émile en s'éloignant davantage. Cette saleté de chat se fout de ma gueule!

Le chien, un doberman, vient se placer aux côtés de Brutal. Montrant les dents, il lance des aboiements en direction du jeune homme. Émile recule dans un coin du salon.

— Hé! Quelqu'un pourrait rappeler Shere Khan et Cujo avant qu'ils me dévorent vivant?!

— Elle est à qui, cette Chevrolet Monte Carlo? leur demande Rose. Vous n'avez rien trouvé de mieux pour faire la route?

— Elle appartient à Ed West, le gardien du parc, répond Sim à la place des autres. J'ai tout de suite reconnu les taches de rouille.

— Disons qu'on la lui a empruntée, explique Jason. Sa résidence se trouve tout près du manoir Bombyx, en bordure du chemin Gleason. C'est la première maison sur laquelle nous sommes tombés.

Sim pose enfin la question qui lui brûle les lèvres:

— Arielle n'est pas avec vous?

Jason secoue lentement la tête.

— Je suis sincèrement désolé, dit-il, mais nous n'avons rien pu faire pour la secourir. Nous avons bien tenté de retourner au manoir comme le souhaitait Brutal, ajoute Jason, mais il était déjà trop tard. Les elfes avaient quitté l'endroit, mais seulement pour faire place aux alters, et pas n'importe lesquels : des commandos militaires. Ils ont rapidement pris possession des lieux : ils ont sécurisé le manoir ainsi que le garage où se trouvaient Arielle, Razan et Gabrielle Queen, la mère d'Arielle.

Selon Jason, les commandos alters maîtrisent la possession intégrale car, même une fois le soleil levé, les hommes ont continué d'effectuer leur boulot comme si de rien n'était. L'arrivée du jour a provoqué les transformations de Geri et de Brutal, et tous deux ont repris leur forme animale. De cinq combattants, ils n'étaient plus que trois. Tenter une opération de sauvetage pour récupérer Arielle et les autres aurait relevé du suicide. Le groupe a alors décidé de quitter les environs du manoir et de laisser Geri les guider jusque chez le vieux Ed West. Là, ils ont volé la voiture du vieux gardien et se sont dépêchés de prendre la direction du sud.

– Comment vous avez fait pour nous retrouver ? demande Rose.

– Grâce à Bryni, répond Jason en désignant la femme à la longue chevelure blonde. C'est une Walkyrie. *Ma* Walkyrie, s'empresse-t-il de préciser affectueusement. Elle a suivi votre trace jusqu'ici.

– Une Walkyrie ? s'étonne l'oncle Sim en les invitant d'un geste à passer au salon. C'est la première fois que j'en rencontre une. J'avais oublié que les Walkyries faisaient parfois la chasse aux anciens décédés, et qu'elles avaient un don pour les repérer partout où ils se trouvent.

Jason vous a sûrement mentionné que je suis déjà mort une fois, mais que, grâce à Arielle, j'ai réussi à quitter l'Helheim pour revenir dans le monde des vivants?

— En effet, confirme la Walkyrie. Jason m'a tout raconté. Il a été facile de vous retrouver, mon cher Simon, car votre aura de revenant, tout comme celle du jeune Davidoff, est étonnamment luminescente, contrairement à celle des autres spectres échappés de l'Helheim.

— Sim a une aura? fait Émile du salon. Je ne la vois pas.

— Dis-moi, tu as les yeux d'une Walkyrie? lui demande Rose sur un ton impatient.

Au salon, les animaux paraissent s'être calmés. Geri s'est couché au pied d'un fauteuil, tandis que Brutal a bondi sur le canapé et s'est vautré sur l'un des coussins.

— Je me présente: Tomasse Thornando, chevalier fulgur de la loge America, dit le fulgur à la peau basanée, avec un fort accent espagnol que Sim remarque aussitôt.

Rose aussi en a pris bonne note, et elle ne se gêne pas pour faire les yeux doux au jeune homme, au grand désespoir d'Émile.

— Rose! s'exclame ce dernier.

Mais Rose ne lui accorde aucune attention.

— Et moi, déclare-t-elle en cherchant à croiser le regard de Thornando, je suis Rose, étudiante au secondaire… et future compagne de chevalier fulgur.

Thornando est à la fois intrigué et amusé par l'intérêt soudain que lui porte la jeune fille.

— J'adore ton accent, lui dit Rose. Tu es brésilien ?

— Arrête ça, Rose, l'implore Émile.

— Argentin, répond Thornando.

Sim observe tour à tour le chat et le chien, puis inspecte la pièce du regard comme s'il cherchait quelqu'un ou quelque chose.

— Dites-moi, où est Freki ?

Le silence tombe. En voyant l'air abattu que prend Jason, Sim comprend que quelque chose de grave s'est passé.

— Freki est mort, répond finalement Jason. Et Ael aussi.

Bryni réalise pour la première fois que Jason est profondément troublé par la mort de la jeune alter. La Walkyrie éprouve de la compassion pour le jeune chevalier, mais en même temps, elle ressent de la jalousie envers Ael, même si cette dernière a quitté le royaume des hommes. Il est évident pour Bryni que Jason était amoureux de cette fille, et il lui faudra beaucoup de temps pour l'oublier. *Qu'importe, je t'attendrai, Jason Thorn,* songe Bryni. *Tout le temps qu'il faudra.*

— Il y a eu une autre victime, annonce Bryni : Gabrielle Queen, la mère d'Arielle.

Cette fois, c'est l'oncle Sim qui accuse le coup.

— Quoi ?

Gabrielle Queen et lui ont été amis, il y a bien longtemps, à l'époque où Arielle n'était encore qu'un bébé. Sim se souvient du jour où ils avaient convenu tous les deux de s'enfuir à bord de la Honda de Gabrielle afin d'éviter que la petite Arielle ne tombe entre les mains des sylphors. Quelques heures auparavant, ils avaient appris que le compagnon de Gabrielle, Erik Saddington, avait reçu l'Élévation elfique et que les elfes noirs lui avaient ordonné de kidnapper la jeune élue. Sim, Gabrielle et l'enfant devaient donc quitter la ville le plus rapidement possible. Ils ont roulé vers le nord en voiture pendant une bonne partie de la nuit, espérant trouver un endroit sûr où se réfugier ; un endroit reculé où aucun elfe ne pourrait les retrouver. Sim et Gabrielle s'étaient tous les deux montrés très naïfs cette nuit-là, mais peut-être était-ce dû à leur jeune âge. Dès que Saddington et les sylphors ont remarqué leur absence, ils se sont immédiatement lancés à leur poursuite et les ont vite rattrapés. Pour interrompre leur fuite et les forcer à s'arrêter, les elfes se sont jetés un à un sur la voiture et ont fini par provoquer le dérapage du véhicule. La Honda a effectué plusieurs tonneaux avant de s'immobiliser en bordure de la route. Sim est parvenu à sortir du véhicule avec Arielle, mais n'a pas eu assez de temps pour dégager Gabrielle ; cette dernière était toujours prisonnière de l'habitacle lorsque la voiture s'est enflammée. Sim a dû faire face à un choix déchirant : soit il restait pour aider Gabrielle, soit il respectait la promesse qu'il lui avait faite et fuyait avec l'enfant.

— Simon, promets-moi de sauver ma fille avant tout. Même si ça signifie ma mort ou la tienne.

— Je te le promets, Gaby.

Ce jour-là, devant la voiture en flammes, Sim a donc choisi de respecter sa promesse. *C'est ce que Gabrielle aurait voulu*, s'est-il dit alors. Sans perdre davantage de temps, il s'est éloigné de la

Honda et s'est mis à courir sans regarder derrière lui, la petite dans ses bras. Heureusement, le jour n'a pas tardé à se lever. Il est probable que si le soleil ne s'était pas pointé à ce moment précis, les sylphors auraient réussi à les rattraper, Arielle et lui. Mais aussitôt que sont apparues les premières lueurs du jour, les elfes se sont empressés de fuir le lieu de l'accident et de regagner leur tanière, au grand soulagement de Sim. Ce que le jeune Sim ignorait, cependant, c'est que pendant qu'il courait à travers champs, les sylphors avaient réussi à extraire Gabrielle de la voiture. Malgré d'importantes brûlures et de nombreuses blessures, la jeune maman était toujours vivante. Les elfes l'ont ramenée avec eux à la tanière et l'ont soignée. Pour la punir, les elfes l'ont envoyée à Lothar, maître de la fosse nécrophage d'Orfraie, afin qu'elle y soit interrogée puis conditionnée. C'est aussi là-bas qu'était détenu, depuis 1945, un jeune chevalier fulgur nommé Jason Thorn.

– Je n'ai pas assisté personnellement à sa mort, indique la Walkyrie, mais parmi les âmes qui ont quitté Midgard avant ce nouveau soleil, j'ai repéré celle de Gabrielle.

– C'était une nécromancienne, dit Jason. Elle travaillait pour Lothar et ses elfes. Mais heureusement, avant de mourir, elle a retrouvé le chemin de la lumière.

Après un moment de silence, Sim déclare :

– Je dois retrouver Arielle. C'est ce que Gabrielle aurait voulu. Je ne peux pas l'abandonner…

La Walkyrie s'approche de Sim et pose une main réconfortante sur son épaule.

– Ce n'est pas vous qui retrouverez Arielle, lui confie-t-elle. C'est Noah Davidoff qui s'en chargera. Les alters le retiennent prisonnier dans un endroit secret, mais je crois que j'arriverai à le retrouver. Depuis son retour de l'Helheim, Noah possède lui aussi une aura de revenant que je suis la seule à percevoir. Et même si ce n'était pas le cas, je sais que, très bientôt, il m'appellera.

– T'appeler ? répète Jason. Pourquoi ?

– Il aura besoin de moi, pour le conduire là où se trouve Arielle.

– Je dois y aller aussi, déclare Sim.

Derrière eux, Brutal émet un miaulement sonore pour leur signifier qu'il sera aussi de la partie.

– Ce n'est pas possible, répond Bryni. Vous avez un rôle différent à jouer.

En assassinant Reivax et ses alters de Belle-de-Jour, Lothar a déclenché une guerre ouverte entre les elfes noirs et les alters nocta. Nayr et Xela ont bien l'intention de mettre le paquet, cette fois-ci. Depuis quelques années, ils disposent discrètement leurs pièces sur l'échiquier en prévision d'une vaste offensive. Dès que les derniers éléments seront en place, ils pourront à tout moment lancer l'attaque sur plusieurs fronts. Plusieurs de leurs frères alters occupent, au sein des gouvernements, des postes clés qui leur procurent à la fois pouvoir et influence. Certains, comme le colonel Xela, dirigent des régiments entiers de soldats prêts à se battre pour leur commandant. Au cours des dernières années, les alters sont devenus très puissants. Le temps des elfes est révolu, comme le soutient Bryni. Leur règne s'achèvera bientôt. Pourtant, il y a quelques mois encore, les sylphors dominaient les villes. La raison en était simple : les alters s'étaient retirés dans les campagnes afin de réévaluer leur stratégie et de mettre sur pied un nouveau plan d'attaque. Lorsqu'ils ont déserté les métropoles, les alters étaient loin d'être battus, comme le croyaient les elfes noirs. Ils se sont simplement repliés pour mieux contre-attaquer. Les sylphors qui se sont risqués à les attaquer dans leur retraite, comme Falko et Lothar, l'ont tous regretté. Mais ce ne sont pas tous les alters qui ont quitté les villes ; ceux qui ont réussi à s'infiltrer dans les gouvernements sont demeurés en poste, c'était essentiel. Pendant que leurs frères regroupaient leurs forces dans les campagnes, les alters politiciens ou militaires en ont profité pour consolider leur position au sein des gouvernements ; ils se sont rapprochés des humains, s'en sont fait des amis dans le but de créer une éventuelle alliance. Grâce à ces manipulations diplomatiques, les alters espèrent un jour s'adjoindre les forces humaines dans leur combat contre les elfes.

– Et ils sont sur la bonne voie, assure Bryni.

– Donc, ce sera la guerre, dit Jason.

La Walkyrie approuve :

– Très bientôt, oui. C'est pourquoi vous devez tous vous réfugier à l'abbaye Magnus Tonitrus, là où se sont réunis plusieurs détachements de chevaliers fulgurs de la loge Europa. Thornando et toi escorterez nos amis là-bas et m'y attendrez.

Il n'y a qu'à l'abbaye que vous serez en sécurité, conclut-elle en s'adressant à tous ceux qui sont présents dans la pièce, y compris les animalters.

— Je ne pourrai pas me cacher dans votre abbaye et attendre bien sagement qu'il se passe quelque chose, intervient Sim.

La Walkyrie s'approche de lui.

— Alors, vous voulez faire la guerre? C'est bien ce que vous souhaitez?

— Je veux retrouver Arielle, répond Sim. C'est tout.

Bryni détourne soudainement les yeux. Elle fronce les sourcils tout en prenant un air concentré, comme si elle réfléchissait intensément.

— Ça va? lui demande Sim.

La femme baisse la tête et s'éloigne d'un pas rapide vers le vestibule.

— Il m'a contactée! annonce-t-elle en se retournant. Noah Davidoff m'a contactée!

Les oreilles pointues de Geri se dressent, et l'animal bondit sur ses pattes.

— Il a… Il a les coordonnées en sa possession, poursuit Bryni. Abigaël les lui a transmises. Il est seul dans sa cellule. C'est maintenant que je dois aller le retrouver.

Le doberman traverse le salon en un éclair et se place aux côtés de la Walkyrie.

— Désolée, Geri, mais tu ne peux pas m'accompagner. Noah ne le voudrait pas, c'est beaucoup trop dangereux.

Bryni s'adresse ensuite à Jason et à Thornando:

— Prenez Jonifax et la voiture, et conduisez Sim et les autres chez Laurent Cardin.

— Laurent Cardin, le milliardaire ? s'étonne Sim.

— Oui, confirme Thornando. C'est un sympathisant fulgur. Il possède un jet privé, qu'il a mis à notre disposition pour nous aider à quitter le pays. L'avion et son pilote nous attendent à l'école de parachutisme Sigmund & Cardin, au sud de Noire-Vallée, pour nous conduire en Normandie. Nous nous poserons à l'aéroport de Granville et, de là, nous pourrons aisément rejoindre le Mont-Saint-Michel ainsi que l'accès secret menant au cœur de l'îlot rocheux, là où se trouve l'abbaye.

L'abbaye Magnus Tonitrus a été construite secrètement en 1880, en même temps que la digue reliant l'île au continent. L'homme qui dirigeait l'École des ponts et des chaussées était un allié des fulgurs, et c'est lui qui a recruté les ingénieurs responsables du projet dont chaque étape, que ce soient les opérations de forage ou la construction même du bâtiment, s'est déroulée de manière clandestine. Tout ce qui faisait référence à l'abbaye, ou qui l'associait de près ou de loin au Mont-Saint-Michel, a été perdu ou détruit dans les semaines qui ont suivi la fin des travaux.

Thornando s'interrompt. Le corps de Bryni commence à perdre de sa densité. Elle va bientôt les quitter.

— Il ne me reste plus beaucoup de temps, dit-elle. Bientôt, je serai avec Noah.

— Attendez ! l'implore Sim. Dites-moi où se trouve Arielle !

— Ne vous inquiétez pas, Simon, elle va bien. Mais elle ne vit plus à cette époque. Noah et moi la retrouverons.

La silhouette de Bryni est transparente à présent; on dirait la femme invisible. Un miaulement strident résonne soudain, et Sim voit passer devant ses yeux une boule de poils grise et blanche qui a bondi du canapé et qui atterrit dans les bras de Bryni, tout juste avant que la Walkyrie ne disparaisse complètement.

– C'était quoi, ça? demande Jason.

– Brutal, répond Sim.

– Quel idiot, ce chat, murmure Émile pour lui-même. Bon débarras.

Geri l'a entendu, et il oriente ses mâchoires ouvertes en direction du jeune homme. Lorsque le doberman retrousse sa lèvre supérieure pour laisser voir ses longues canines, Émile comprend qu'il doit vite se reprendre:

– D'accord, d'accord! Je retire ce que j'ai dit. Il est formidable, ce chat!

Ce n'est pas suffisant pour Geri, qui pousse un autre grognement hostile.

– C'est un super chat! Un… un chat génial! Le meilleur chat du monde!

6

*Debout autour du lit d'Arielle,
le mari, la femme et le médecin
n'ont pas cessé leur litanie :*

– ÉGOÏSTE ! ÉGOÏSTE ! ÉGOÏSTE !

Arielle croit apercevoir des sourires sur leurs visages, mais réalise bien vite que ce sont des mouvements convulsifs, des tics qu'ils sont incapables de contrôler. Dans leurs regards, elle perçoit une convoitise malsaine, mêlée à un égarement proche de la folie. *Ils sont cinglés,* se dit Arielle. *Ou c'est peut-être moi qui le suis devenue, en fin de compte.*

Brusquement, le docteur Stevenson s'interrompt et se penche sur Arielle. Il entoure le cou de la jeune fille avec ses mains et commence à serrer fort. Très fort. De toute évidence, il veut l'étrangler. Arielle est toujours prisonnière des sangles de cuir. Elle se débat comme une forcenée, mais ne peut échapper à la poigne de Stevenson.

« *Ne doutez plus : vous êtes Arielle Queen !* »

Encore une fois, c'est la voix de Jekyll : « *Allez, répétez : Je suis Arielle Queen !* »

93

– Je… Je suis Arielle Queen! réussit à articuler Arielle, malgré la pression qu'exercent les mains de Stevenson sur sa gorge.

« *Encore!* »

– Je suis… Arielle Queen!

Elle va bientôt manquer d'air.

« *Plus fort!* »

– Arielle… Queen!

« *ENCORE UNE FOIS!* »

L'adolescente fixe son regard sur celui de Stevenson.

– JE SUIS ARIELLE QUEEN! rugit-elle finalement d'une voix claire, et Stevenson s'éloigne brusquement.

Le médecin a lâché prise malgré lui et a reculé de plusieurs pas, comme s'il avait été repoussé par une puissante bourrasque de vent.

Une fois libérée de l'étau qui serrait sa gorge, Arielle peut de nouveau respirer. Dès qu'elle a prononcé son nom haut et fort, la jeune fille s'est sentie habitée par une nouvelle énergie qui se propage maintenant dans tout son corps. Arielle la sent monter dans ses jambes et dans son ventre, puis l'onde se répand dans son torse et finit par traverser ses bras et parvenir jusqu'à sa nuque. Arielle éprouve soudain une vive douleur au niveau de la poitrine : un objet brûlant est en train de consumer sa chair. C'est le médaillon demi-lune, elle en est certaine. Il lui suffit de baisser les yeux pour constater qu'il a bel et bien réapparu.

– Ed Retla! Ed Alter! lance rapidement Arielle.

L'effet est immédiat : Arielle sent aussitôt sa chevelure qui commence à défriser. Une fois lisses, ses cheveux poussent de plusieurs centimètres et reprennent leur couleur noire. Ses bras et ses jambes se raffermissent tout en s'allongeant. La jeune élue prend plusieurs centimètres, sous les regards étonnés de Louise et de Robert. Les muscles d'Arielle se tonifient, ses os se solidifient. Dorénavant, sa peau est claire et sans aucune imperfection. Ses taches de rousseur ont disparu, elle le sait et en est heureuse. Un examen rapide lui permet de constater que son corps est redevenu celui d'un alter nocta : il est grand, svelte et robuste, comme celui de tous les autres alters. *Et j'ai aussi récupéré ma force, mon endurance et mon agilité*, se dit-elle, soulagée. Elle en est satisfaite, mais quelque part à l'intérieur d'elle-même résonne toujours cette petite voix qui lui rappelle sans cesse que ce corps et ces pouvoirs ne lui appartiennent pas, pas plus que cette extraordinaire beauté. Ces attributs sont ceux d'une autre, ceux de son alter décédée, Elleira. Arielle les lui emprunte, c'est tout. Lorsqu'elle porte le médaillon demi-lune, cette apparence de déesse lui est prêtée, mais un jour, il ne lui sera plus possible de la revêtir. Un jour, la jeune élue devra accepter de retourner dans le corps imparfait et ingrat de la petite rousse et d'y vivre pour le reste de ses jours. *Je ne dois pas penser à ça*, se convainc-t-elle. *Pas maintenant.*

Dès qu'elle réussit à chasser ses mauvaises pensées, Arielle réalise que Stevenson se prépare à une seconde offensive : bille en tête, le médecin fonce de nouveau sur elle, plus décidé que jamais. Galvanisée par la puissance de son corps d'alter, Arielle parvient facilement à se libérer des sangles de cuir qui emprisonnaient ses poignets et ses chevilles, puis de celle, plus large, qui entourait sa taille. À présent, plus rien ne la maintient immobilisée sur le lit. Elle se redresse, en position assise, et agrippe Stevenson par la gorge au moment même où celui-ci bondit sur elle. Arielle soulève son assaillant d'une seule main, comme s'il ne pesait rien, et, d'un simple mouvement du bras, elle le projette à travers la salle. Le médecin s'écrase contre le mur le plus éloigné, celui qui est situé tout au fond de la pièce. Le choc est violent; Stevenson s'effondre au sol et ne se relève pas. Louise et Robert prennent alors le relais et se jettent sur la jeune élue.

– Ne fais pas ça! la supplie Louise tout en essayant de l'immobiliser. Tu es notre petite fille!

– Ma chérie, calme-toi! enchaîne Robert, qui réussit à attraper les poignets d'Arielle. Nous t'aimons beaucoup, tu sais!

Mais Arielle n'a pas l'intention de se laisser amadouer.

– Hélène, nous ne voulons que ton bien! affirme Louise en lui assénant de violentes gifles.

– Nous t'aimons, Hélène! répète sans cesse Robert en lui serrant les poignets. Nous t'aimons!

– Ah oui? Eh bien, maman, papa, vous avez une drôle de façon de démontrer votre affection!

Arielle oblige Robert à lâcher ses poignets. Une fois libre de ses mouvements, la jeune fille n'hésite pas une seconde: elle use de toute sa force pour repousser l'homme et la femme. La puissance de la poussée est telle que Louise et Robert effectuent un vol plané au-dessus des autres patientes et retombent plusieurs mètres plus loin, à proximité de Stevenson, toujours inconscient.

Rien n'est réel, se dit la jeune élue en sautant du lit. *Tout ça se déroule dans mon esprit. Mais je dois continuer à faire comme si tout était vrai, si je veux avoir une chance de sortir d'ici vivante.*

Arielle ferme les yeux et se concentre : *Invocation d'uniforme !* commande-t-elle après s'être rappelé qu'elle pouvait faire apparaître son uniforme d'alter par la simple force de sa volonté. Razan était la seule autre personne qui détenait aussi ce pouvoir – selon les prétentions du jeune alter, du moins. Rien ne prouve qu'il disait la vérité.

Rapidement, Arielle constate que sa robe d'hôpital a changé : elle est plus épaisse, et plus rigide, et elle a pris une teinte sombre, se rapprochant du gris, mais qui finit par tendre vers le noir. Ce n'est plus une robe en tissu léger qu'elle porte à présent, mais une robe en cuir qui s'allonge et s'enroule autour de ses jambes. Après avoir atteint ses chevilles, le cuir recouvre entièrement ses pieds, puis se durcit et prend la forme de bottes. Le haut de la robe se transforme lui aussi : il s'étire jusque sur ses épaules et sur ses bras. Le ceinturon qui recueille les injecteurs acidus s'enroule doucement autour de sa taille, comme un serpent qui se love. L'épée fantôme et son fourreau apparaissent et s'accrochent à elle pendant qu'un long manteau de cuir recouvre ses épaules, puis tout le reste de son corps. La voici enfin redevenue Arielle Queen, l'élue de la prophétie, avec toute sa tête et tous ses attributs d'alters : armes et pouvoirs compris !

Heureuse d'avoir enfin retrouvé grâce et souplesse, Arielle fixe son regard au fond de la salle, sur l'armoire sur laquelle est gravé le grand E. L'adolescente se sent attirée par la brillance apaisante de la lettre.

« *Ceci est votre signe, ceci est votre rang* », lui dit la voix de Jekyll. Le docteur lui commande de nouveau de se rapprocher : « *Vous ouvrirez l'armoire marquée de la lettre E, en brisant la serrure si par hasard elle était fermée à clé. Vous prendrez le quatrième tiroir à partir d'en haut ou, ce qui revient au même, le troisième à partir d'en bas.* » Arielle acquiesce en silence. Sans plus attendre, elle fléchit les genoux et s'élance dans les airs. Avec la plus grande adresse, elle atterrit une dizaine de mètres plus loin, tout juste devant l'armoire. Elle repense au premier soir, lorsque Brutal lui a enseigné à voler. *Je n'aurais jamais imaginé alors que je deviendrais aussi habile*, se dit-elle. *Mais j'apprends vite. Plus le temps passe, plus je deviens agile et puissante.* Cette constatation, plutôt que de réjouir la jeune fille, éveille des craintes en elle. *Qu'arriverait-il si cette puissance m'échappait ? Si je n'arrivais plus à maîtriser mes pouvoirs et que je cédais à mes origines démoniaques ? Ne suis-je pas la fille de Loki, le dieu du mal ? Ce qui fait aussi de moi la sœur de Hel, la gardienne des morts et souveraine de l'Helheim. Vais-je, moi aussi, me transformer en hideuse gargouille ? Vais-je me joindre à Loki un jour, comme il le prétend ?*

Arielle s'arrache à sa propre angoisse. Le temps presse. Elle ne se donne pas la peine de vérifier si la serrure de l'armoire est verrouillée ; elle la fracasse d'un seul coup de poing et s'empresse d'ouvrir la grande porte. Il y a effectivement six tiroirs à l'intérieur. La jeune élue choisit le quatrième à partir du haut, l'arrache à ses coulisses de fer, comme le lui a demandé Jekyll, et le pose sur le lit le plus proche, aux pieds d'une patiente. Cette dernière observe Arielle en silence, sans manifester la moindre émotion. Ses traits sont blêmes et figés. Elle n'est pas différente des autres patientes : on dirait des poupées de porcelaine qui bougent à peine la tête et les yeux pour suivre les mouvements d'Arielle. *Qui sont-elles ?* se demande Arielle. *Existent-elles vraiment ou sont-elles le produit de mon imagination, comme tout ce qui se trouve ici ?* Elle n'obtient aucune réponse. Mais Jekyll refait néanmoins son apparition : « *Vous reconnaîtrez le tiroir dont je parle à son contenu : vous y verrez quelques sachets de poudre, une fiole et un cahier.* » Arielle baisse les yeux vers le tiroir. À l'intérieur, elle y trouve les objets mentionnés par le docteur Jekyll : les petits sachets contiennent une poudre cristalline, on dirait du sel. La fiole, quant à elle, est remplie à moitié d'une essence rouge foncé qui dégage une odeur fort irritante. Arielle feuillette rapidement le cahier, mais il ne contient rien d'intéressant : que des dates et des notes manuscrites qui ne signifient rien pour elle. Sur la dernière page, cependant, un court paragraphe imprimé en caractères typographiques, qui n'a rien en commun avec les brèves observations écrites à la main qui remplissent les pages précédentes du cahier, attire son attention. Arielle commence à lire le texte et réalise qu'il s'agit d'un passage tiré de *Docteur Jekyll et Mister Hyde*, narré par le docteur Lanyon, l'un des principaux personnages du livre : « Il me remercia d'un signe de tête en souriant, puis mesura quelques gouttes du liquide rouge et y ajouta le contenu d'un des sachets de poudre. Le mélange, qui était au début d'une teinte rougeâtre, commença, au fur et à mesure de la dissolution des cristaux, à prendre une couleur plus foncée. Il entra bruyamment en effervescence et se mit à dégager des petits jets de vapeur. Soudain, l'ébullition cessa et, en même temps, le liquide tourna au violet foncé… »

Violet foncé…, réfléchit Arielle en levant les yeux du cahier.

L'éclat lumineux du E majuscule sur l'armoire est exactement de cette couleur. Après avoir conclu qu'il s'agissait certainement d'un autre de ces signes dont a parlé Jekyll, Arielle décide de poser le cahier et de saisir la fiole remplie du liquide rouge sang. Elle ouvre ensuite un des sachets de poudre et vide son contenu dans le petit flacon. Le mélange devient plus foncé et se met à bouillir sous le regard intrigué d'Arielle. Elle attend que la nouvelle mixture cesse de s'agiter avant de porter le goulot à ses lèvres.

Tel que l'indique le passage du livre, le liquide a pris une teinte violacée. Arielle compte jusqu'à trois, puis avale d'un trait le contenu du flacon. Le mélange laisse un goût amer dans la bouche de la jeune fille. L'instant d'après, Arielle se sent brusquement défaillir. Prise de vertige, elle laisse échapper la fiole, qui se brise au contact du sol, et des centaines d'éclats de verre se répandent autour d'Arielle. La jeune fille baisse les yeux et observe la mer de cristaux brillants qui l'entoure. Soudain, la lumière s'éteint et fait place aux ténèbres. Seuls les éclats de verre brillent dans cette nouvelle obscurité. Arielle a l'impression de se trouver, la tête à l'envers, au milieu d'un ciel étoilé. *Non, ce n'est pas le ciel,* conclut l'adolescente, *c'est l'espace, le cosmos.* Après les étourdissements viennent les premiers signes du sommeil. Arielle lutte pour demeurer éveillée, mais finit par céder. Elle perd conscience et s'effondre, mais plutôt que de rencontrer le plancher dur et froid de l'hôpital, elle plonge dans le vide. Elle tombe et tombe dans une chute sans fin. Il n'y a plus de sol, plus de continent, plus de planète Terre ; il n'y a plus rien pour la retenir, que le néant. Elle s'enfonce dans un abîme lugubre et glacial.

Il fait froid, très froid. Mais Arielle n'est pas seule. La voix d'Henry Jekyll l'accompagne dans sa descente. Le personnage de Robert Louis Stevenson murmure à l'oreille de la jeune fille les paroles de sa propre confession : « *Tout comme je l'ai fait, Arielle, tu devras un jour réfléchir plus sérieusement aux conséquences possibles de ta double existence. Ces derniers temps, cette partie* de toi-même que tu as le pouvoir de matérialiser s'est considérablement fortifiée. Il t'a semblé, tout récemment, que ton corps d'alter a grandi et tu as l'impression, quand tu prends cette forme, qu'un sang plus généreux coule dans tes veines. Ne soupçonnes-tu pas un terrible danger ? Si cette situation se prolonge, l'équilibre de ta nature risque de se voir renversé de façon permanente, ta faculté de changer de forme à volonté se perdra et le caractère de Loki, ton père, deviendra irrévocablement le tien. Même si tu essaies de te convaincre du contraire, tout semble conduire à cette conclusion : tu perds petit à petit la maîtrise de ton moi primitif, le meilleur, et tu t'incorpores lentement au second… le pire. »

La chute d'Arielle s'interrompt de manière abrupte. Avant d'ouvrir les yeux, la jeune fille perçoit un léger murmure à son oreille : « *Tu es de retour.* » L'esprit d'Arielle est maintenant libre. L'adolescente essaie de bouger les bras, mais réalise que son corps est toujours entravé. Cette fois, ce sont de larges bracelets en alliage qui la retiennent prisonnière : elle en porte aux poignets ainsi qu'aux chevilles. Corps d'alter ou pas, elle ne parviendra pas à les briser aussi aisément que les sangles. Une large bande en acier immobilise son bassin, et une autre ceint son front, ce qui l'empêche de bouger la tête. Dans cette réalité-ci, contrairement à celle qu'elle vient de quitter, Arielle n'est pas étendue sur un lit d'hôpital. Le nouveau système de contention l'oblige à se tenir debout, le dos plaqué contre une espèce de plate-forme verticale. *Probablement en métal*, suppose-t-elle, ce qui expliquerait la sensation de froid sur sa nuque. En plus du froid, elle sent aussi des mèches de cheveux dans son cou – elles sont longues et raides –, ainsi que le cuir de ses vêtements sur sa peau ; elle a conservé sa forme alter et porte toujours son uniforme. Une chaleur sur sa poitrine lui indique que le médaillon demi-lune pend toujours à son cou. On a collé des objets sur sa peau, sans doute des électrodes. Certaines sont posées sur son front, d'autres, sur sa nuque. Elles sont reliées à des fils, qui eux-mêmes sont reliés à des machines ressemblant à des détecteurs de mensonges, ou encore à des sismographes. De petites aiguilles tracent des courbes sur des bandes de papier qui défilent. *Quel genre d'informations essaient-ils de recueillir ?* se demande Arielle, tout en ressentant soudain une légère douleur au bras. Quelque chose est planté dans sa peau, un genre de tige ou d'aiguille. *Ça ne peut être qu'une perfusion*, conclut-elle. La jeune fille n'arrive à bouger que les yeux, mais parvient tout de même à examiner sommairement l'endroit où elle se trouve : c'est une pièce relativement grande, de forme carrée, et sans fenêtre. Les murs en parpaing sont violets, ce qui lui rappelle la couleur du mélange contenu dans la fiole et qui, une fois avalé, l'a vraisemblablement conduite jusqu'ici. *Non*, se ravise-t-elle, *cette fichue mixture ne m'a conduite nulle part. J'étais déjà ici. Pendant tout ce temps, j'étais ici, reliée à ces machines et à cette perfusion intraveineuse. Le mélange du docteur Jekyll m'a seulement permis de quitter le rêve dans lequel on me retenait prisonnière.* Elle se rappelle alors les paroles de Loki: «*Au lieu de reparaître au même endroit que ta grand-mère, dans un lieu sûr de Berlin, tu t'es matérialisée chez les elfes noirs, au dernier niveau du bunker 55, là où ils te gardent toujours prisonnière. Oui, c'est là que tu te trouves en ce moment. Tu es bien gardée par les kobolds nazis de 1945 qui sont au service des sylphors. Ils te nourrissent par intraveineuse tout en t'injectant une mixture de somnifères et de puissants hallucinogènes. Ils souhaitent te maintenir inconsciente, le temps de trouver une façon de te retirer ton médaillon demi-lune sans y laisser leur peau.*»

Soudain, trois silhouettes apparaissent au fond de la pièce. À leur carrure, Arielle suppose à juste titre que ce sont des hommes. Ceux-ci s'avancent lentement vers elle. La jeune élue arrive à distinguer leurs visages lorsqu'ils passent sous la seule source de lumière qui éclaire l'endroit: une unique ampoule suspendue au plafond et surmontée d'une assiette à la surface réfléchissante qui aide à diffuser l'éclat de la lumière. Le premier homme n'est pas un homme, en vérité. C'est un elfe noir, Arielle le reconnaît à sa peau trop blanche et à son crâne rasé. Il y a cependant quelque chose d'étrange avec ses oreilles: elles ne sont pas pointues, on dirait qu'elles ont été… *amputées*, réalise Arielle. *Les pointes ont été coupées, pour les faire ressembler à des oreilles humaines.* Les deux autres hommes sont bien des êtres humains. L'un d'eux est blond, l'autre, brun. Le visage impassible, ils se tiennent au garde-à-vous derrière le sylphor, les épaules et la tête bien droites. On dirait deux robots tellement leur posture est rigide. Les talons joints, les bras le long du corps, ils fixent un espace vide au-dessus d'Arielle. Ils attendent, comme deux bons chiens, de recevoir un commandement de leur chef. *Des serviteurs kobolds*, en déduit la jeune élue.

— Déjà réveillée? demande l'elfe noir.

Arielle ne répond pas. Elle examine le sylphor : tout comme ses deux serviteurs kobolds, l'elfe porte des vêtements sombres qui font penser à un uniforme de soldat. Arielle en a déjà vu des semblables, au cinéma entre autres, mais aussi dans des documentaires sur la Seconde Guerre mondiale. Un frisson de terreur parcourt la jeune fille ; elle revoit les palissades des camps de la mort, surplombées de leurs clôtures de barbelés, ainsi que les terrains boueux sur lesquels sont érigées des baraques fragiles, non chauffées et remplies à craquer d'hommes et de femmes de tous âges, affamés et malades. À l'extérieur, des gardiens en santé et bien nourris font leur ronde en arborant fièrement leurs insignes à tête de mort. Arielle se dit qu'elle finira certainement dans l'un de ces camps. À la fin de la guerre, il en restait encore quelques-uns. Mais peut-être s'y trouve-t-elle déjà ?

— *Es ist mir angenehm, fräulen Queen!* lui dit l'elfe en allemand. Bienvenue en 1945. Je me présente : mon véritable nom est Masterdokar, voïvode attitré du IIIe Reich, mais chez les Allemands, on me connaît plutôt sous le nom d'*oberführer* Dokhart.

Après avoir souri à Arielle, il ajoute :

– Selon Himmler, mon règne de voïvode devait durer mille ans. Inutile de préciser qu'il se terminera bientôt, en même temps que le IIIe Reich d'Hitler. Ces pourritures d'alters ont encore gagné. Savais-tu que le débarquement a été préparé par des alters occidentaux, mais qu'il a en fait été planifié depuis le début par leurs collègues de l'Est, des alters infiltrés au sein du gouvernement de Staline ? Ce sont les mêmes alters qui ont songé à confronter Hitler sur deux fronts à la fois. Les Alliés n'auraient jamais remporté ce conflit sans le service de renseignement alter. Bah ! je me console en me disant qu'il y aura d'autres guerres, conclut Masterdokar en haussant les épaules, et peut-être qu'alors nous choisirons mieux notre camp.

Un elfe nazi... se dit Arielle. Elle étudie de nouveau son uniforme, puis ceux des deux kobolds ; ils sont pratiquement identiques. Les vestons sont confectionnés dans un épais tissu gris. Des galons fixés sur les épaulettes indiquent leurs grades, et sur le col ont été cousus des insignes de couleur argentée sur fond noir. Sur la veste de Masterdokar, le premier insigne représente deux feuilles de chêne, et le second, un oiseau de proie à l'affût, prêt à attaquer. L'oiseau ressemble à une chouette, symbole emblématique des sylphors. Sans doute cette patte de col sert-elle à identifier une unité spéciale de l'armée allemande, composée exclusivement d'elfes noirs. Sur la manche gauche de leur veston, les trois individus portent la même *svastika*, ou croix gammée, signe du régime nazi, surmontée d'un grand aigle aux ailes déployées. Sur leur poche gauche pend une croix de fer, médaille de l'armée allemande. Une ceinture noire à la taille complète le haut de l'uniforme. Leurs pantalons, noirs également, sont couverts à mi-jambe par de longues bottes de cavalerie en cuir. L'emblème de chouette présent sur le second insigne de Masterdokar a été remplacé sur celui des kobolds par deux grands S brodés, de formes étranges ; on les dirait cabrés ou au garde-à-vous. Selon monsieur Cordelier, le professeur de français d'Arielle, cette paire de symboles runiques est le principal emblème de la Schutzstaffel, une organisation plus communément appelée la SS ou encore l'Ordre noir. La Schutzstaffel, que l'on peut traduire par « échelon de protection », était, à ses débuts, une sorte de police militaire qui assurait la protection du *Führer* lui-même, Adolf Hitler. Mais au fil des ans, elle s'est transformée en véritable puissance politique et militaire.

– Mon nom te semble-t-il familier, jeune Arielle ? l'interroge le sylphor. Toi qui viens du futur, renseigne-moi : l'histoire retiendra-t-elle quelque chose de l'*oberführer* Dokhart ?

Arielle garde le silence. Elle n'a jamais entendu parler d'aucun *oberführer*. Et même si c'était le cas, elle ne se souviendrait certainement pas de son nom.

– *Gar nichts ?* Rien du tout ? insiste Masterdokar en haussant un sourcil. Ce serait bien dommage, alors. Tu as devant toi l'une des plus grandes légendes de la Waffen-SS, déclare l'elfe noir sur un ton hautain.

La Waffen-SS est la branche armée de la Schutzstaffel. En 1933, Masterdokar et ses serviteurs ont fait partie de la première division SS, Leibstandarte Adolf Hitler, chargée de la protection du *Führer*. La LSSAH est devenue plus tard une Panzer-Division régulière, mais l'unité d'elfes et de kobolds que commandait Masterdokar à l'époque est demeurée responsable de la sécurité d'Hitler jusqu'en 1936, année où leur a été confiée une division de l'Ahnenerbe. L'institut Ahnenerbe était une autre ramification de la SS Son nom signifiait « héritage ancestral ». Il avait pour fonction première de prouver la validité de la doctrine nazie concernant la supériorité raciale. Mais la tâche de Masterdokar au sein de l'organisation était différente : ses serviteurs et lui devaient effectuer des recherches archéologiques, plutôt que scientifiques, afin de retrouver des reliques disparues qui devaient un jour aider Hitler dans sa guerre. En 1936, après en avoir reçu l'ordre de Himmler lui-même, l'*oberführer* Dokhart et ses elfes ont mené une expédition en Finlande, dans la ville de Carélie. Leur mission : enregistrer les incantations des vieux sorciers qui vivaient encore là-bas. Grâce à ces chants mystiques, Himmler espérait recréer le marteau de Thor, le fameux mjölnir dont se servent les chevaliers fulgurs. Himmler avait déjà vu ces armes en action et souhaitait en équiper tous les soldats de la Waffen-SS ainsi que ceux de la Wehrmacht. Selon plusieurs, le mjölnir était l'arme la plus puissante des anciens peuples nordiques. Munies de ces marteaux, les forces armées de son pays seraient invincibles, Himmler en était convaincu.

— Apparemment, dit Arielle, la chansonnette de vos sorciers n'a pas fonctionné. Si c'était le cas, vous auriez gagné la guerre depuis longtemps.

Il fait sombre, mais grâce à sa faculté de nyctalope, Arielle parvient à discerner une demi-douzaine de projecteurs lunaires dans la pièce, semblables à ceux qu'elle a vus dans la fosse nécrophage d'Orfraie. Ils sont disposés dans les angles et au plafond. Ces projecteurs servent principalement aux elfes noirs, qui les utilisent pendant la journée afin de recréer un environnement nocturne dans les endroits isolés, comme celui-ci, ce qui leur permet d'évoluer autant de jour que de nuit. *Alors,* se demande Arielle, *à quel moment de la journée sommes-nous ?*

— La chansonnette de nos sorciers…, répète le sylphor en riant. Que c'est amusant ! Tout à fait charmante, cette jeune Arielle. Beaucoup plus que sa grand-mère, la jolie mais non moins redoutable *fräulein* Abigaël Queen, concède-t-il.

— Où est-elle ? lui demande aussitôt la jeune élue, qui n'a plus du tout envie de rire. Qu'avez-vous fait de ma grand-mère ?

Masterdokar se contente de hausser les épaules tout en prenant un air indifférent.

— Je ne sais pas où se trouve ta grand-mère, finit-il par avouer. Nous n'avons intercepté que toi.

Abigaël n'est donc pas tombée entre les mains des sylphors nazis. *Elle est certainement vivante, alors,* se dit Arielle, soulagée. *Peut-être se portera-t-elle à mon secours?* C'est une éventualité, mais la jeune élue ne doit pas miser uniquement là-dessus pour se sortir de ce pétrin. La première chose qu'elle doit faire, c'est découvrir pour quelles raisons les elfes la gardent prisonnière ici.

– Qu'est-ce que vous attendez de moi exactement? Vous auriez pu me tuer il y a longtemps, non?

– Eh bien, non, justement! répond Masterdokar sur un ton assuré.

Apparemment, le médaillon demi-lune qu'elle porte autour du cou est beaucoup plus qu'un simple bijou, c'est aussi un puissant protecteur. Il ne permet pas qu'on s'en prenne à l'enveloppe charnelle de son propriétaire.

– Nous pouvons t'attacher, te droguer, mais dès qu'il s'agit de te blesser physiquement, ce salaud de médaillon devient intraitable.

Masterdokar admet sans gêne que ses meilleurs kobolds ont perdu la vie en essayant de mettre un terme à celle d'Arielle, tandis que d'autres ont carrément été terrassés alors qu'ils tentaient de lui retirer son bijou. Arielle se souvient que Loki lui a parlé du médaillon dans le rêve: « *Il sera ton compagnon le plus fidèle, ton défenseur le plus brave et ton arme la plus puissante.* »

– Je suis curieux, Arielle: comment es-tu parvenue à contrer les effets des hallucinogènes?

Le voïvode précise que c'est la première fois qu'il assiste à un tel éveil. Habituellement, les personnes exposées à ce genre de traitement onirique n'en ressortent jamais; soit elles meurent, soit elles demeurent prisonnières du rêve pour toujours, dans une sorte de coma permanent.

– On m'a guidée vers la sortie, explique Arielle.

– Guidée? Qui a bien pu s'introduire dans ton délire et te *guider*? C'est impossible.

Arielle réfléchit un moment, le temps de se remémorer les indications que lui a transmises Loki pendant le rêve. Selon elle, il n'y a pas de doute: ces précieuses informations l'ont guidée sur le chemin du retour. Mais pourquoi Loki lui est-il venu en aide? «*Le médaillon est uni à toi désormais*, lui a révélé plus tôt son père, *car, tous les deux, vous avez une tâche commune à accomplir.*» Est-ce à cause de cette tâche que le dieu l'a aidée à libérer son esprit?

– Mon père, répond finalement Arielle. Oui, c'est bien mon père qui m'a aidée à sortir de là, ajoute-t-elle sans savoir si elle doit s'en réjouir ou non.

7

« J'ai entendu dire que vous aviez
recruté une Walkyrie dans votre
joyeuse bande, lui a dit Nayr avant
de le quitter. Lance-lui un S.O.S.,
sait-on jamais. »

Ils souhaitent que je fasse appel à la Walkyrie pour m'évader de leur prison, se dit Noah. *Et pourquoi? Parce qu'ils espèrent que je retrouverai Arielle et que je la tuerai, comme mon supposé destin le prédit. C'est ridicule.*

Dès que l'éclairage du corridor s'éteint, des lampes s'allument dans les autres cellules. Noah ignorait jusqu'à cet instant qu'il existait d'autres cellules comme la sienne dans cette partie du bâtiment. Elles sont restées dans le noir pendant tout le temps qu'a duré sa conversation avec Nayr et Xela. Mais maintenant qu'elles sont éclairées, elles paraissent toutes vides, sauf celle qui fait face à la sienne. Un homme, étendu sur la couchette, se redresse lentement. Sans quitter Noah des yeux, il abandonne son lit et s'avance vers la vitre de sa propre cellule. À travers le mur

113

de verre, sale et couvert d'égratignures, il adresse un signe à Noah.

– Heureux de faire ta connaissance, Noah Davidoff, dit l'homme.

– Vous me connaissez?

L'inconnu acquiesce avec un sourire:

– De réputation, seulement.

– Qui êtes-vous?

– Un ennemi, répond l'homme.

Noah n'est pas sûr de comprendre.

– Un ennemi des alters?

– Un ennemi des alters, mais aussi des sylphors.

Le sourire du prisonnier s'élargit jusqu'à creuser profondément ses fossettes. Aucun homme ne peut sourire de la sorte. *À part le Joker dans* Batman, observe Noah.

– Les alters croient qu'ils pourront me retenir avec cette feuille de plexiglas, ricane l'homme. Si je suis encore ici, c'est parce que je le veux bien. Je dois m'assurer que tu partiras.

– Dites-moi qui vous êtes, insiste Noah.

– Personne ne le sait. Moi-même, je ne l'ai découvert que récemment. Mais un nom m'a été attribué: Lukan Ryfein. Je suis celui qui viendra après, je suis l'avenir, je suis à la fois le sanctuaire et l'enfer. Et je ne suis pas seul. Tous les quatre, nous sommes légion.

Ryfein est le nom de l'homme qui a escaladé la Tour invisible, se souvient Noah. *Ce gars n'est donc pas un personnage mythique. Et c'est ici qu'ils le gardent.*

– Vous avez bien dit «tous les quatre»? Alors, il y en a d'autres comme vous?

– Oui, mais mes partenaires sont plus humains que moi et sont mieux intégrés au monde des hommes. Ils ont des noms humains, des familles humaines. Mais vous ne découvrirez leur identité qu'au jour de la Lune noire.

– La Lune noire?

– Je ne peux t'en dévoiler plus aujourd'hui, lui dit Ryfein sur un ton solennel. Moi-même, je ne sais plus trop.

Après une pause, il poursuit:

– Les alters ont tort: tu ne dois pas tuer Arielle Queen. Vous sauverez le monde ensemble, tu m'entends? ENSEMBLE! Ces précieux médaillons que vous portez, il sera bientôt temps de les réunir!

C'est ce que les alters craignent par-dessus tout, précise Ryfein: qu'un jour, les deux élus unissent enfin leurs médaillons, tel que l'annonce la prophétie.

– C'est là ton véritable destin, jeune Davidoff: retrouver Arielle, la sauver, puis réunir les deux médaillons afin de nous débarrasser une bonne fois pour toutes de ces sales démons.

– Je n'irai pas, répond Noah. Je n'irai pas retrouver Arielle. Je ne vous fais pas confiance, pas plus qu'aux alters. Vous souhaitez tous la même chose, que je retrouve Arielle, mais je n'ai pas l'intention de vous satisfaire. Je suis convaincu que je mettrais sa vie en danger si jamais je me rendais là-bas.

– TU IRAS! rugit soudain l'homme de façon carnassière.

Son sourire a disparu et son visage s'est transformé en un hideux masque de haine et de colère.

– Tu invoqueras la Walkyrie et tu iras sauver Arielle ! poursuit Ryfein. Sinon, elle mourra ! Et toi aussi, tu mourras, car je ferai exploser ces deux vitres et t'exécuterai sur-le-champ de mes propres mains !

Noah n'est pas intimidé par les menaces de Ryfein, mais il doit bien admettre, à contrecœur, que la présence de Razan à l'intérieur de lui y est pour quelque chose.

– De quel côté êtes-vous, hein ?

La voix appartient bien à Noah, mais le ton de défi sur lequel elle s'exprime est une contribution de Razan.

– Je te l'ai dit : je ne suis d'aucun côté, répond Lukan Ryfein en soupirant. Je suis l'allié et l'ennemi de tous à la fois. Un jour, tu sauras qui je suis.

Il paraît s'être calmé. Ses traits se sont adoucis et son ton de voix est plus posé. Il explique à Noah qu'il comprendra tout plus tard et qu'il est inutile de s'attarder sur ces détails. Le jeune élu doit se contenter d'accomplir la prophétie, comme c'est prévu.

– Arielle et toi, débarrassez-nous de ces démons d'alters et de sylphors afin que nous retrouvions tous notre liberté.

Noah lui répond qu'il est inutile d'insister : de toute façon, il n'a plus son médaillon demi-lune. C'est Nayr qui l'a en sa possession. Il lui sera donc impossible d'unir son pendentif à celui d'Arielle. De plus, sans son médaillon, il ne peut plus contrôler son alter, qui devient de plus en plus puissant. Ce n'est plus qu'une question de temps avant que Razan ne le possède intégralement, comme lorsqu'ils étaient enfants. «*Ça, c'est parce que tu le voulais bien, mon gars*, déclare Razan. *En vérité, ça t'arrangeait, pas vrai?*»

– Ne t'en fais pas pour ton médaillon, dit Ryfein. Tu le récupéreras en temps voulu. Pour l'instant, concentre-toi sur une seule tâche: retrouver Arielle Queen. Je ne te demande pas ta confiance, Noah, mais tu devrais tout de même l'accorder à Abigaël. Elle t'a demandé d'aller la retrouver en 1945, alors fais-le!

– Comment savez-vous ça? Comment savez-vous qu'Abigaël a communiqué avec moi?

– L'important est que tu sois convaincu que le message vient bien d'Abigaël. C'est le cas?

Noah réfléchit un bref moment, puis acquiesce:

– Je ne peux pas expliquer pourquoi, mais oui, je suis certain que c'est bien elle qui m'a fait parvenir ce mot, par l'entremise de Jason Thorn.

– Mais alors, qu'est-ce que tu attends?

Ryfein a peut-être raison, se dit Noah. *Abigaël t'a demandé ton aide pour sauver Arielle. Tu as peut-être déjà trop attendu. Tu ne peux plus hésiter maintenant, malgré tout ce que t'ont raconté Xela et Nayr. Ta présence là-bas menacera peut-être la vie d'Arielle, mais ton absence pourrait lui être tout aussi fatale!*

Le jeune homme se souvient des mots exacts d'Abigaël: «La façon la plus simple de venir me retrouver, c'est de demander à la Walkyrie de t'accorder le Passage. Le prix à payer sera élevé, mais nous n'avons pas d'autre choix.» *Nous n'avons pas d'autre choix...* se répète Noah. C'est vrai, il lui faut invoquer la Walkyrie, c'est ce qu'Abigaël attend de lui, et c'est à elle qu'il doit faire confiance, et non à ces bluffeurs d'alters. *Alors allons-y, se résout le jeune homme, et appelons à l'aide cette Walkyrie!*

Dans l'autre cellule, Lukan Ryfein approuve d'un signe de tête, comme s'il avait tout entendu. Noah jauge l'homme un instant, puis se détourne de lui et se rend jusqu'à sa couchette. Il s'assoit sur la paillasse qui lui sert de matelas, puis inspire profondément avant de prendre un air concentré. *Mon nom est Nazar Ivanovitch Davidoff,* dit-il intérieurement. *Et je demande l'aide de la Walkyrie Bryni pour me conduire au 34, Krausen Strasse. C'est là-bas, à la date du 23 avril 1945, qu'Abigaël Queen m'a donné rendez-vous. Probablement... après le coucher du soleil.*

Les contours d'une silhouette commencent à se former à moins d'un mètre du garçon. La manifestation est accompagnée d'un sifflement étrange, on dirait le souffle du vent, mais un vent peu violent. *Plutôt une légère brise,* se dit Noah. Le sifflement fait bientôt place à des murmures. Il s'agit d'une voix, d'une douce voix de femme. Celle-ci discute avec quelqu'un. Au début, ses paroles sont inaudibles, mais tandis que les murmures gagnent en force et en clarté, Noah parvient à saisir quelques bribes de sa conversation: «... les coordonnées... en sa possession... maintenant... Je dois aller le retrouver... ne peux pas m'accompagner… trop dangereux… emmenez-les… chez Laurent Cardin.»

Noah jette un coup d'œil de l'autre côté du couloir, en direction de Ryfein. La lumière de sa cellule est éteinte. Derrière la paroi de plexiglas, la pièce exiguë est de nouveau plongée dans l'obscurité. Noah interpelle Ryfein à quelques reprises, mais n'obtient aucune réponse. L'homme s'est volatilisé, dirait-on, ou peut-être a-t-il été avalé par les ténèbres? Cette seule pensée fait frissonner Noah.

Devant lui, la silhouette de la femme se précise davantage. Elle est grande et a de longs cheveux blonds. *C'est sûrement elle,* se dit Noah. Elle tient quelque chose dans ses bras; on dirait un animal. Au fur et à mesure que l'image se précise, le garçon parvient à distinguer un chat.

Dès qu'ils se sont entièrement matérialisés au centre de la cellule, la bête s'empresse de quitter les bras de la femme et bondit sur la couchette, là où est installé Noah. Il s'assoit sur la paillasse, tout près du jeune homme, et le fixe droit dans les yeux. Noah a l'étrange impression que l'animal le défie du regard.

— Heureux de te revoir, Brutal, lui dit Noah, qui a immédiatement reconnu l'animalter d'Arielle.

Pour toute réponse, il n'a droit qu'à un miaulement désabusé. Noah lève ensuite les yeux vers la femme et l'étudie de nouveau. Elle est d'une grande beauté. On la dirait à la fois souple et massive, svelte et robuste, comme le sont certaines athlètes féminines. Mais cette femme n'a rien d'une athlète, même si elle en a l'apparence. Non, c'est plutôt une guerrière : une guerrière fort bien entraînée, et à l'allure intrépide.

— Bryni ? fait Noah.

La femme hoche la tête ; c'est bien elle.

— Et toi, tu es Nazar ? Ça vient de l'hébreu, tu le savais ?

Noah n'est pas sûr de comprendre. Devant sa réticence, la Walkyrie enchaîne immédiatement avec l'explication : son prénom, Nazar, est d'origine hébraïque. Il signifie « couronné ».

— Couronné ? s'étonne Noah. Dans le sens de...

— Dans le sens de « porter une couronne », oui, complète Bryni. Si nos noms sont prédestinés, alors tu deviendras certainement roi un jour.

« *Roi de la frite, ouais* », grogne Razan à l'intérieur de Noah.

— Tu es sérieuse ? demande Noah à la Walkyrie.

Après un bref moment de silence, Bryni répond que non, elle n'y croit pas vraiment. Selon elle, les noms et les prénoms n'ont aucune influence sur la destinée.

— Je ne suis pas d'accord, rétorque Noah. Faire partie de la descendance des Queen ou des Davidoff peut changer une vie, crois-moi.

La Walkyrie doit bien le lui accorder : apprendre du jour au lendemain qu'on appartient à une lignée d'élus peut modifier le cours d'une existence ; Arielle en est la preuve vivante. Après avoir acquiescé aux propos du garçon, Bryni aborde la question de sa présence ici :

— Alors, je présume que si tu m'as appelée, c'est que tu as besoin de mon aide, n'est-ce pas?

Noah explique qu'il doit se rendre au 34, Krausen Strasse. C'est là-bas que l'attend Abigaël Queen, en date du 23 avril 1945. Abigaël a besoin de son aide pour sauver Arielle. Dans la lettre qu'elle lui a fait parvenir, la grand-mère d'Arielle l'informe que la Walkyrie pourra le conduire aux coordonnées du rendez-vous grâce au Passage, ce que Bryni s'empresse de confirmer:

— C'est un moyen rapide, dit-elle, et ça évite de faire un détour par l'Helheim. Depuis votre petite excursion là-bas, Hel a ordonné à ses meilleures troupes de garder chaque entrée permettant d'accéder à son royaume.

Noah songe au jour où il leur faudra retourner dans l'Helheim pour libérer les âmes des décédés, tel que l'annonce la prophétie. Cette fois, ce sera une tâche ardue que de s'introduire dans le royaume des morts sans être faits prisonniers... ni même être remarqués. *Mais ce n'est pas le moment d'y penser*, se dit Noah. Pour l'instant, il doit se concentrer uniquement sur le sauvetage d'Arielle.

— Dans sa lettre, Abigaël parle d'un prix à payer pour l'utilisation du Passage. Tu sais ce que c'est?

Bryni lui confie que les énergies utilisées lors du Passage provoquent une séparation de l'âme, que l'on appelle en langage humain «dissociation». Lorsqu'une personnalité primaire a recours au Passage, elle est aussitôt séparée de son alter. Au départ, l'hôte humain et son alter sont tous les deux réunis dans le même corps, comme à l'habitude, mais pendant le voyage, les deux personnalités sont séparées; lorsqu'ils arrivent à destination, l'alter et son hôte existent toujours, mais de façon distincte. La personnalité primaire conserve son corps, tandis que l'âme de l'alter est évacuée et erre sous forme d'entité astrale jusqu'à ce qu'elle trouve un organisme vivant à parasiter. Généralement, les alters parviennent très tôt à s'ancrer dans un nouveau corps; ils réussissent à s'introduire dans des enveloppes charnelles occupées par des esprits faibles, ou carrément absents. Leurs cibles de choix: les comateux et les catatoniques, mais aussi les kobolds, dont l'esprit, déjà malmené et assujetti, est facile à dominer.

— Donc, si je comprends bien, déclare Noah avec un nouvel enthousiasme, dès mon arrivée en 1945, je serai débarrassé de mon alter, c'est bien ça? Mais c'est une bonne chose, non?!

— Non, répond la Walkyrie. Pas si on considère que jamais une personnalité primaire n'a survécu à son alter.

Selon Bryni, il existe une vingtaine de cas répertoriés. Chaque fois qu'une dissociation s'est produite dans l'histoire, la personnalité primaire a été chassée puis supprimée par son alter, et ce, dans les vingt-quatre heures qui ont suivi le moment où l'alter s'est approprié un nouveau corps. Lorsque survient la séparation, l'alter conserve toute sa puissance. Dès qu'il occupe un nouvel organisme vivant, le démon récupère ses habiletés et ses pouvoirs. La personnalité primaire, quant à elle, reprend possession de son corps à la sortie du Passage, c'est vrai, mais elle est aussi privée à jamais de ses attributs d'alters. À partir de cet instant, les forces deviennent inégales. La personnalité primaire, d'origine humaine, ne peut échapper longtemps à son alter, une créature démoniaque qui possède toute une gamme de pouvoirs surnaturels. De plus, l'alter dispose d'un autre avantage : celui de très bien connaître sa proie, pour avoir vécu plusieurs années en symbiose avec elle. L'alter connaît les habitudes de sa contrepartie humaine ; il sait de quelle manière elle pense et se comporte. Grâce à cela, le démon peut prévoir la stratégie de l'homme et anticiper chacune de ses réactions. Lorsque la traque se termine, l'humain est coincé. Il n'a pas le choix : il doit confronter son démon alter, tout en sachant qu'il n'a aucune chance de s'en sortir vivant.

« *Intéressant, comme programme !* s'exclame Razan dans l'esprit de Noah. *Alors, on l'emprunte, ce Passage, oui ou non ? J'ai hâte de me dégourdir les jambes !* »

– C'est sans doute la vengeance qui pousse les alters à agir ainsi, dit Noah.

« *Sans blague !* »

– Je n'ai pas peur de Razan, affirme ensuite le jeune élu. Je peux l'affronter… et le vaincre.

« *Ta naïveté va finir par te tuer, p'tit gars.* »

Noah jette un bref regard en direction de Lukan Ryfein, lequel demeure invisible, sa cellule étant toujours plongée dans le noir. Malgré ses pouvoirs, la Walkyrie, étrangement, ne semble pas avoir détecté la présence de l'homme. Noah doit-il révéler à Bryni qu'ils ne sont pas seuls, qu'il y a un autre prisonnier dans la cellule d'en face? «*Non*, lui répond une petite voix qui n'est pas celle de Razan, *il est préférable de ne rien dire pour l'instant.*» Noah acquiert soudain la certitude que Bryni et Lukan Ryfein sont ennemis. À une autre époque, dans un autre lieu, ils ont été de farouches adversaires, et rien n'a changé depuis. Les gardes alters qui ont capturé Ryfein ont certainement dit vrai: il n'est pas humain, car pour se mesurer à une Walkyrie, il faut être fou, ou encore doté d'une puissance extraordinaire, une puissance que seule une créature mythique peut posséder, qu'elle soit de l'ombre ou de la lumière. Dévoiler la présence de Ryfein risquerait de compliquer les choses avec Bryni et de leur faire perdre un temps précieux. Il faut retrouver Arielle le plus vite possible, avant que les elfes et les kobolds de 1945 ne lui fassent du mal. Mais pour cela, il doit utiliser le Passage et rejoindre sans tarder Abigaël Queen.

Bryni et Noah sont déconcentrés par un miaulement. Ils baissent tous les deux les yeux vers Brutal, toujours installé sur la couchette. Lorsqu'il est certain d'avoir attiré leur attention, le chat se dresse sur ses pattes arrière et pose celles de devant sur la cuisse de Noah. Son intention est claire, mais il l'appuie tout de même d'un miaulement résolu: «Je suis du voyage, les copains!»

– Je peux l'emmener avec moi? demande Noah. Il n'y a aucun risque?

– Ce serait la première fois que j'accorderais le Passage à un animalter, répond Bryni.

Après réflexion, elle ajoute qu'à son avis, il ne devrait pas y avoir de problème.

– Aucune séparation d'alter?

La Walkyrie secoue la tête, puis explique à Noah que les animalters n'ont pas de double personnalité. Contrairement aux commodats humains, ils ne partagent pas leur corps avec un démon alter. Ils sont toujours eux-mêmes, qu'ils évoluent sous leur forme animale ou humanoïde. Noah paraît soulagé.

– Alors, le jour où Arielle et moi réunirons nos médaillons…

– Les alters seront éradiqués de la surface de la Terre, complète Bryni, mais pas les animalters.

– Aucune conséquence pour eux, donc? se réjouit Noah en songeant à Geri et Freki, ses dobermans.

Le garçon réalise que la Walkyrie ne partage pas du tout son enthousiasme.

– Ce n'est pas aussi simple, dit-elle. Lorsque la prophétie s'accomplira, les animalters seront épargnés, mais ils reprendront leur forme animale… pour toujours, précise Bryni après une courte hésitation.

Brutal émet un grognement de déception, puis se laisse tomber mollement sur la couchette, en position assise. Cette révélation vient de lui saper le moral: «Miaouuuu?» lance-t-il, comme s'il disait: «Vraiment?»

– Au moins, ils survivront, dit Noah en essayant de voir le bon côté des choses.

Bryni comprend qu'il fait allusion à ses fidèles dobermans. Doit-elle lui répéter ce que Jason lui a dit au sujet de Freki? Oui, il le faut. Autant crever l'abcès tout de suite. Si elle attend, Noah lui reprochera plus tard de ne pas lui avoir tout raconté lorsqu'elle en avait l'occasion.

— L'un d'eux est mort, Noah, déclare Bryni en adoptant un ton compatissant. C'est Freki. Selon Jason, il a été tué dans un repaire d'elfes noirs, le Canyon sombre, par un voïvode du nom de Mastermyr.

Noah serre les poings; l'émotion contracte autant sa gorge que ses mâchoires.

— Freki?... répète le garçon d'une voix tremblante, brisée. Non, c'est pas possible...

Noah ne peut envisager que l'un de ses dobermans soit mort. L'air grave que prend la Walkyrie et son silence lourd de significations confirment au jeune homme qu'elle dit bien la vérité. Pourquoi Bryni lui mentirait-elle, de toute façon? Elle n'aurait aucune raison de le faire.

— Ce salaud d'Emmanuel! rugit Noah. Il va me payer ça! Je croyais pourtant qu'il avait été transformé en statue de pierre!

Encore une fois, Bryni lui rapporte les propos de Jason: Mastermyr aurait été libéré de son sortilège, probablement par sa mère, Gabrielle Queen, et se trouverait maintenant au Canyon sombre en compagnie d'Elizabeth Quintal, la meilleure amie d'Arielle. Toujours selon Jason, la jeune Elizabeth aurait repris du service pour le compte des elfes, en tant que servante kobold. Bryni révèle ensuite à Noah que le voïvode Lothar a été éliminé pendant les combats du manoir, tout juste avant l'arrivée de Xela, mais que plusieurs de ses sylphors ont réussi à s'échapper dans les forêts.

– Il y a aussi eu des pertes du côté des alters, poursuit la Walkyrie. Ael et Reivax sont décédés. Reivax a été torturé à mort par Jorkane, tandis qu'Ael s'est sacrifiée pour nous débarrasser d'un troll.

– Et Razan? demande Noah. Il était là? Il a participé aux combats, ou bien il s'est caché, comme le lâche qu'il est?!

«*Moi? Lâche? Tu te trompes de gars, mon bichon. Le trouillard, ç'a toujours été toi!*»

– Il s'est bien battu, répond Bryni.

«*Et tu sais quoi? J'ai même fait équipe avec ta chérie...*»

Les yeux de Noah s'assombrissent; ses iris deviennent aussi noirs que ses pupilles, et une étrange lueur métallique traverse son regard. Ses sourcils se froncent au point de se toucher et de ne former qu'un seul trait. On les dirait plus larges et plus fournis, comme ceux des hommes de la préhistoire. La Walkyrie a déjà assisté à de semblables manifestations, il y a plusieurs siècles de cela, du temps de Beowulf, puis d'Erik le Rouge, le Viking. Ce genre de changement survenait chez les guerriers *berserks*; lorsqu'ils recevaient l'ordre de se lancer dans la bataille, les *berserks* se transformaient en véritables bêtes sanguinaires. C'étaient de redoutables guerriers, sans foi ni loi, qui détruisaient tout sur leur passage. À la fois respectés et craints, les *berserks* pouvaient abattre sept adversaires d'un coup. Un poème écrit en l'an 900 disait ceci à propos de ces hommes : « Hardi au combat derrière son bouclier étincelant, armé d'une lance venant de l'ouest et d'une lame blessante venant des Francs, hurlant, couvert d'une peau d'ours, il se jetait dans le carnage. Le porteur de peau de loup, brandissant ses armes, offrait un superbe spectacle sanglant. Abandonnant son vêtement, il se lançait courageusement en avant. »

À travers les siècles, les chercheurs ont émis toutes sortes d'hypothèses pour expliquer ce phénomène. Certains ont prétendu qu'il s'agissait d'une maladie mentale, un genre de paranoïa violente ou encore une psychose ressemblant à la lycanthropie, où une personne croit se métamorphoser en bête féroce. D'autres ont affirmé que cet état agressif était causé par un abus d'alcool ou d'herbes inconnues, sans doute une sorte de drogue. Il existe une autre théorie qui prétend que ces guerriers étaient en fait des parias et qu'on les éloignait du groupe parce qu'ils étaient atteints d'une maladie contagieuse, comme la lèpre, ou à cause de leur caractère instable ; ces hommes étaient utilisés par leur chef viking uniquement lors des combats, comme des animaux dressés à l'attaque, avec la promesse d'être nourris s'ils abattaient plusieurs ennemis – et c'était spécifié – de façon brutale et sauvage. Le but des Vikings était d'entretenir un sentiment de terreur chez leurs adversaires et chez tous ceux qui prévoyaient se frotter un jour aux « hommes du Nord et à leurs guerriers enragés ».

– Noah, ça va ? s'inquiète la Walkyrie.

Le garçon hoche la tête, le visage impassible.

– Finissons-en, dit-il, et partons d'ici. Il faut éviter qu'il y ait d'autres morts…

« *En particulier celle d'Arielle, pas vrai ?* complète Razan. *Je te comprends, mon gars : moi aussi je la trouve mignonne. J'adore son petit nez, et la petite fossette sur sa joue. Tu crois qu'un jour je pourrais lui plaire ?* »

– Non ! répond Noah à haute voix sans la moindre hésitation.

« *Et pourquoi pas ?* »

Noah est convaincu que jamais Arielle ne s'intéressera à Razan. Ce serait complètement ridicule. Cette certitude réconforte le jeune élu et contribue à apaiser sa colère. Comment a-t-il pu être aussi stupide ? Comment a-t-il pu, ne serait-ce qu'un seul instant, être jaloux de ce misérable alter, de ce vaurien de Razan ?

« *Vaurien ?? Misérable ? Hé, j'ai quand même des qualités, non ?* »

Les traits de Noah reprennent lentement leur aspect normal. Ses sourcils se détendent et ses mâchoires se desserrent. Il perd son air belliqueux, et ses yeux redeviennent ceux d'un homme calme et en relative paix avec lui-même. *La maladie du* berserk *lui accorde un répit*, songe Bryni, satisfaite. La Walkyrie s'avance ensuite vers Noah. Elle pose ses mains sur les épaules du garçon.

– Tu es prêt à faire tes premiers pas dans le Passage ? lui demande-t-elle.

– Je suis prêt, répond Noah. Plus que jamais.

Retentit un autre miaulement d'alerte : « Hé ! vous alliez m'oublier ! » semble dire Brutal, puis il bondit de la couchette et trouve refuge dans les bras de Noah.

– *Nous* sommes prêts, rectifie le garçon.

Bryni acquiesce :

– Allons-y, alors.

La Walkyrie ferme les yeux et se concentre sur les repères spatiotemporels, c'est-à-dire la date et le lieu, fournis par Abigaël Queen dans sa lettre : 34, Krausen Strasse. Berlin. Le 23 avril 1945. Après avoir entouré Noah et Brutal de ses bras, Bryni baisse la tête en signe de soumission vis-à-vis ses maîtres du Walhalla, puis soumet sa requête aux forces divines qu'elle sert depuis des siècles : *Odin, Thor, mes sœurs Walkyries, accordez-moi le pouvoir, donnez-moi la force, permettez à mes mains de replier le temps et l'espace. Autorisez-nous à ouvrir les portes closes, à traverser les passages prohibés. Montrez-nous la voie, indiquez-nous le ciel qu'il nous faut survoler et la terre sur laquelle nous devons nous poser. Odin, Thor, mes sœurs Walkyries, accordez-moi le pouvoir, donnez-moi la force, permettez à mes mains de replier le temps et l'espace. Autorisez-nous, mes compagnons et moi, à emprunter le Passage vers cette époque où l'élu est tant attendu, vers ce lieu de mort où des vies seront sauvées grâce à lui. Odin, Thor, mes sœurs Walkyries, écoutez ma voix, recevez mes paroles, je vous implore de nous guider durant la traversée :* Hodan denei ! Omark ! Methark !

C'est alors que la cellule se désintègre entièrement autour de Bryni. Les murs, le plancher, l'épaisse paroi de plexiglas, tout est soufflé à plusieurs mètres de distance, comme si la structure du bâtiment avait été arrachée à ses points d'ancrage par une violente bourrasque puis éparpillée au loin, ne laissant que le vide autour de la Walkyrie et de ses deux compagnons. L'espace est à présent plongé dans l'obscurité. Non, en fait, il s'agit plutôt du vide, du néant. La cellule n'existe plus; elle a disparu, tout comme le niveau carcéral, la Tour invisible, le mont Washington, la Terre tout entière. La réalité de 2006 s'est volatilisée pour laisser place à une autre réalité, un autre lieu. Il fait froid et noir, mais Bryni distingue très bien Noah et Brutal. Au loin, elle entend le vent qui souffle. Résonne ensuite un puissant coup de tonnerre. Le néant, autour d'eux, est tout à coup sillonné d'éclairs. «*Le moment est venu, fidèle guerrière*», dit alors une voix que Bryni reconnaît immédiatement. C'est l'un de ses maîtres, le dieu Thor, qui s'adresse à elle. *Je vous écoute, maître*, répond-elle en pensée. «*Brynahilde, il est maintenant temps de retirer le voile sombre qui occulte certaines parties de ta mémoire. Ainsi, tu pourras te souvenir de ton rôle et de la mission que tu as plus d'une fois accepté d'accomplir. M'accorderas-tu ta confiance encore aujourd'hui? M'accorderas-tu tes services, toi, la plus valeureuse de mes guerrières? Ton destin est différent de celui des autres Walkyries, tes sœurs: depuis toujours, tu n'accompagnes pas les morts, mais bien les vivants. Tu es celle qui protège mon plus valeureux soldat, le premier protecteur. Sans toi, le cycle de la vie s'interrompra. Grâce à ton* sacrifice, grâce à ton amour, les hommes ont une chance de vaincre le mal et de revoir enfin leur souverain.» L'esprit de Bryni s'éclaire soudain de nouveaux souvenirs. Des souvenirs qu'elle a, pour y survivre, enfouis très profondément dans sa mémoire. *Jason et moi, pour toujours…*, songe-t-elle en voyant ressurgir des images de son passé; un passé qui n'a ni début ni fin, un passé qui se répète sans cesse et dont elle a dû se départir pour ne pas devenir folle. *La folie de l'éternel recommencement*, se dit-elle. *Par tous les dieux, combien de fois suis-je retournée auprès de Jason dans la fosse? J'ai l'impression de l'avoir toujours fait, depuis le début des temps. Je revis sans cesse la même existence, vie après vie, je recommence, j'accompagne Jason à travers les épreuves que lui impose son destin. Est-ce là un châtiment que l'on m'inflige, ou bien une récompense que l'on m'accorde?* Le puissant rire du dieu Thor fait alors écho à ses pensées. Il provient de partout et de nulle part à la fois: «*Amoureuse, tu le seras éternellement. N'est-ce pas là une récompense? Je sais que tu t'accommoderas bien de ta mission, courageuse Walkyrie, car tu le fais depuis toujours, depuis que la vie existe et que le continuum de Midgard a été gravé dans l'écorce du grand arbre. Sur ta force et ta volonté repose la trame de toutes les destinées humaines, Brynahilde, et je sais que tu serviras cette cause avec honneur, car c'est pour cet unique accomplissement que tu as été recrutée, souviens-t'en.*»

Bryni se soumettra aux désirs de son maître, c'est inéluctable. Et ce dernier a raison: c'est avec honneur et fierté qu'elle retournera auprès de Jason Thorn afin de s'acquitter de sa tâche et d'accomplir ce qui doit être accompli. Et lorsque ce cycle sera achevé, elle retournera de nouveau dans le passé avec Noah et Brutal, comme elle le fait en ce moment même, et acceptera de tout recommencer. Encore une fois, et à l'infini.

Ensemble, nous voyageons vers des lieux obscurs, songe-t-elle en observant Noah et Brutal. Elle se trouve maintenant seule avec eux. Le vent et le tonnerre se sont calmés, et les éclairs ont cessé. Thor est retourné auprès de son père dans la cité de l'Asgard. *Vos âmes sont désormais unies à la mienne*, ajoute Bryni, toujours à l'attention de Noah et Brutal, *jusqu'à ce que nous arrivions dans un nouveau port, là où nous jetterons l'ancre, pour un temps, car il est dit que dans cet univers, le corps n'est que l'ancre de l'âme.* S'ouvre alors l'entrée du Passage. Bryni est la seule à en avoir réellement conscience. Noah et Brutal paraissent figés dans l'espace. *C'est parfait*, se dit Bryni. *À moi de jouer maintenant.* L'esprit de la Walkyrie se concentre sur une date unique: celle du 23 avril. Tous les 23 avril commencent à défiler devant ses yeux, les uns après les autres, dans un ordre aléatoire: 23 AVRIL 1865... 23 AVRIL 1610... 23 AVRIL 1947... Ces allées et venues dans le temps sont accompagnées de murmures que Bryni, malgré ses grands pouvoirs, n'arrive pas à comprendre. Elle ne s'en inquiète pas, car elle sait que bientôt les murmures deviendront des paroles, et que les paroles s'enchaîneront pour constituer un témoignage. En effet, il faut peu de temps pour que certaines paroles deviennent plus compréhensibles. La voix n'appartient ni à un homme ni à une femme. Elle provient à la fois du néant et de l'absolu. C'est la voix de Saga, l'Histoire. Elle est un témoin du temps, la mémoire de Mannaheim : 23 AVRIL 1564... « *Naissance de William Shakespeare.* » 23 AVRIL 1016... « *Brian Boru et ses hommes remportent la victoire sur les Vikings et leurs alliés à la bataille de Clontarf, mettant ainsi fin à la conquête de l'Irlande par les Scandinaves.* » 23 AVRIL 1952... « *Explosion de la première bombe atomique à hydrogène dans les îles Marshall.* » 23 AVRIL 1896... « *Thomas Edison projette* Annabel the Dancer *à l'aide de son Vitascope. Avènement d'une nouvelle forme d'art qui deviendra une grande industrie.* » 23 AVRIL 858... « *Le pape Nicolas 1er commence son règne.* » 23 AVRIL 1984... « *Le virus du sida est identifié en France et aux États-Unis.* » 23 AVRIL 1616... « *Décès de William Shakespeare.* »

La succession de dates dans l'esprit de Bryni paraît ralentir, puis se stabiliser. L'univers s'aligne, le temps et l'espace se coordonnent pour reformer le continuum. Les nombres reprennent leur ordre et les dates réintègrent leur rang : 23 AVRIL 1904... « *Les États-Unis rachètent la concession du canal de Panama à la France.* » 23 AVRIL 1933... « *Hermann Goering crée la Gestapo.* »

À mesure qu'ils se rapprochent de 1945, la voix de Saga devient plus claire et plus forte, tout autant que sa narration solennelle des événements.

23 AVRIL 1942… « *L'aviation italo-allemande continue de bombarder Malte, dans la Méditerranée, tandis qu'en Sicile se produisent de nouvelles incursions de la Royal Air Force.* » 23 AVRIL 1943… « *En Tunisie, la Première Armée britannique atteint Longstop Hill, mais doit faire face aux forces de l'Axe, commandées par des elfes noirs. En Grande-Bretagne, les chefs d'État-major, dont certains haut gradés alters, créent un commandement anglo-américain chargé de mettre au point le débarquement.* » 23 AVRIL 1944… « *La US Air Force bombarde des aérodromes allemands en Belgique et en Alsace. S'effectue aussi l'Opération Crossbow : la US Air Force, sous un commandement alter, s'en prend aux sites de lancement des V-1 au Pas-de-Calais.* »

— Tenez bon, les gars, se réjouit Bryni en serrant Noah et Brutal dans ses bras. On y est presque !

8

Le *Führer* prend officiellement en main la défense intérieure de la ville. Berlin est donc protégée dorénavant par ce qui reste de la 9e Armée allemande, par des policiers, des vieillards, des femmes, des enfants, dont plusieurs sont membres des Jeunesses hitlériennes, et aussi par des kobolds, la plupart blessés ou affaiblis. Cette garnison compte tout au plus 300 000 individus, dont les deux tiers n'ont jamais tenu une arme auparavant. Les Russes, de leur côté, disposent d'un million de soldats soviétiques habitués aux combats. La veille, le 22 avril, les forces russes ont atteint les faubourgs de Berlin. Aujourd'hui, ils poursuivent leur avancée. Les Allemands résistent avec l'énergie du désespoir, mais ils ne tiendront plus très longtemps. Les Soviétiques referment leur étau autour de la capitale. Berlin sera complètement encerclée dans une journée ou deux. Himmler, qui a fui Berlin, demande aux Suédois de prendre contact avec les Alliés occidentaux pour négocier la reddition des forces allemandes, mais uniquement sur le front ouest. Cette offre de paix est rejetée par les Alliés, qui exigent la reddition sur tous les fronts, même celui de l'est. Hitler, contrairement à Himmler, n'a pas l'intention d'abandonner. En ce 23 avril 1945, Adolf Hitler déclare : « Il ne reste plus rien. Rien ne m'est épargné… J'ai déjà été victime de toutes les injustices. » Le sort de Berlin est désormais scellé.

C'est dans cette ville ravagée par les bombardements qu'Abigaël Queen attend impatiemment l'arrivée des renforts. Par miracle, l'hôtel Shewelies, situé au 34, Krausen Strasse, est toujours debout. La plupart des bâtiments sis autour ont été détruits par les bombes anglaises et américaines. À part Abigaël, il ne doit rester que quelques Berlinois dans l'hôtel, des civils qui se sont réfugiés là davantage pour s'abriter des bombardements que pour profiter des installations. Les employés de l'hôtel ont déserté les lieux plusieurs jours auparavant. Certains se sont joints aux derniers soldats de la Wehrmacht, d'autres ont essayé de fuir la ville. Ceux qui n'ont pas été tués par des tireurs embusqués ont été interceptés et faits prisonniers par les Russes, près de la ligne qui ceinture Berlin.

Bien que pratiquement en ruines, le palais du Reichstag n'a pas encore été pris. C'est sous ce bâtiment qu'a été construit le bunker 55. C'est là que les sylphors détiennent Arielle Queen, la petite-fille d'Abigaël, depuis que toutes deux ont quitté l'année 2006 grâce au *vade-mecum* des Queen. Abigaël ne sait comment ils ont procédé, mais elle est convaincue que les elfes du bunker 55 ont intercepté le corps et l'âme d'Arielle pendant le voyage. Les liens de sang et d'esprit qui unissent les deux femmes sont très puissants. Abigaël ne devine pas seulement la présence de sa petite-fille à Berlin, elle ressent aussi sa détresse, exactement comme il y a quelques jours, lorsque le désespoir d'Arielle l'a interpellée à travers le temps et qu'elle a dû faire appel aux Nornes de l'Asgard pour la réconforter. Les Nornes ont ouvert un canal entre le présent et le futur, permettant ainsi à Abigaël de s'adresser en songe à sa petite-fille.

Les élues de la lignée Queen ont toujours communiqué entre elles de cette façon, utilisant les songes pour passer leurs messages. Le souvenir de cette rencontre est encore frais dans la mémoire d'Abigaël: Arielle était agenouillée sur le sol et tenait Noah dans ses bras. Ils se trouvaient tous les deux dans la cave d'une vieille maison qui appartenait à une nécromancienne du nom de Saddington. Noah avait été blessé mortellement par l'épée d'un jeune voïvode appelé Mastermyr. Étrangement, Abigaël était aussi liée à ce jeune elfe; après l'avoir sondé, elle a compris que ce Mastermyr faisait lui aussi partie de la lignée des Queen, et qu'il était son petit-fils. Abigaël a sondé son esprit une nouvelle fois afin de découvrir son véritable nom: il s'appelait Emmanuel Queen, fils de Gabrielle Queen et frère d'Arielle. *J'ai donc un descendant mâle*, s'est alors étonnée Abigaël.

Jusqu'à cet instant, elle n'avait pas cru la chose possible. Les femmes Queen n'engendraient que d'autres femmes Queen, jamais d'homme. Cet Emmanuel était le premier mâle de la lignée. Malgré la fascination qu'elle éprouvait envers son petit-fils, Abigaël savait qu'elle devait tout d'abord s'occuper d'Arielle, qui paraissait inconsolable. De toute évidence, le pauvre Noah était gravement blessé et ne survivrait pas à ses blessures ; il allait bientôt mourir.

– T'en fais pas, les secours vont bientôt arriver, a dit Arielle au jeune homme, autant pour le rassurer que pour se rassurer elle-même.

Noah a souri.

– Tes yeux…, a-t-il chuchoté. J'en ai jamais vu des comme ça. Ils ont la couleur du miel.

Le jeune Davidoff s'est ensuite étouffé et a craché du sang. Il allait succomber à une hémorragie interne.

– Ne t'en va pas, reste avec moi ! l'a supplié Arielle.

Noah éprouvait de plus en plus de difficulté à respirer. Il a posé sa tête contre l'épaule d'Arielle et a fermé les yeux, mais la jeune élue l'a vite obligé à les rouvrir.

– Noah, regarde-moi !

Mais Noah n'était plus là. Son âme n'avait pas encore quitté son corps, mais elle avait été remplacée par une autre présence. Razan, l'alter de Noah, avait en effet profité de l'état de faiblesse de son hôte pour se substituer à lui.

– Arielle…, a murmuré l'alter, imitant les intonations de Noah, je veux que tu m'embrasses.

Ne se doutant pas que c'était ce fourbe de Razan qui lui faisait cette demande, Arielle s'est alors penchée sans hésitation vers celui qu'elle croyait être l'élu, et l'a embrassé. Satisfait, Razan n'a pas tardé à redonner sa place à Noah. Abandonnant le corps de son hôte, il a entrepris seul son voyage vers l'Helheim, tout en se doutant que le pauvre Noah allait bientôt mourir et qu'il passerait ses dernières heures dans les prisons glaciales du Galarif. De retour des limbes, Noah a quand même profité du baiser d'Arielle pendant une dernière seconde, ce qui lui a permis de transmettre quelques-uns de ses souvenirs à la jeune fille. Arielle a alors revécu des épisodes de sa jeunesse, sous forme de flashs. Des épisodes où Noah était intervenu pour la défendre contre ceux qui lui voulaient du mal. Aussitôt que les flashs ont commencé à s'enchaîner, Abigaël a eu l'impression que quelque chose n'allait pas ; ces scènes lui semblaient mensongères, comme si elles avaient été fabriquées ou encore modifiées. Abigaël s'est alors demandé si Noah Davidoff n'avait pas forgé ces souvenirs afin de s'attirer les faveurs d'Arielle. Mais pourquoi aurait-il fait une chose pareille ? Dans quel but ? N'était-il pas sur le point de mourir ? Selon Abigaël, il n'y avait aucune explication logique. Et si ce n'était pas Noah qui avait trafiqué la mémoire d'Arielle, mais Razan ? L'alter n'avait-il pas embrassé Arielle tout juste avant de quitter le corps de Noah et d'entreprendre son voyage vers l'Helheim ? Le démon aurait eu tout le temps nécessaire pour changer, à sa guise, les souvenirs d'Arielle. Mais comme pour Noah, la question se pose : Pour quelles raisons l'alter aurait-il fait ça ? Pour cacher quoi exactement ? Une chose était certaine, cependant : un des deux garçons avait menti à Arielle. Il fallait maintenant découvrir lequel.

– J'ai vu ce que tu as fait pour moi, a déclaré Arielle à Noah une fois que les flashs se sont arrêtés.

Elle venait de voir le jeune Noah la défendre contre le gros Simard dans la cour de l'école. Jusque-là, Arielle avait toujours cru que c'était Simon Vanesse qui l'avait défendue, mais le baiser de Noah lui a permis de découvrir que c'était en réalité le petit garçon à la cicatrice qui avait pris sa défense.

La cicatrice, s'est alors dit Abigaël. *Quelque chose ne va pas avec cette cicatrice.*

Noah a levé une main vers les longs cheveux d'Arielle et a presque réussi à les caresser.

– S'il y a un moyen de revenir de là-bas, a dit le jeune homme, je te promets de tout faire pour le trouver.

Arielle a continué de pleurer. Devant cette scène, Abigaël était déchirée par la profonde tristesse que ressentait sa petite-fille. Plus tôt, Noah avait avoué à Arielle qu'il l'aimait. C'était la première fois qu'un garçon disait une telle chose à Arielle. Et cet amour était vital pour elle. La perte de Noah allait la détruire, lui enlever toute envie de se battre, d'accomplir son destin. Abigaël devait absolument trouver un moyen de lui redonner espoir, c'était essentiel ; elle a donc décidé de lui murmurer les paroles que sa propre grand-mère, Raphaëlle, avait utilisées pour la consoler lorsque Fauve et Carcajou, ses deux animalters, avaient été tués au cours d'une échauffourée avec les sylphors de Nuremberg : « En ce monde, le corps n'est que l'ancre de l'âme. » Abigaël était certaine qu'Arielle saisirait l'importance de ces paroles, car toutes les élues comprennent que c'est là un message d'espoir. Même si elle n'avait aucune idée de leur provenance, Arielle a bien entendu les paroles de sa grand-mère. La jeune fille a réagi immédiatement et les a répétées à Noah, convaincue que cela lui servirait.

– Souviens-toi : le corps n'est que l'ancre de l'âme.

– Je m'en souviendrai, a répondu Noah.

Aujourd'hui, à Berlin, en ce 23 avril 1945, Abigaël Queen ressent la détresse de sa petite-fille, mais aussi sa colère, qui devient de plus en plus puissante, influençant certains de ses choix alors qu'elle ne le devrait pas. Abigaël se souvient qu'elle-même a dû apprendre à maîtriser son côté sombre, car celui-ci était si fort, si présent, qu'il aurait fini par la dévorer vivante. Toutes les Queen ont cette colère et cette hargne en elles, mais chacune d'elles a trouvé un moyen de les apprivoiser. Arielle devra apprendre à faire de même.

À l'extérieur, il fait nuit, même si le soleil vient à peine de se coucher. De sa fenêtre, Abigaël peut apercevoir les ruines de la ville, au nord, au sud et jusqu'à l'ouest. Les bombardements ont cessé il y a deux jours, probablement pour permettre aux Russes de poursuivre leur avancée en toute sécurité. *Tout ça va bientôt se terminer,* se dit la grand-mère d'Arielle en pensant à Mikaël. Son partenaire a été capturé la nuit dernière par les sylphors, lors de leur seconde opération de sauvetage. Cette fois, c'était Jason Thorn qu'ils essayaient de secourir. Le jeune chevalier fulgur s'est présenté à Berlin il y a quelques jours afin de répondre à l'appel d'Abigaël qui avait sollicité l'aide des fulgurs pour s'introduire dans le bunker 55. Abigaël a jugé préférable de ne rien lui dévoiler sur ses réelles motivations. La raison de ce silence était simple : le Jason de 1945 n'a aucune idée de qui est Arielle Queen, puisqu'il ne l'a encore jamais rencontrée. C'est sur l'esplanade du manoir Bombyx qu'Abigaël a aperçu Jason, à la suite de l'invocation dynastique lancée par Arielle en 2006. Quelque temps auparavant, Raphaëlle Queen, la grand-mère d'Abigaël, avait révélé en songe à sa petite-fille que le jeune Jason Thorn, descendant du maître fulgur John Thorn, deviendrait l'un des six protecteurs de la prophétie. La présence de Jason Thorn en 2006 a confirmé à Abigaël que c'était bien sa petite-fille, Arielle Queen, qui accomplirait un jour la prophétie : *C'est à elle que Jason et les cinq autres protecteurs jureront fidélité, et à personne d'autre.*

Avant de se lancer à l'assaut du bunker 55 en compagnie de Mikaël et Jason, Abigaël a remis une lettre au jeune chevalier : « Un jour, tu sauras quoi en faire », lui a-t-elle dit. La lettre était adressée à Noah D. et ce dernier ne devait l'ouvrir qu'au matin du 13 novembre 2006, au moment exact où Abigaël et Arielle utiliseraient le *vade-mecum* pour quitter le présent et rejoindre l'année 1945. Même si elle gardait espoir de réussir à délivrer sa petite-fille avec l'aide de Mikaël et Jason, Abigaël ne voulait prendre aucun risque. Elle avait besoin d'un plan B, au cas où les choses ne se dérouleraient pas comme prévu : le plan B, c'était la lettre écarlate remise à Jason, dans laquelle elle invitait Noah à venir la rejoindre.

Seule dans sa suite, contemplant le crépuscule, Abigaël se félicite d'avoir pris cette précaution. C'est une véritable chance qu'elle ait rédigé cette lettre, car leur première incursion dans le bunker a été catastrophique : Mikaël, Jason et elle ont été repérés dès l'instant où ils ont émergé du maelström intraterrestre et pénétré dans le bunker. Grâce à ses marteaux mjölnirs, Jason est parvenu à retenir les gardes sylphors suffisamment longtemps pour permettre à Abigaël et à Mikaël de s'échapper, mais le jeune chevalier n'a pu couvrir ses propres arrières et a été fait prisonnier. Le lendemain soir, ne pouvant plus tenir en place, Mikaël a convaincu Abigaël de faire une nouvelle tentative. *Il a raison*, s'est alors dit Abigaël. *On ne peut pas les abandonner là-bas, il faut les délivrer. Qui sait ce que les elfes vont leur faire subir.* Malheureusement, l'opération ne s'est pas mieux déroulée, mais cette fois, c'est Mikaël qui est tombé entre leurs mains. Abigaël a réussi à fuir, de justesse.

En ce moment même, Abigaël ignore où se trouvent Jason et Mikaël. Sont-ils toujours dans le bunker 55? Ont-ils été déportés dans un repaire mieux protégé? Ont-ils été exécutés? Aussi pénible que ce soit, Abigaël doit se résoudre à admettre leur échec; jamais Mikaël et elle ne parviendront à vaincre les sylphors. La tâche est trop ardue. Éliminer les alters était chose facile: il suffisait de réunir les médaillons demi-lune. Mais avant cela, il fallait attendre que les sylphors aient été complètement éradiqués. Comment les élus pouvaient-ils exterminer à eux seuls deux races de puissants démons, alors qu'ils étaient incapables d'effectuer une simple mission de sauvetage dans un repaire sylphor? *Je dois absolument sortir Arielle de là*, se dit Abigaël. *Sinon, tout est fini.*

Malgré les échecs des derniers jours, un espoir subsiste néanmoins chez la jeune élue de 1945: la lettre écarlate qu'elle a confiée au jeune fulgur. Peut-être se rendra-t-elle jusqu'à Noah Davidoff. Si c'est le cas, elle aura bientôt un nouvel allié. Elle ignore encore comment Jason parviendra à traverser les soixante prochaines années et à se joindre aux deux élus de 2006, mais elle demeure confiante. *Au 34, Krausen Strasse*, se dit-elle. *C'est ici que je t'attendrai, Noah Davidoff.* C'est donc ici, dans sa suite de l'hôtel Shewelies, sur la rue Krausen, qu'Abigaël attend les renforts qui viendront du futur. Mais la jeune fille est certaine que les elfes noirs ont suivi sa trace jusque dans ce quartier. Selon elle, ce n'est qu'une question de temps avant qu'ils ne découvrent l'endroit où elle se cache et qu'ils ne lui tombent dessus. *Mais je continuerai de t'attendre, Noah Davidoff.*

Je t'attendrai jusqu'à l'aube, et après, si je n'ai pas été faite prisonnière, peut-être que je quitterai ce pays, ce continent. Ne dois-je pas donner naissance à une fille, Gabrielle, si je veux qu'Arielle puisse elle-même naître un jour et accomplir ce qui doit être accompli? Abigaël se remémore les derniers moments de la vie de sa fille, Gabrielle, dans le garage du manoir Bombyx. Ce souvenir est douloureux. Elle a fait mine de ne rien ressentir, de ne pas être affectée par la mort de sa fille car, si elle l'avait fait, si elle avait cédé aux émotions violentes qui l'assaillaient, jamais elle n'aurait pu continuer. Elle se serait effondrée, accablée par le chagrin, et ne se serait jamais relevée.

– C'est ta mère? a-t-elle demandé à Arielle.

– Oui, c'est Gabrielle, ma mère… et ta fille.

– Ma fille…, a répété Abigaël. Celle que j'aurai… plus tard.

La jeune élue de 1945 ne pouvait détacher son regard du corps inerte de Gabrielle.

– Alors, c'est comme ça qu'elle va finir?

Il y avait longtemps qu'Abigaël Queen avait laissé sa colère prendre le dessus sur sa peine, mais à cet instant précis, si elle ne l'avait pas fait, tout aurait été terminé. Alors qu'elle observait en silence la dépouille de sa fille, Abigaël s'est adressée à elle en pensée: *Je ne te connais pas, ma petite Gabrielle. Pas encore. Mais ta mort m'attriste… parce que je suis certaine de te connaître et de t'aimer un jour. Et ce jour-là, je serai inconsolable.* Tout en retenant ses larmes, elle a ajouté: *Pardonne-moi.*

– Grand-mère…

Visiblement, Arielle ne comprenait pas sa réaction. Elle ne discernait aucune tristesse dans le regard d'Abigaël, que de la colère.

— Non, ça va, Arielle, a répondu celle-ci. On a tous nos sacrifices à faire.

Des sacrifices..., se répète Abigaël tout en secouant la tête. *Combien de sacrifices ont été faits par les élues Queen depuis le début de la lignée ? Ils sont incalculables.*

La jeune femme observe toujours les décombres de la ville depuis la fenêtre de sa suite. Le bruit des obus qui éclatent se mêle aux échanges de tirs entre l'armée russe et les derniers résistants allemands. Les Russes ne sont plus très loin maintenant. Berlin sera sous contrôle bolchevique dans peu de temps.

Soudain, un bruit étrange tire Abigaël de ses pensées. Le bruit ressemble à un rugissement sourd. Elle se retourne promptement, tous ses sens en alerte. Au centre du salon, elle voit apparaître une forme limpide dont les contours semblent se diluer dans l'espace. Une sorte d'onde transparente se répand dans toute la pièce. Abigaël contourne lentement la forme, sans cesser de la fixer. Les mouvements de la jeune élue de 1945 sont souples et gracieux; ils sont parfaitement bien exécutés. Elle se déplace d'une manière féline, comme seuls les alters savent le faire. Elle sait que les sylphors peuvent débarquer à tout moment et qu'ils sont très agiles eux aussi. Mais le phénomène n'est pas d'origine elfique, elle en est convaincue. Seuls les dieux ou leurs serviteurs détiennent assez de puissance pour jouer ainsi avec la réalité. Car c'est bien ce qui se produit : cette manifestation est d'ordre surnaturel. On dirait qu'une chose est en train d'émerger de l'espace, de percer le décor de la réalité, pareil à un insecte qui s'acharne sur la membrane de son cocon pour ouvrir... un passage. *Le Passage*, réalise Abigaël tout en s'immobilisant. *Mon Dieu, c'est Noah qui arrive avec la Walkyrie. Il a reçu mon message.*

Soudain, un petit cercle transparent apparaît au milieu du salon. Il prend rapidement de l'expansion dans l'espace et finit par adopter une forme ovale. À un moment, son contour devient moins précis, comme s'il s'atténuait. Une cavité se creuse au centre du cercle. Le creux commence à tourbillonner, comme lorsqu'on tire une chasse d'eau. Le phénomène ressemble à un maelström intraterrestre, mais positionné à la verticale. *Non, ce n'est pas tout à fait ça*, se dit Abigaël. On lui a déjà expliqué que le Passage invoqué par les Walkyries est un genre de vortex temporel qui crée un corridor entre deux époques différentes. Des êtres vivants ou encore des objets inanimés peuvent se déplacer dans ces corridors et voyager entre les époques. Les Nornes de l'Asgard établissent elles aussi des liens à travers le temps, mais seulement pour faciliter le voyage des âmes. Les Passages créés par les Walkyries, quant à eux, permettent le déplacement *entier* de l'individu. Le pouvoir des Nornes sert aux élues pour communiquer entre elles à travers les époques, tandis que celui des Walkyries est utilisé pour effectuer de véritables déplacements, à la fois psychiques et physiques.

Abigaël ne cesse de fixer la gueule tourbillonnante du vortex en espérant que quelqu'un ou quelque chose finira par en sortir. Ses espoirs sont vite comblés : après un léger mouvement de recul, le vortex revient d'un coup sec vers l'avant et éjecte deux individus de sa gueule : un homme et une femme, qui surgissent en flèche du tourbillon, exactement comme s'ils en avaient été recrachés. Après avoir traversé la pièce sans toucher le sol, tous deux retombent violemment sur le plancher, aux pieds d'Abigaël. Cette dernière se ravise lorsqu'elle entend un miaulement plaintif : il n'y a pas qu'un homme et une femme. Il y a aussi… un chat.

Abigaël aide la femme à se relever ; elle reconnaît alors Bryni, la Walkyrie. Le jeune homme qui l'accompagne est Noah Davidoff. Il se relève lui aussi et s'excuse auprès du chat gris et blanc ; le pauvre animal s'est retrouvé coincé sous Noah lorsque le garçon s'est écrasé au sol, ce qui explique le miaulement plaintif.

– Je ne le sens plus, déclare soudain Noah, sans aucune salutation pour la grand-mère d'Arielle.

Après avoir posé le chat sur un canapé recouvert de débris et de poussière de plâtre, Noah se tourne vers Bryni et fixe ses grands yeux sur les siens. Abigaël discerne à la fois de la surprise et du bonheur dans le regard intense que le garçon adresse à la Walkyrie.

– Je ne sens plus Razan à l'intérieur de moi. Il est parti. C'est incroyable…

Noah pose ses mains sur son visage, sur le haut de son corps ; il examine ses épaules et ses bras, puis tâte son torse et son visage une seconde une fois, comme s'il voulait s'assurer que c'est vraiment lui qui se trouve là, en ce moment.

— Je… je n'ai jamais ressenti une chose comme ça auparavant. Ce que je ressens là, présentement, c'est… c'est…

— La solitude ? complète Bryni.

Noah s'empresse de faire non de la tête.

— La liberté…, répond-il pendant que son visage s'illumine d'un sourire. Oui, je me sens libre ! Et en paix !

Le soulagement du jeune homme ne fait aucun doute dans l'esprit d'Abigaël, et elle comprend qu'il se réjouisse d'être enfin débarrassé de son alter Razan. *Est-ce vraiment étonnant ?* songe la grand-mère d'Arielle. *Les alters des Davidoff sont particulièrement pervers, et redoutables. Ne plus avoir à vivre avec eux est assurément une délivrance.* Et elle sait de quoi elle parle : Leakim, l'alter de Mikaël Davidoff, est sans doute le pire d'entre tous.

— Bryni, fait Noah en s'adressant à la Walkyrie, où est Razan maintenant ?

Bryni examine la pièce dans laquelle ils se trouvent, puis répond :

— Il se cherche un nouveau corps.

9

La sonnerie stridente résonne dans de vieux haut-parleurs suspendus aux quatre coins de la pièce.

Elle est entrecoupée d'une voix caverneuse qui ne cesse de répéter les mêmes mots dans une langue étrangère: «*INIMA INTRAHAM! INIMA INTRAHAM!*»

– Je l'ai senti moi aussi! affirme Masterdokar en se hâtant de dégainer son pistolet, un Luger P-08 de l'armée allemande. Oui, je suis certain qu'il est entré ici. Soyez sur vos gardes! dit-il en s'adressant à ses deux serviteurs kobolds.

Mais qui est ici? se demande Arielle, dont les membres et le corps sont toujours immobilisés par les bracelets et les ceintures d'acier. *Et qu'est-ce que le voïvode a senti au juste?*

Les projecteurs lunaires s'allument mais, plutôt que de diffuser leur lumière habituelle, ils émettent un signal rouge et intermittent. L'air préoccupé qu'affichent Masterdokar et ses hommes, pour Arielle, est beaucoup plus rassurant qu'inquiétant : *Tout ce qui peut leur nuire peut peut-être m'aider*, se dit-elle.

Des portes s'ouvrent à l'autre extrémité de la salle et une dizaine de sylphors armés font leur entrée dans la pièce. Ils sont précédés par une grande femme blonde qui avance vers Masterdokar d'un pas décidé. Elle a l'air jeune, dans la vingtaine, et un uniforme de couleur gris-vert moule son corps parfait. À la taille, elle porte un ceinturon qu'Arielle reconnaît tout de suite : une panoplie de petits flacons y sont fixés, certains renfermant des potions magiques et d'autres, les ossements de quelques nécro-soldats impatients d'être « reconstitués ». Jorkane portait un ceinturon identique à celui-là, avant d'être décapitée par Razan dans le poste de fusion de l'usine Saturnie. Arielle en déduit que cette femme est une nécromancienne. Les dix elfes qui l'accompagnent sont des sycophantes. Leur visage est caché derrière un masque à gaz qui ressemble à celui que porte Darth Vader. *Ça tombe bien*, songe Arielle. *Il me faudrait l'aide d'un régiment de chevaliers Jedi pour me sortir d'ici.* Aussitôt, une voix d'homme lui répond : « *Aie confiance, princesse. La force est avec moi !* » Arielle reconnaît la voix, mais surtout le ton, à la fois moqueur et insouciant. *C'est Razan !* se dit-elle. Oui, c'est bien l'alter de Noah qui lui a parlé, elle en est convaincue. Mais qu'est-ce qu'il fait ici, en 1945 ? Se trouve-t-il avec elle dans la pièce ? Ou encore, s'adresse-t-il à elle à travers le temps, depuis l'an 2006 ? *Razan, tu es là ? Réponds-moi !* Arielle n'obtient pas de réponse.

Razan, si tu es ici, dis-moi quelque chose! Encore un silence, puis la voix de Razan se manifeste de nouveau: «*Pas tout de suite, ma belle.*» D'accord, elle comprend: Razan doit garder le silence pour l'instant. Arielle choisit donc de reporter son attention sur les sycophantes. Plutôt que de porter leur armure habituelle, ces derniers sont vêtus de l'uniforme de la Waffen-SS, et ce n'est pas un pistolet Luger P-08 réglementaire qui pend à leur ceinture, mais bien une épée fantôme. Leurs oreilles ont été amputées, comme celles de Masterdokar, pour faire «plus humain». Himmler les a sans doute recrutés pour faire partie de la garde prétorienne d'Hitler. Brillante manœuvre; les sycophantes, en plus d'être d'excellents tortionnaires, sont de redoutables guerriers.

– Intrusion psychique! déclare la nécromancienne d'un ton grave. Elle s'est produite il y a moins d'une minute.

– Je l'ai sentie aussi, répond Masterdokar. Origine?

– Dissociation d'alter causée par un repli de l'espace-temps.

Dissociation d'alter? se répète Arielle. *Causée par un repli de l'espace-temps?... Mais c'est quoi, ça, encore?*

– Secteur migratoire localisé?

La femme acquiesce, puis confirme:

– C'est bien ici qu'il a terminé sa course.

La nécromancienne jette un coup d'œil aux sycophantes qui l'accompagnent avant de poser un regard accusateur sur les deux kobolds de

Masterdokar. Les sycophantes dégainent aussitôt leurs épées et se préparent à intervenir.

– Je ne vois que deux hôtes possibles, dit la nécromancienne en désignant les serviteurs kobolds.

Elle a raison : les kobolds sont des esprits faibles. Masterdokar s'empresse de réorienter le canon de son Luger et met ses deux serviteurs en joue. Ces derniers ont un mouvement de recul.

– Maître, mais qu'est-ce que vous faites ? lance le kobold blond en levant les mains pour montrer qu'il ne représente aucune menace.

– L'âme errante de l'alter a trouvé refuge à l'intérieur de l'un de vous deux, dit Masterdokar. Je veux savoir lequel, sinon je vous descends tous les deux. *Schnell !*

Visiblement, les deux kobolds, confus, ne comprennent rien aux propos de leur maître.

– C'est terminé, alter, déclare la nécromancienne. Tu es pris. Grâce à nos détecteurs d'ondes ectopiques, nous savons que tu t'es introduit ici. Il y a eu rupture d'unité psychique entre toi et ta personnalité primaire. Une Walkyrie vous a ouvert un Passage jusqu'en 1945, c'est la seule explication possible.

– Un Passage ? répète Masterdokar.

Le voïvode se tourne ensuite vers Arielle et dit :

– On dirait que la cavalerie est arrivée, jeune fille. Mais apparemment, le clairon n'a pas eu le temps de sonner la charge.

Masterdokar tire un coup de feu en direction du kobold blond. Celui-ci reçoit la balle en pleine poitrine et s'écroule sur le sol, mort.

– *Nein! Nein!* implore le deuxième kobold, celui aux cheveux bruns. *Warten sie!* Ne faites pas ça!

L'envie de tuer brille dans les yeux des sycophantes. Ils brandissent leurs épées fantômes et se rapprochent du kobold, pendant que Masterdokar abaisse son arme et s'écarte. Les sycophantes n'ont pas participé aux combats depuis plusieurs nuits; ils ont besoin de divertissement. En leur cédant ainsi sa place, Masterdokar les autorise de façon tacite à éliminer son dernier serviteur. Le pauvre kobold recule lentement, mais sa retraite est interrompue lorsqu'il se heurte au mur derrière lui. Privé d'issue, il se tourne alors vers Arielle, qui n'est plus qu'à quelques mètres de lui.

– Désolé, princesse, dit-il avec une voix familière. J'ai fait ce que j'ai pu.

– Ah! Je le savais! lance aussitôt Masterdokar, avec la fierté de celui qui a tout deviné, même si, en fait, c'est la nécromancienne qui a eu les premiers soupçons.

Encore une fois, Arielle a reconnu Razan. Il se trouve bien à l'intérieur du kobold. Mais comment est-ce possible? La nécromancienne a parlé tout à l'heure de «dissociation d'alter». Razan aurait-il réussi à se séparer de Noah? Si oui, comment a-t-il fait pour remonter le temps jusqu'en 1945?

– Arrêtez! ordonne alors Arielle, en voyant que les lames bleutées des épées fantômes ne sont plus qu'à quelques centimètres de la gorge du kobold, ou plutôt de Razan. Si vous le laissez vivre, je vous donnerai mon médaillon… de plein gré.

Cette annonce surprend tout le monde. Les sycophantes interrompent leurs mouvements, comme tous ceux qui se trouvent dans la pièce d'ailleurs, y compris Razan.

– Hmm, intéressant…, dit Masterdokar.

– J'apprécie le geste, ma belle, intervient Razan. Mais tu serais stupide de faire ça.

Arielle n'est pas certaine d'avoir bien entendu.

– Stupide ? répète la jeune fille, sans cacher son irritation. J'essaie de te sauver la vie, pauvre idiot !

– Occupe-toi de tes fesses, princesse. Je suis assez grand pour m'occuper des miennes.

Lorsque Razan bondit par-dessus les dix sycophantes qui l'acculent au mur, Arielle réalise que, même s'il a changé de corps, le garçon a conservé tous ses pouvoirs d'alter. Razan est très puissant et fort agile. Il réussira sans doute à mettre les sycophantes hors de combat. *Un bon point pour lui,* se dit Arielle. *Et peut-être pour moi.*

Razan touche le sol loin des sycophantes. Il se jette aussitôt sur Masterdokar et parvient à lui arracher son pistolet Luger des mains. Arielle suit les mouvements du jeune alter avec attention, mais aussi avec une admiration proche du ravissement. Razan saisit le pistolet par le canon et se sert de la crosse pour frapper violemment Masterdokar au visage. Le voïvode vacille, puis s'effondre, inconscient.

– Et de un ! lance Razan.

L'alter se tourne ensuite vers les autres sycophantes, replace l'arme dans sa main et pointe le canon du Luger dans leur direction.

– Plutôt cool, vos godasses! dit Razan en examinant les bottes des sylphors qui s'avancent vers lui. Elles sont en cuir? Hé, mais j'en porte des pareilles! se réjouit-il en réalisant que son nouveau corps est chaussé de bottes identiques. Souples, élégantes, elles iraient parfaitement bien avec mon uniforme d'alter. J'avoue que j'ai un faible pour tout ce qui est en cuir. Particulièrement les cuirs chevelus; comme les scalps d'elfes, par exemple!

– Tu crois pouvoir nous faire peur avec ton pistolet à la noix? se moque l'un des elfes sycophantes à travers son masque à gaz. *Blödsinnig!* Idiot!

Les autres sylphors éclatent de rire. Razan en fait tout autant.

– J'ai vu le film, les gars, répond l'alter en riant. Vous êtes des créatures surnaturelles, des génies de l'air, des super vedettes de la mythologie nordique. Je sais bien qu'on ne peut pas vous tuer avec une simple balle de pistolet!

Les sycophantes hochent de la tête, tout en émettant des grognements d'approbation. Cela n'empêche pas Razan de continuer:

– Mais si je vise la tête, je peux vous filer une sacrée migraine, pas vrai? On essaie ça, les fientes?

Sitôt dit, sitôt fait: Razan raidit le bras et tire deux coups de feu rapides. Il fait mouche chaque fois et atteint en plein front les deux sycophantes qui sont en tête du groupe.

– Saletés d'elfes…, murmure Razan pour lui-même. Depuis le *Seigneur des anneaux*, ils se croient meilleurs que tout le monde.

Après avoir haussé la voix, il ajoute :

– Si au moins vous aviez la tête d'Orlando Bloom !

Les sycophantes ne sont pas blessés mortellement, mais le projectile qui s'est logé dans leur crâne rasé les a rendus aveugles, en plus de les priver de tout équilibre. Ils lâchent leur épée fantôme, se laissent tomber sur les genoux et s'empressent de retirer leur masque à gaz. Les mains sur la tête, recroquevillés sur eux-mêmes, ils poussent des cris de panique. Cela ne fait qu'attiser la colère des autres sycophantes ; brandissant leurs épées, ils s'élancent par-dessus leurs frères d'armes et se ruent sur Razan.

– Trop tard, les gars, dit l'alter en abaissant le Luger. Je suis déjà à la pêche.

Mais qu'est-ce qu'il fait ? se demande Arielle. *Allez, relève cette arme ! Ils vont te découper en morceaux !*

– Razan ! crie-t-elle pour attirer l'attention de l'alter.

La jeune élue tente encore une fois de briser les bracelets en acier qui la maintiennent prisonnière, mais n'y parvient toujours pas.

– RAZAN ! répète-t-elle, plus anxieuse que jamais. TOM RAZAN !

Elle a soudain l'impression que l'alter l'a entendue : il sort de sa torpeur et essaie de nouveau de faire feu en direction des sycophantes, mais n'en a pas le temps : les elfes sont beaucoup trop rapides; en une fraction de seconde, ils sont sur lui. D'un coup de lame, l'un des sycophantes lui tranche un bras, pendant qu'un autre l'ampute d'une main, celle qui tenait le pistolet.

– Razan! NOOON! s'écrie Arielle.

Un sycophante profite du désarroi de l'alter pour le frapper violemment au visage avec la garde de son épée. Une giclée de sang éclabousse le mur derrière Razan lorsque la garde tranchante lui coupe la lèvre supérieure ainsi qu'une partie de la joue. Le jeune alter est blessé, confus, ses genoux fléchissent; il ne tiendra plus longtemps. Une épée fantôme lui transperce le flanc droit, une autre lui entaille une jambe. Ensanglanté, les bras pendants, Razan tourne finalement la tête vers Arielle avant de s'effondrer sur le sol. Heureusement, il semble toujours conscient. Arielle cherche désespérément la nécromancienne du regard. *Où est-elle passée, cette sorcière?* Elle finit par la repérer derrière les sycophantes. La femme observe le massacre sans intervenir, un sourire amusé sur les lèvres. Sentant son regard, la nécromancienne lève les yeux vers Arielle.

– Faites quelque chose! l'implore Arielle. Je vous ai dit que je vous donnerais le médaillon! Arrêtez-les, je vous en supplie!

Mais la nécromancienne ne bouge pas d'un poil. Elle fixe Arielle sans réagir.

– Je… Je t'ai dit de ne pas faire ça, princesse…, murmure faiblement Razan.

– Je n'ai pas l'intention de t'abandonner! lui répond la jeune fille.

Les sycophantes relèvent leurs épées et s'éloignent de l'alter. Ils ont terminé leur boulot. Razan est mortellement atteint ; il ne peut plus en réchapper. Après avoir marqué un temps pour reprendre son souffle, l'alter s'adresse une fois de plus à Arielle :

— Arielle Queen…, réussit-il à articuler péniblement. Je te fais encore mes adieux. Mais cette fois… c'est la bonne.

La douleur se lit sur son visage. Il s'entête tout de même à poursuivre :

— Dis-moi, princesse… je… je vais te manquer ?

Arielle ne peut retenir ses larmes. Elle sait qu'elle va bientôt perdre un protecteur, un ami. Mais est-ce réellement ce qu'elle ressent pour Razan, de l'amitié ? Y a-t-il de la place pour autre chose dans le cœur d'Arielle ? Elle ne le saura jamais. Après sa première mort, sa mort terrestre, Razan aboutira peut-être dans l'Helheim, mais Loki et Hel n'auront aucune pitié pour lui ; ils voudront le punir pour ses échecs et le tueront probablement dès son arrivée. C'est le sort qu'on réserve à tous les renégats.

— Bien sûr que tu vas me manquer, idiot, lui répond-elle avec toute la tendresse dont elle est capable.

Razan acquiesce en silence, puis prononce ses dernières paroles :

— Je le savais…

Malgré ses larmes, Arielle réussit à sourire. Elle le fait pour lui, parce qu'elle sait que les yeux de Razan sont posés sur elle et qu'il lui accorde son dernier regard. Une seconde plus tard, les yeux de l'alter se ferment et sa tête retombe lourdement sur le sol.

Voyant que le nouveau corps de Razan cesse de respirer et que tous ses muscles se relâchent, Arielle pousse un cri de rage.

– LIBÉREZ-MOI! hurle-t-elle à pleins poumons.

À cause de cette maudite prophétie, les morts ne cessent de s'accumuler autour d'elle. Tout d'abord Noah, qu'elle a dû aller chercher dans l'Helheim, puis Freki et Ael, et ensuite sa mère, Gabrielle, et maintenant Razan. Sans oublier tous les pauvres habitants de Belle-de-Jour, qui ont été utilisés par les alters ou transformés en kobold par les sylphors. Et pour quoi? Pour servir une guerre immémoriale entre deux races de démons, une guerre qui ne les concerne même pas!

– Libérez-moi! ordonne la jeune fille. Libérez-moi, bande de lâches, et je vous montrerai comment les humains se battent!

– Mauvaise idée, répond la nécromancienne que rien ne semble affecter. Je te préfère là où tu es. Et sans vouloir te vexer, je sais comment les humains se battent: comme des mauviettes! Vous autres! s'écrie-t-elle à l'attention des sycophantes. Occupez-vous de Masterdokar! *Schnell!*

Les elfes s'empressent d'aller retrouver leur maître. Le voïvode a repris conscience.

– Qu'est-ce qui s'est passé? demande-t-il.

– Nous sommes venus à bout de l'alter, répond la nécromancienne. Il est mort.

– Ah…, fait Masterdokar, encore sonné. Euh… *Gut*… c'est magnifique.

– Qu'est-ce qu'on fait avec ceux-là ? demande l'un des sycophantes désignant les deux elfes blessés par Razan.

La nécromancienne prend une paire d'injecteurs acidus dans son ceinturon.

– Abrégez leurs souffrances ! dit-elle en lançant les injecteurs au sycophante qui a parlé.

– À vos ordres, *fräulein* Sessmora ! répond ce dernier.

Ainsi, la harpie se nomme Sessmora, songe Arielle.

– *Nein !* Attendez ! proteste l'un des elfes aveugles. *Helfen Sie mir !* Je peux encore être utile !

Mais ce sont de vaines tentatives. Ils ne convaincront personne de les épargner. L'ordre a été donné, il n'y a plus de retour en arrière possible. Chez les sylphors, comme chez les alters, il n'y a aucune place pour la compassion. Les sycophantes encore valides immobilisent leurs deux collègues blessés et, sans la moindre pitié, leur enfoncent les injecteurs acidus en pleine poitrine. L'acide dégagé par l'embout du cylindre ouvre un passage dans l'armure protège-cœur. L'aiguille de l'injecteur transperce la chair des sycophantes et atteint finalement son but : le cœur. Les larmes d'elfes de lumière – aussi mortelles pour les sylphors que la sève et le bois le sont pour les vampires – s'insinuent alors dans le ventricule gauche et se répandent ensuite dans le corps grâce à la circulation du sang dans les artères et les veines. Les deux elfes noirs se dessèchent rapidement et finissent par tomber en lambeaux, sous les regards indifférents des autres sycophantes.

La nécromancienne, quant à elle, affiche toujours le même air impassible.

— Il faut procéder à l'évacuation des prisonniers, dit Masterdokar, une fois remis sur ses jambes.

Il sait qu'une Walkyrie a ouvert un Passage tout près. Il n'y a que de cette façon que l'alter a pu se désincarner et s'introduire en douce dans un bâtiment militaire aussi bien gardé que celui-ci. La sécurité du bunker est donc compromise, ils ne sont plus à l'abri d'une autre intrusion. Abigaël Queen n'hésitera certainement pas à les attaquer. À l'extérieur, il fait nuit. Le *sturmscharführer* Alkoner doit en profiter pour conduire les prisonniers hors du pays, utilisant les blindés de réserve pour se frayer un chemin vers le nord, puis vers l'ouest. Arrivé en Bretagne, à la fosse nécrophage d'Orfraie, il se placera sous les ordres de Masterthrall.

— Je pars avec eux ? demande Sessmora.

— *Nein*, tu restes avec moi. C'est ce qui était convenu, non ? J'aurai besoin de ton aide lorsque viendra le moment de réunir le médaillon de la gamine avec celui du jeune Davidoff.

Le jeune Davidoff ? Mais de qui parle-t-il ? se demande Arielle. *Ont-ils réussi à capturer Noah ? Mon Dieu, ce serait terrible !*

— Tous les prisonniers doivent être conduits à la fosse ? demande la nécromancienne.

– Tous sauf l'élu Davidoff, répond Master-dokar. Transférez-le ici.

Sessmora acquiesce en silence, puis ordonne aux sycophantes de l'accompagner.

– Vous n'aurez jamais mon médaillon maintenant que vous avez tué mon ami! déclare Arielle. Et oubliez celui de Noah : il est à une autre époque!

Masterdokar fouille dans la poche de son pantalon et en sort un objet qu'il montre à Arielle. C'est un pendentif. À l'allure familière...

– Mais...

Arielle ne comprend pas. C'est un autre médaillon demi-lune! Mais à qui peut-il bien être?

– Tu te demandes d'où il vient, n'est-ce pas?

Masterdokar s'amuse de sa stupéfaction.

– C'est celui de Mikaël Davidoff! révèle fièrement le voïvode. Celui qu'il devait trans-mettre un jour à son petit-fils, Noah. Nous avons récemment capturé ce bon vieux Mikaël alors qu'il tentait de s'introduire dans le bunker. Un sport populaire par les temps qui courent, ajoute-t-il avec un demi-sourire.

Mikaël Davidoff était apparemment venu porter secours à l'un de ses compagnons: un jeune fulgur nommé Jason Thorn qui a lui-même tenté, quelques jours plus tôt, de secourir Arielle à la demande de sa grand-mère, la redoutable Abigaël Queen. Selon Masterdokar, il a été facile de s'approprier le médaillon de Mikaël; contrai-rement à celui d'Arielle, le médaillon du jeune Davidoff ne protège pas son propriétaire.

– Une fois que j'aurai récupéré le tien, poursuit le voïvode en indiquant le médaillon d'Arielle, je le joindrai à celui de Mikaël. Ce sera alors la fin des alters : ils seront tous exterminés en un clin d'œil, comme par magie. La prophétie d'Amon dit que les alters disparaîtront de la surface de la Terre le jour où les médaillons demi-lune seront réunis. Mais Amon ne précise pas si les médaillons doivent tous deux provenir de la même époque. J'imagine que ce n'est pas nécessaire, conclut Masterdokar en adressant un sourire vainqueur à Arielle.

En vérité, ce sont les mêmes médaillons, réalise la jeune fille. En effet, celui de Noah a traversé la soixantaine d'années qui séparent 1945 de 2006, tandis que celui qui repose dans la main de Masterdokar ne l'a pas encore fait, puisqu'il appartient toujours à l'élu de 1945, qui est Mikaël Davidoff.

Masterdokar s'approche d'Arielle. Les fers qui maintiennent la jeune fille immobile sont pratiquement indestructibles. Le voïvode sait qu'il ne risque rien tant qu'il n'essaie pas de lui retirer son médaillon.

– Je trouverai bien un moyen, jeune Arielle, dit-il. Crois-moi, je récupérerai ton médaillon, même si pour cela je dois te couper la tête.

Masterdokar pose un baiser sur la joue de l'adolescente, puis se retourne et s'éloigne.

– Une si jolie tête, dit-il tout en marchant vers la sortie.

Avant de fermer la porte derrière lui, le voïvode se retourne une dernière fois vers Arielle :

— Je reviendrai plus tard, annonce-t-il. Pour l'instant, je dois me préparer à accueillir tes braves compagnons, ceux qui sont venus pour te secourir. Je présume que *fräulein* Abigaël Queen les convaincra de s'introduire dans le bunker, comme elle l'a fait avec le chevalier fulgur et Mikaël Davidoff. Mais cette fois, je leur réserve à tous une petite surprise.

La porte se referme dans un grincement métallique qui résonne dans toute la pièce. À l'extérieur, le glissement d'un verrou se fait entendre. Arielle se retrouve seule avec les cadavres des deux kobolds. Le premier, le blond, a été sacrifié pour rien. C'est dans le corps du second, le brun, que Razan avait choisi de se réincarner. Malgré sa tristesse, Arielle parvient à sourire. Le souvenir de Razan lui réchauffe le cœur pendant un bref moment. Même avant de mourir, se souvient-elle, Razan a démontré cette force inébranlable, cette confiance en lui qu'Arielle admirait parfois, mais qu'elle détestait aussitôt qu'elle se transformait en arrogance.

— Dis-moi, princesse… je… je vais te manquer?

Arielle a répondu la vérité: oui, bien sûr qu'il allait lui manquer. Il n'en fallait pas plus à Razan, même à l'article de la mort: l'alter n'allait pas rater cette chance de quitter en beauté, et d'y aller d'une dernière réplique prétentieuse:

— Je le savais…, a-t-il répondu, plus sûr de lui que jamais.

Mais Arielle a su lire entre les lignes. Ce que Razan voulait dire en fait, c'est: « J'ai toujours su, princesse, que tu avais un faible pour moi. »

C'est bien possible, Tom Razan, songe Arielle en se demandant si l'alter peut entendre ses pensées, peu importe l'endroit où il se trouve.

C'est après avoir prononcé ces derniers mots que Razan a fermé les yeux. Arielle était alors certaine qu'il les rouvrirait l'instant d'après et que, d'un clin d'œil complice, il lui révélerait le subterfuge : «T'inquiète pas, princesse, c'est une ruse : je ne vais pas mourir. » Mais l'alter n'a rien fait de tel. Il est demeuré immobile et terriblement silencieux.

Même en cet instant, alors que la nécromancienne et les sylphors ont quitté la pièce, Arielle garde l'espoir que Razan s'éveillera. Elle souhaite le voir bouger ; peut-être une main, ou une jambe. Elle se contenterait d'un doigt. Arielle voudrait que l'alter leur ait tous menti, qu'il ait feint sa mort. Elle voudrait qu'il se relève et lui dise : «C'est Tom Razan que tu as en face de toi. On ne me tue pas comme ça, chérie. » Mais Razan ne bouge pas. La peau de son nouvel hôte a pâli et ses membres ont déjà commencé à se raidir. Il n'y a plus de doute : le kobold est mort. Et Razan aussi.

10

*— Alors, Jason t'a bien transmis
mon message? s'enquiert-elle
auprès de Noah.*

Noah acquiesce. *Si ce n'était pas le cas, le
jeune homme ne serait pas ici en ce moment, en
compagnie de la Walkyrie et de ce gros matou
gris et blanc qu'Abigaël soupçonne d'être Brutal,
l'animalter d'Arielle.*

Le chevalier fulgur lui a bien donné la lettre
écarlate après leur retour de l'Helheim. Le papier
à lettres dont s'était servie Abigaël pour écrire
son message était celui de l'hôtel, le seul qu'elle
avait pu trouver. Le propriétaire était un partisan
nazi, révèle-t-elle pour expliquer la couleur rouge
du papier. Avant d'écrire le mot, elle a pris soin
de découper l'en-tête, sur lequel étaient imprimés
le disque blanc et la croix gammée, emblème du
Parti nazi.

— Je savais que Jason y arriverait, ajoute
Abigaël. Je l'ai aperçu à votre époque, lorsque
Arielle nous a invoqués pour combattre à ses
côtés. Comment il a fait pour se rendre jusqu'à

vous ? Il a voyagé dans le temps, de 1945 à 2006 ?

— Non, ce n'est pas tout à fait ça, répond la Walkyrie. Jason a été pris par les sylphors du bunker 55, n'est-ce pas ?

Abigaël confirme d'un signe de tête.

— Eh bien, les elfes le transféreront bientôt à la fosse nécrophage d'Orfraie, poursuit la Walkyrie. Peut-être même que c'est déjà fait. Il y passera les soixante prochaines années, jusqu'à ce qu'Arielle et ses compagnons viennent le délivrer, en même temps que Gabrielle, ta fille.

— Ma fille sera emprisonnée là-bas ?

— Oui, après la naissance d'Arielle, répond Bryni.

— Au début, Arielle croyait que sa mère était morte, enchaîne aussitôt Noah. Mais elle a appris de votre bouche que Gabrielle était toujours vivante, et qu'elle devait la secourir.

Abigaël est confuse : comment aurait-elle pu informer sa petite-fille que Gabrielle est retenue prisonnière dans la fosse d'Orfraie, alors qu'elle-même vient tout juste de l'apprendre ?

— Le temps ne compte plus, dit la Walkyrie comme si elle avait lu dans ses pensées. Maintenant tu sais, et c'est tout ce qui importe.

Pour rassurer Abigaël, la Walkyrie lui explique qu'elle ne doit pas s'inquiéter, que tout a été prévu par les dieux. Mais pour que tout fonctionne, Abigaël doit apporter son secours à sa petite-fille.

— Ça, je suis au courant, rétorque Abigaël avec impatience.

C'est bien pour ça qu'elle a envoyé cette lettre à Noah : elle a besoin d'aide pour sortir Arielle de ce foutu bunker. Elle ne peut pas y arriver seule.

— C'est vrai, approuve Bryni, mais je ne parlais pas de l'aide que tu lui apporteras aujourd'hui, mais de celle que tu lui apporteras au tout début.

Au tout début ? se répète Abigaël. *Mais quel début ?*

La Walkyrie explique à la jeune femme qu'une *autre* Arielle a besoin de son aide : une Arielle encore inexpérimentée, qui vient à peine de découvrir sa véritable identité. Récemment, elle a rencontré ses premiers alters et affronté ses premiers sylphors au manoir Bombyx. Pour cette Arielle, Noah n'est pas encore revenu de l'Helheim ; il a été tué par la lame de Mastermyr, dans la cave de la maison de Saddington, et son corps vient d'être conduit dans le caveau funéraire des Vanesse, où il repose auprès de son ami Simon.

— Il y a des choses que cette Arielle doit savoir, insiste la Walkyrie. Des choses essentielles, qui assureront sa survie et la nôtre. Mais le plus important, c'est qu'elle doit reprendre espoir, sinon elle abandonnera sa quête.

Redonner espoir, c'est quelque chose qu'Abigaël a déjà fait, et elle n'a aucune objection à le refaire. Mais il faut agir vite, car la seconde Arielle, celle du moment présent qui est retenue prisonnière dans le bunker 55, a aussi besoin de leur aide.

– J'ai passé beaucoup de temps avec Jason Thorn, explique Bryni, dans sa cellule de la fosse nécrophage d'Orfraie. Les dieux m'ont assurée qu'il était le premier protecteur de la prophétie et m'ont confié la tâche de le protéger.

Ils ont eu beaucoup de temps pour discuter pendant ces années d'isolement, raconte Bryni. Un jour, Jason lui a confié qu'un livre sacré appelé le *vade-mecum* des Queen était gardé dans le Canyon sombre par les sylphors. Seul John Thorn, connaissait le chemin menant à ce repaire. Grâce à son aide, Jezabelle Queen et Frederick Davidoff ont presque réussi à atteindre le Canyon sombre en 1843, mais ils sont tombés sur une patrouille sylphor, ce qui les a obligés à renoncer à leur expédition. Après la mort de John Thorn, les indications secrètes se sont transmises à ses descendants. Ces informations se trouvent donc quelque part dans la mémoire de Jason.

– Comme nous l'avons tous constaté, poursuit Bryni, Arielle aura besoin du *vade-mecum* pour invoquer sa lignée afin de combattre les elfes de Lothar au manoir Bombyx. Si Arielle ne dispose pas des informations que détient Jason, elle ne retrouvera jamais le *vade-mecum* et ne pourra invoquer la lignée des Queen. Rien de tout ce que nous avons vécu jusqu'à présent ne se produira, ce qui signifie que nos destins seront tous modifiés.

– D'accord, d'accord, fait Abigaël. Je ne suis pas idiote, j'ai saisi. Que dois-je faire alors ? Pardonnez mon impatience, mais le temps presse et…

– Parlez-lui, la coupe Noah.

— Elle doit entendre ta voix, renchérit la Walkyrie. Invoque les Nornes du destin. Crois-moi, c'est ainsi que l'aventure doit commencer.

Abigaël, sans tarder, lance un appel aux Nornes :

« Et ainsi vinrent les femmes, savantes en toutes choses.
Trois, venant des racines qui s'étendent sous l'arbre.
L'une est appelée Urd, le passé.
Vervendi, le présent, est la seconde.
La troisième est Skuld, le futur. »

Une puissante lumière éclaire alors la pièce. Son éclat est intense et aveuglant, mais Abigaël, habituée au phénomène, ne s'en formalise pas. C'est toujours ainsi que se manifestent les trois Nornes lorsqu'elles cessent de tisser la tapisserie des destins et quittent la protection d'Ygdrasil pour voyager dans les différents royaumes. Les voix des trois femmes résonnent en chœur, alors que l'éclat de lumière, jusque-là unique, se divise en trois entités indépendantes.

« Nous avons fait les lois, nous avons fixé les vies.
Nous savons tout.
En tout temps et en tous lieux. »

Dès que les Nornes replongent dans le silence, la Walkyrie entraîne Noah et le chat animalter à l'écart, laissant Abigaël seule au centre du salon. La jeune femme ne quitte pas les Nornes des yeux. Les trois entités lumineuses finissent par se rapprocher l'une de l'autre et se réunir pour ne former de nouveau qu'un seul éclat. Ce dernier a perdu de son intensité, et Abigaël arrive à le fixer sans éprouver de douleur. L'éclat se déplace vers la fenêtre de la suite et prend lentement la forme d'un être humain. Au bout de quelques secondes, Abigaël parvient à reconnaître sa petite-fille. La jeune élue, face à la fenêtre, fixe Berlin avec un mélange d'étonnement et de consternation. *Elle se demande où elle est,* se dit Abigaël. *C'est sans doute la première fois qu'elle expérimente ce genre de communication spatiotemporelle. Je l'ai contactée pendant son sommeil; il me faudra donc lui expliquer que cette rencontre n'est pas un rêve, mais plutôt « l'épanchement d'un songe dans la vie réelle », comme le disait l'écrivain Nerval.*

— Arielle…, dit doucement Abigaël, pour ne pas la brusquer.

Arielle se retourne. *C'est bien elle,* constate Abigaël. *C'est bien ma petite-fille.*

— Nous n'avons pas beaucoup de temps. Le soleil vient de se coucher.

— Qui es-tu? demande Arielle, tout en examinant Abigaël d'un air perplexe.

— Je suis Abigaël, ta grand-mère.

— Ma grand-mère est morte, répond Arielle.

Abigaël doit jouer de prudence, sinon Arielle prendra peur et se méfiera d'elle.

— Ça viendra, mais pas aujourd'hui, je l'espère.

Après avoir étudié la pièce, Arielle demande à Abigaël de lui dire où elles se trouvent.

— Nous sommes à Berlin, en 1945.

– Je suis en train de rêver, c'est ça?

– Tout ça est bien réel, l'assure Abigaël. Nous sommes en communication, toi et moi. Je t'ai contactée depuis le passé.

– Comment tu arrives à faire ça?

Abigaël doit la mettre en confiance. *Mais la seule façon d'y parvenir*, conclut-elle, *c'est de lui rappeler que je l'ai déjà aidée dans le passé.*

– En ce monde, le corps n'est que l'ancre de l'âme, choisit-elle de répondre espérant qu'Arielle se souviendra. Une fois l'ancre levée, l'âme peut déployer ses voiles et parcourir tous les royaumes.

Il y a un silence, qui fait craindre le pire à Abigaël. Ses paroles suffiront-elles à convaincre sa petite-fille qu'elle ne lui veut aucun mal?

– C'est toi qui m'as parlé dans la cave, chez Saddington?

Abigaël est soulagée. *Je suis sur la bonne voie!* se réjouit-elle.

– Les liens de l'esprit sont parfois aussi forts que les liens du sang, tu sais.

Arielle retourne à la fenêtre.

– On est vraiment en 1945? C'est pas croyable!

Abigaël doit maintenant lui parler de la prophétie: elle explique à sa petite-fille que Mikaël et elle n'ont pas réussi à vaincre les elfes et les alters. Mais si tout s'est déroulé comme prévu, Arielle est le nouvel espoir de l'humanité. La prophétie dit que, avant de descendre au royaume des morts pour y combattre Loki et Hel, les élus doivent vaincre les sylphors et les alters ici, sur la Terre. C'est ce qu'Arielle doit accomplir. Mais elle ne pourra pas y arriver seule. Arielle répond qu'il est trop tard, que Noah est mort, et qu'il faudra attendre la prochaine génération d'élus pour que la prophétie se réalise.

— Ne sois pas si pessimiste! rétorque Abigaël en jetant un coup d'œil en direction de Noah, lequel les observe depuis la salle à manger. Les choses ne sont pas toujours ce qu'elles semblent être. Ce qui importe, c'est que tu continues de croire que tout est encore possible. C'est toi qui réaliseras la prophétie, et personne d'autre. Mais, pour y parvenir, tu auras besoin d'aide.

— Noah était le seul qui pouvait m'aider.

— Tu oublies les six protecteurs dont parle la prophétie. Jason Thorn est le premier d'entre eux. C'est un chevalier fulgur. Il a été fait prisonnier par les elfes il y a quelques jours. Mikaël et moi avons tenté de le secourir, mais nous avons échoué.

Après avoir fait une pause pour lui laisser la chance d'assimiler tout ça, Abigaël lui dit qu'il ne leur reste plus beaucoup de temps à passer ensemble.

— Les elfes m'ont repérée, confie-t-elle à Arielle. Ils savent où je me cache.

Abigaël affirme qu'elle est la seule à savoir que Jason est entre leurs mains. Elle n'a pas eu le temps de prévenir les autres chevaliers, et ceux-ci ne pourront donc pas lui porter secours. Ça signifie qu'il est probablement toujours prisonnier des elfes noirs à l'époque où vit Arielle.

– Trouve-le et délivre-le, conseille Abigaël à sa petite-fille. Lui seul sait où se trouve le *vade-mecum* des Queen. C'est le livre qui te permettra d'invoquer les ancêtres de notre lignée. Tu en auras besoin pour vaincre les démons…

… *au manoir Bombyx, en cette nuit du 13 novembre 2006*, se retient d'ajouter Abigaël. C'est une règle à respecter quand on replie le temps pour s'adresser à une personne dont l'avenir est connu. Il est permis d'aborder les grandes lignes, mais il faut éviter de révéler des détails qui risqueraient de modifier ses choix futurs.

– Les elfes gardent ce chevalier prisonnier depuis soixante ans? demande Arielle sans cacher sa surprise. Comment peut-il être encore en vie?

– Ceux qui bénéficient de la protection des Walkyries disposent de grands pouvoirs, explique Abigaël en jetant cette fois un regard complice à Bryni. Tu le constateras toi-même un jour.

– Par où dois-je commencer mes recherches?

Abigaël est sur le point de répondre lorsqu'un groupe de sylphors armés enfoncent la porte de la suite et s'introduisent dans la pièce. *Je savais bien que c'était une question de temps*, se dit Abigaël alors que les elfes en uniformes de la Waffen-SS bondissent sur elle. Tout en se défendant du mieux qu'elle le peut contre les premières attaques des sylphors, Abigaël réalise que sa petite-fille voudrait intervenir pour lui donner un coup de main, mais qu'elle en est incapable; elle demeure figée à proximité de la fenêtre. Dans la salle à manger, Bryni et Noah se préparent à sauter dans la mêlée mais, d'un signe, Abigaël le leur interdit : *Pas maintenant !*

— N'oublie pas son nom, s'écrie-t-elle à l'attention d'Arielle, qui la fixe toujours, impuissante : Jason Thorn, il s'appelle Jason Thorn ! Il est retenu prisonnier au même endroit que ta mère ! Dans la fosse nécrophage d'Orfraie !

— Quoi ! Ma mère est vivante ?

Un des elfes sort une dague fantôme de son uniforme.

— Grand-mère ! Attention ! essaie de la prévenir Arielle.

Le sylphor brandit sa lame et s'élance vers Abigaël. Au lieu de se retourner et de contrer l'attaque sournoise de son adversaire, Abigaël garde son regard fixé sur celui d'Arielle. Même si elle ne souhaite pas envisager cette éventualité, Abigaël se dit que les choses pourraient ne pas se passer comme prévu dans le bunker 55. C'est peut-être sa dernière chance de voir sa petite-fille vivante. *Non !* se ravise-t-elle soudain. *Il ne t'arrivera rien, ma petite-fille. Jamais je ne les laisserai te faire du mal. Gabrielle, ma fille, a donné sa vie pour sauver la tienne. Son sacrifice ne sera pas vain. Je donnerai aussi la mienne s'il le faut.*

Arielle disparaît une fraction de seconde avant que la lance de glace de Bryni n'atteigne le sylphor. L'elfe à la dague est intercepté à la fin de son saut, tout juste avant que sa lame ne s'abatte sur Abigaël. La lance le transperce de part en part, l'entraîne avec elle à travers la pièce et le cloue à un mur. Membres pendants, un javelot de glace planté dans son corps, le sylphor ressemble à l'un de ces insectes de collection fixés sur une planche de liège à l'aide d'une aiguille.

Par invocation, Bryni fait naître deux sabres de glace dans ses mains et en lance un à Noah. Aussitôt armé, le garçon engage le combat contre les autres sylphors. Même s'il ne dispose pas de sa force d'alter, le jeune homme démontre une certaine agilité. Abigaël passe aussi à l'offensive et lui sauve la mise à quelques reprises, mais Noah parvient tout de même à se débarrasser seul de deux sylphors. Bryni étant aussi de la partie, les combats ne durent qu'une vingtaine de secondes. Il ne reste plus aucun sylphor en vie. Les pauvres idiots n'avaient certainement pas prévu qu'en plus d'Abigaël Queen, ils auraient à affronter une puissante Walkyrie et un jeune humain carburant à l'adrénaline.

Alors qu'ils rangent leurs armes, Abigaël, Bryni et Noah entendent un miaulement en provenance de la salle à manger. Ils tournent tous la tête au même moment et aperçoivent Brutal, installé confortablement sur l'une des chaises. Allongé sur son flanc, le chat observe le trio d'un air hautain tout en léchant une de ses pattes.

— Il n'a pas encore pris son apparence humaine, celui-là? s'interroge Abigaël.

Noah hausse les épaules.

— Je me suis laissé dire qu'il avait des problèmes de *régularité*.

Bryni ne peut s'empêcher de rire. Le chat cesse alors de lécher sa patte et fixe ses détracteurs avec mépris. Apparemment, il n'apprécie pas qu'on se moque de lui.

– Vous avez pensé à lui apporter un uniforme? demande Abigaël.

Noah fait non de la tête, aussitôt imité par Bryni. Un dilemme se pose: que fera Brutal lorsqu'il prendra forme humaine? Abigaël a peut-être une idée.

– J'en conserve toujours un dans la penderie, au cas où.

– Quoi? Un uniforme de *fille*? fait Noah, étonné par la proposition.

Le jeune homme est loin d'être convaincu que Brutal acceptera de porter ça. Lui-même refuserait.

– C'est mieux que rien, non? rétorque Bryni.

Brutal interrompt sa toilette et se dresse d'un coup sur sa chaise: «Miaoooow!» lance-t-il, catégorique. Traduction: «Jamais de la vie, vous m'entendez?!»

11

« *Le pire, ce sont les bottes !*
râle-t-il. »

– Elles sont trop petites ; ça va me faire des griffes incarnées, c'est certain. Heureusement que Geri n'est pas là, ajoute-t-il sur le même ton grincheux, et que ce crétin de Razan est en balade spectrale. Ils se seraient bien foutus de ma gueule, tous les deux, vous pouvez en être sûrs.

– On dit « onyxis », le corrige Noah.

– Hein ? Quoi ?

– Les ongles incarnés, ce sont des onyxis.

Brutal dévisage Noah, l'air de dire : « Et alors ? »

La transformation de l'animalter est survenue quelques instants plus tôt, sans même qu'il puisse la prévoir. Il était encore installé sur la chaise de la salle à manger lorsque les premiers changements se sont produits. À peine s'était-il jeté derrière le fauteuil le plus proche que sa métamorphose était déjà terminée.

– Houlà ! a-t-il lancé, accroupi derrière le dossier du fauteuil. C'était moins une, encore une fois ! J'en ai vraiment ma claque !

– Alors, tu refuses toujours de porter l'uniforme d'Abigaël ? lui a demandé Noah, en se retenant de rire.

Abigaël n'a pas attendu que le chat réponde. Elle lui a lancé les vêtements derrière le fauteuil.

– Dépêche-toi d'enfiler ça, lui a-t-elle ordonné ensuite. On a assez perdu de temps. Tu viens avec nous ou tu attends ici, à toi de décider, chaton. Mais inutile de te dire que d'autres sylphors vont venir. À moins qu'ils soient précédés par les Russes. Tu savais que les Russes chassent le tigre de Sibérie ? Pour sa fourrure, paraît-il. Ils en font des tapis.

– D'accord, d'accord, pas de panique ! a répliqué Brutal. J'ai compris le message !

Toujours accroupi, l'animalter a commencé par passer le pantalon d'Abigaël.

– Un peu ajusté, quand même, n'a-t-il pu s'empêcher de commenter. Quant à cette chemise, mon Dieu, elle est beaucoup trop petite. Et je ne parle pas du manteau… ni des bottes. Hé, je vais devoir m'amputer les orteils pour entrer là-dedans !

Il est finalement parvenu à tout revêtir, mais ça n'a pas contribué à améliorer son humeur, au contraire :

– Vous êtes contents ? Ça y est, je suis couvert des pieds à la tête ! Mais je ne peux plus bouger ! Cet uniforme de greluche est tellement serré qu'il va me péter sur le dos au moindre mouvement !

Après avoir donné une épée fantôme à Noah – afin de remplacer son sabre de glace fondu – ainsi qu'à Brutal, Abigaël leur explique comment se rendre au bunker 55. Elle arrive sans peine à les convaincre qu'il serait plus prudent d'y aller par la voie des airs. À part Noah, qui s'est vu privé de ses aptitudes d'alter lorsque Razan s'est séparé de lui, ils possèdent tous le pouvoir de voler – la Walkyrie y compris, même si, d'ordinaire, elle préfère voyager sur le dos de son cheval Jonifax. Ainsi, affirme Abigaël, ils éviteront de croiser les résistants allemands et les serviteurs kobolds qui se préparent au combat dans les rues. Ces derniers sont plutôt nerveux; ils ont la gâchette facile et n'hésiteront pas à tirer à vue sur le moindre individu suspect.

— Sans parler des *snipers*, ajoute Brutal, qui peuvent vous loger une balle en plein front à plusieurs centaines de mètres de distance.

— Des *snipers*? fait Bryni.

— Tireur embusqué, traduit l'animalter. J'ai vu ça dans un film de guerre et…

— Le bunker 55 est situé sous le Reichstag, l'interrompt Abigaël. Ce n'est pas très loin d'ici. Moins de cinq minutes de vol, si nous survolons les bâtiments du Reich sur Wilhelm Strasse.

— C'est seulement le 30 avril que commencera la bataille pour le Reichstag, leur révèle Noah. En tout cas, si je me fie à mes cours d'histoire.

— Très bien, dit Abigaël, on n'aura pas à s'inquiéter des Russes alors.

Mais elle ajoute qu'ils seront certainement confrontés aux sylphors de la Waffen-SS. Ils ne sont plus tellement nombreux, la plupart des officiers ayant quitté le bunker ces derniers jours pour se réfugier plus à l'ouest, en Bretagne, mais ceux qui sont demeurés sur place sont parmi les plus dangereux. Ce sont des sycophantes, pour la plupart. Il y a aussi leur chef, Masterdokar, et quelques larbins kobolds. Une nécromancienne du nom de Sessmora complète la bande, mais elle venait à peine d'acquérir ses premiers pouvoirs d'initiée lorsque les attaques sur Berlin ont commencé. Sessmora est peu puissante, selon Abigaël, mais elle compense par un accès de cruauté.

– Combien sont-ils en tout ? demande Bryni, en bonne tacticienne.

– Une vingtaine d'individus, répond Abigaël.

Elle a obtenu ces informations grâce au Cercle de Kreisau, un groupe de résistants allemands qui s'opposent à Hitler depuis plusieurs années déjà. De véritables héros, ces hommes ; ils leur ont fourni, à Mikaël et à elle, l'incantation secrète permettant d'activer le maelström intraterrestre qui donne accès au bunker. Ce maelström est la seule façon de pénétrer à l'intérieur du bunker, mais sa sortie, située dans l'antichambre du repaire, est gardée en permanence par des sycophantes armés. Les résistants du Cercle prétendent qu'il est possible de déplacer le point de sortie du vortex. Mikaël et elle ont bien essayé de le changer, de le situer à un endroit plus isolé, et donc moins fréquenté par les gardes, mais ils n'ont pas réussi ; voilà pourquoi il a été si facile pour les sylphors de capturer Jason, puis Mikaël.

– Je sais comment faire, assure Bryni. Je peux réorienter la sortie du maelström vers un endroit où il n'y aura pas de comité d'accueil.

Abigaël hoche la tête. Elle paraît soulagée.

– C'est ce que j'espérais, dit-elle.

La jeune femme sort un bout papier de sa poche et, après l'avoir déplié, le montre à Bryni. Il s'agit d'un plan détaillé du bunker 55. Encore une gracieuseté du Cercle de Kreisau. Indiquant une pièce sur la carte portant la mention BC-23, Abigaël explique à la Walkyrie qu'il leur faudrait émerger du maelström à cet endroit précis, dans cette petite salle qui sert de coffre-fort aux elfes. C'est là que sont entreposés tous les trésors mystiques découverts par les sylphors nazis de l'institut Ahnenerbe. *Révélation*, le verset manquant du *Livre d'Amon*, doit s'y trouver. Abigaël leur rappelle que c'est ce texte qui les aidera à identifier le fameux traître, celui qui est mentionné dans la prophétie. Depuis plusieurs siècles, les elfes noirs ne cessent de le déplacer ; ils changent le verset d'endroit dès qu'ils soupçonnent la proximité d'un élu ou d'un chevalier fulgur. Si Abigaël a demandé à Arielle de l'accompagner en 1945, lorsqu'elles se trouvaient toutes deux dans le garage du manoir Bombyx, c'est parce qu'elle avait besoin de son aide pour récupérer *Révélation*. Le précieux document échappe aux élus et à leurs alliés depuis l'apparition des deux lignées. C'était enfin leur chance de mettre la main dessus, mais il a fallu que les sylphors interceptent Arielle pendant le voyage. Une pensée inquiète soudain Abigaël. Promptement, elle porte une main à son flanc et tâte le *vade-mecum* des Queen à travers la poche de son manteau : le livre magique s'y trouve toujours. *Au moins, celui-là n'est plus entre les mains de nos ennemis,* se dit Abigaël. Elle a bien essayé de l'utiliser un peu plus tôt pour appeler ses ancêtres à l'aide, mais rien ne s'est produit. Abigaël s'est alors rappelé que l'invocation dynastique est inopérante lorsqu'une ou plusieurs élues de la lignée des Queen ne se trouvent pas à leur époque d'origine, ce qui est le cas d'Arielle en ce moment.

Noah s'interroge :

— Comment peut-on être certain que *Révélation* se trouve toujours là-bas ? Avec tous ces sylphors qui ont évacué le bunker 55… Peut-être que l'un d'eux transportait le verset avec lui ?

— Seul un élu ou un voïvode peut manipuler *Révélation* sans craindre d'être empoisonné par l'encre du document, répond Abigaël. Et récemment, j'ai eu la confirmation que Masterdokar était toujours là-bas.

— Qu'y a-t-il d'autre dans ce coffre-fort ? demande Brutal.

— Des centaines d'objets magiques, accumulés au fil des siècles, mais plus particulièrement depuis qu'Adolf Hitler est au pouvoir et que les elfes noirs de l'institut Ahnenerbe bénéficient de son soutien, et des ressources financières et militaires du Reich.

Après une courte pause, elle ajoute :

— Il faut y aller maintenant. Vous êtes prêts ?

La réponse est unanime et positive.

— Parfait ! lance Abigaël.

Après avoir jeté un coup d'œil à l'extérieur pour s'assurer qu'il n'y avait aucun sylphor dans les parages, Abigaël ouvre la fenêtre de la suite et bondit à l'extérieur. En suspension dans l'air, à quelques mètres du bâtiment, elle interpelle les autres :

– Alors ? Vous venez ?

Noah s'empresse de grimper sur le dos de Brutal.

– Quand faut y aller, faut y aller ! lance l'animalter avant de s'élancer à son tour.

Noah et lui sont immédiatement suivis hors de la suite par la Walkyrie. Tous les quatre se positionnent ensuite au-dessus du toit de l'hôtel. Bryni, Noah et Brutal ne peuvent s'empêcher d'observer la ville de Berlin, sous eux, complètement anéantie par les bombardements. Tout est gris : les bâtiments, les rues, les carcasses de voitures, même les quelques rares passants qui s'aventurent hors de leur abri. On dirait que la ville entière s'est consumée, puis refroidie, comme un feu de camp qui brûle toute la nuit et qui s'éteint ; les cendres froides conservent leur forme fragile, mais menacent de s'effondrer au moindre coup de vent. *C'est à ça que devait ressembler Rome lorsqu'elle a été incendiée,* se dit Noah. On raconte que c'est l'empereur Néron qui aurait lui-même provoqué l'incendie afin de remodeler la ville selon sa propre vision.

– Je déteste les guerres, dit Noah, toujours bien accroché à Brutal.

Le garçon ne peut détacher son regard des rues sombres et des bâtiments en ruines.

– Des guerres, il y en a toujours eu à Mannaheim, répond Bryni en repérant au loin l'imposant Reichstag ainsi que la place Königs qui s'étend derrière. C'est à vous, humains, de changer les choses, et de vous unir pour faire en sorte qu'elles cessent.

– Tu rêves en couleurs, jolie Walkyrie, déclare Brutal.

Bryni acquiesce en silence :

– Rêver en couleurs ? répète-t-elle. C'est encore possible ? J'aimerais bien, confie-t-elle à l'animalter tout en lui souriant.

Brutal demeure figé ; il a l'impression d'avoir été frappé en plein visage par ce magnifique sourire. L'animalter sent ressurgir en lui cette attirance qu'il a éprouvée pour la Walkyrie, lorsque leur groupe s'est échappé du manoir Bombyx après la défaite de Lothar et de ses sylphors. «Elle est fabuleuse, cette femme ! a-t-il confié alors à Geri. Je crois que je suis tombé amoureux !» *Mais qu'est-ce que tu fais, abruti de Brutal !* se sermonne-t-il lui-même. *C'est pas le moment de penser à ça ! Songe plutôt à Arielle, ta maîtresse, qui a besoin de ton aide !* L'animalter fait des efforts considérables pour chasser la Walkyrie de ses pensées ; malgré cela, il remarque que la femme le fixe avec un air bizarre. Elle a un petit sourire en coin qui sous-entend quelque chose… quelque chose que Brutal est incapable d'interpréter. *Peut-être qu'elle sait ?* se dit-il avec effroi. *Mais oui, idiot, c'est une Walkyrie : elle est certainement capable de percevoir ce que tu ressens pour elle.* Peut-être même que Noah, à cheval sur son dos, s'est lui aussi rendu compte de quelque chose. C'est alors que la gêne s'empare de Brutal. *Si j'avais pas tout ce poil dans le visage*, se dit-il, *je suis certain qu'on me verrait rougir.* Espérant calmer son émotion, l'animalter se concentre sur les échanges de coups de feu et les explosions de mortier qui résonnent au loin. Parmi eux, on discerne très clairement des lamentations de femmes et des cris d'enfants en pleurs. Ces appels de détresse forcent Brutal à se calmer, le ramènent à la réalité et lui font retrouver tous ses moyens.

– Direction nord-ouest ! leur indique Abigaël en prenant de l'altitude.

Elle ajoute que l'endroit le plus sûr pour se poser se situe à la jonction des rues Sommer et Friedensa, un peu avant le Reichstag et la place Königs. Ils doivent chercher un monceau de débris qui ressemble à un temple aztèque. Le monceau est partiellement caché par un petit groupe d'arbres brûlés – derniers vestiges du vaste parc Tiergarten –, mais, du haut des airs, il est facilement repérable.

Brutal dégaine rapidement son épée fantôme. Noah fait de même une seconde plus tard.

– Fais attention ! Je n'ai pas envie d'une coupe en brosse ! le prévient Brutal, qui a senti la lame de Noah lui passer un peu trop près des oreilles.

– Les épées, ce n'est pas nécessaire, les informe Abigaël. Pas maintenant.

Pour toute réponse, le garçon et l'animalter haussent les épaules. Ils n'ont pas l'intention de ranger leurs armes. Épée bien en main, Noah solidement agrippé à lui, Brutal s'oriente au nord-ouest, vers l'ancienne coupole du Reichstag, et décolle comme une fusée, ne laissant derrière lui que le sifflement de son départ soudain. À l'horizon, on peut suivre la silhouette de l'animalter, avec son passager sur le dos. Tous deux rapetissent aussi vite qu'ils s'éloignent; ils sont en constante accélération et déchirent l'air comme un avion à réaction. À un moment, Abigaël a l'impression de les entendre crier: «YAHOUUUUU!»

– Des enfants…, soupire Bryni avant de s'élancer à leur suite.

Abigaël fait de même après avoir secoué la tête en signe d'exaspération.

12

C'est effectivement le lieu le plus
sûr où se poser, celui qui se trouve
le moins à découvert par rapport
au palais du Reichstag.

Brutal n'a aucun problème à identifier le monceau de débris, tel que décrit par Abigaël. La jeune femme a dit vrai : l'amas de bois, de briques et de béton ressemble à un temple aztèque, et il est entouré de quelques arbres carbonisés – *eux aussi victimes des bombardements*, présume l'animalter. Ces pauvres arbres noirs et dénudés réussissent plus ou moins bien à dissimuler le monceau, selon l'avis de Brutal, mais apparemment, ils devront faire avec. C'est tout de même une chance qu'il fasse nuit.

Sans plus tarder, l'animalter amorce sa descente. Le petit temple aztèque et son enceinte d'arbres chétifs sont situés entre deux rues secondaires qui débouchent sur la place Königs. L'une de ces rues longe le flanc sud du Reichstag – *ce qui, d'un point de vue stratégique, est excellent*, se dit Brutal. Le palais du Reichstag est un bâtiment fort impressionnant ; de style néorenaissance, il a une forme rectangulaire (à vue d'œil, Brutal dirait qu'il fait environ 150 mètres de long sur 100 mètres de large) et s'élève sur six étages. L'imposante coupole qui le surmonte, endommagée lors de l'incendie de 1933, s'élève à près de 72 mètres de hauteur. À chacun des angles du Reichstag sont érigées quatre tours quadrangulaires, hautes d'une quarantaine de mètres. La construction de l'édifice s'est échelonnée sur dix ans, soit de 1884 à 1894. Il a accueilli le Parlement allemand jusqu'à cette nuit de février 1933 où il a été incendié, on ne sait plus trop par qui : certains historiens prétendent que c'est l'œuvre isolée d'un pyromane, d'autres mettent la faute sur un groupe de communistes zélés, et enfin, il y a ceux qui affirment que ce sont les nazis eux-mêmes qui auraient mis le feu au bâtiment, trop heureux d'en faire porter le chapeau aux communistes. *Alters, sylphors, nazis : c'est du pareil au même*, songe Brutal. *Tous aussi tordus les uns que les autres !*

Dès qu'il se pose sur le sol, l'animalter passe une main par-dessus son épaule et attrape Noah par le col de son veston. Sans la moindre précaution, Brutal fait passer Noah par-dessus sa tête et l'envoie rouler dans la poussière. Le garçon s'immobilise au pied du monceau de débris, trop ébranlé pour comprendre ce qui vient de lui arriver. L'animalter s'empresse ensuite d'examiner les alentours : heureusement, personne ne les a repérés.

– Mais qu'est-ce qui te prend? lui demande Noah tout en se remettant sur ses jambes.

Le garçon ne comprend pas ce qui a pu pousser Brutal à agir ainsi. Pourquoi s'est-il comporté si sauvagement avec lui?

– Faut discuter, tous les deux! répond Brutal sur un ton menaçant.

Le smoking de Noah n'est plus noir, il est gris. Le jeune homme balaie son vêtement du revers de la main pour en chasser la poussière.

– Discuter de quoi?

Brutal, en silence, marche d'un pas ferme vers Noah. Ce dernier a un mouvement de recul lorsque l'animalter tend une main – ou plutôt une patte – dans sa direction. Le garçon n'est pas assez rapide pour esquiver la manœuvre agile de l'animalter: Brutal emprisonne le cou du garçon dans sa grosse patte velue et le soulève de terre comme s'il ne pesait rien. *Il va m'étrangler!* se dit Noah en essayant de lui faire lâcher prise ou, à tout le moins, de lui faire desserrer les doigts pour laisser passer un peu d'air. Sous sa forme alter, Noah aurait pu rivaliser d'adresse et de force avec Brutal et obliger ce dernier à le libérer. Mais pourvu de ses seuls attributs humains, le garçon n'a aucune chance contre l'animalter.

– TA CICATRICE! grogne Brutal en secouant Noah. DIS-MOI COMMENT TU TE L'ES FAITE!

Les vociférations de l'animalter sont aussi puissantes que les rugissements d'un lion. Son regard habituellement doux est remplacé par une paire d'yeux avides, pareils à ceux d'un prédateur.

– RÉPONDS, NOAH! OU BIEN JE TE DÉVORE VIVANT!

C'est la première fois que Noah voir Brutal agir ainsi. Il arrive que les animalters se laissent aller à leur instinct bestial, et cela peut parfois les mener à un comportement sauvage, ou strictement animal, mais, généralement, ces réactions se produisent en situation de danger imminent ou lorsque les animalters sont poussés à bout. Il y a quelques instants encore, Brutal ne manifestait aucune animosité à l'endroit de Noah. Qu'a-t-il pu se produire durant cet intervalle? Quel changement s'est opéré dans l'esprit de l'animalter pour qu'il réagisse aussi promptement et avec autant de violence?

– Bru… Brutal…, réussit à dire Noah, malgré la pression qui s'exerce sur sa gorge. Calme… Calme-toi…

– TA CICATRICE! insiste Brutal.

– Je… Je ne comprends pas…

Cette réponse ne satisfait pas l'animalter; il raffermit aussitôt sa prise. D'un ton plus calme, mais tout aussi menaçant, il répète sa requête à Noah:

– C'est ta dernière chance. Dis-moi comment tu t'es fait cette cicatrice!

Noah acquiesce en silence.

– Un accident…, dit-il. Il y a… il y a environ deux ans.

Brutal prend un air sceptique.

– Un accident, hein? Alors, pourquoi cet idiot de Razan prétend-il que c'est Arielle qui t'a fait cette cicatrice?

– Mais… Je…

– J'étais avec eux dans les cachots du manoir Bombyx quand Razan a raconté ça à Arielle. C'est arrivé le jour de son quatorzième anniversaire, paraît-il. Qu'est-ce que tu as bien pu lui faire ce jour-là, hein ? Tu t'en es pris à elle ?

Noah secoue la tête.

– Il… Il a menti.

– C'est bien possible, lui concède Brutal. Après tout, Razan est un démon. Mais aujourd'hui, je dois m'assurer d'une chose et d'une seule : c'est que *toi*, tu ne mens pas. Je place la vie de ma maîtresse au-dessus de tout, Noah, même au-dessus de la mienne. Sois donc certain que je ne te laisserai pas l'approcher si tu représentes une menace pour elle, tu comprends ? J'ai davantage confiance en toi qu'en Razan, c'est vrai, mais je ne prendrai pas le risque d'être dupé.

Brutal marque un temps.

– Deux ans, répète l'animalter en hochant la tête. Ça correspond aussi à mes souvenirs. Mais pourquoi ceux d'Arielle sont différents ? Pourquoi a-t-elle cru que tu avais cette cicatrice depuis l'enfance ?

– Je… Je ne sais pas…

Noah s'interrompt un moment pour tenter de reprendre son souffle, puis ajoute :

– Razan…

– Quoi, Razan ? fait Brutal en relevant un sourcil.

– Razan… lui a fait quelque chose…, affirme Noah. Il lui a fait quelque chose qui a changé ses souvenirs…

– Et si c'était toi? réplique Brutal du tac au tac. Si c'était toi qui avais modifié sa mémoire? Razan n'a aucun intérêt à lui faire croire que ta cicatrice – ou plutôt *votre* cicatrice – date de l'enfance!

– Sauf… Sauf si c'est contre lui qu'Arielle se défendait, soutient Noah.

Cette fois, Brutal desserre les doigts. Son instinct lui suggère d'accorder une pause au jeune homme pour lui permettre de répondre avec davantage d'aisance.

– Le jour de son anniversaire, c'est sûrement Razan qui a tenté de l'agresser, poursuit Noah. C'est pourquoi elle lui a fait cette… cette cicatrice.

Brutal admet que l'hypothèse de Noah est envisageable; lui-même l'a déjà considérée. Il est fort probable que Razan soit l'instigateur de tout ceci, et ce n'est certes pas en malmenant Noah que l'animalter en aura la preuve.

– Ce n'est pas moi, Brutal… Je… Je n'ai rien fait… Je te le jure…

Le jeune Davidoff a toujours été honnête avec Brutal, et ces souvenirs de bonne entente forcent l'animalter à se calmer.

– Brutal, c'est moi, Noah, déclare le jeune homme. Je suis le second élu, tu peux me faire confiance, je te le promets…

L'animalter, tout doucement, manifeste moins d'hostilité et adopte une attitude plus amicale envers Noah, ainsi qu'un ton plus posé.

– Tu te souviens de cet anniversaire?

Brutal dépose finalement le garçon sur le sol, puis le libère de sa poigne de fer. Après avoir remercié l'animalter et s'être massé la gorge, Noah répond qu'il n'a aucun souvenir se rapportant au quatorzième anniversaire d'Arielle. Tous les deux ne se connaissaient pas très bien à l'époque; ils ne se fréquentaient pas encore. Et puis, Razan ne s'est peut-être pas contenté uniquement de modifier la mémoire d'Arielle; il s'est peut-être aussi amusé avec la sienne. Cette cicatrice, Noah soutient qu'il a toujours cru se l'être faite en jouant au hockey. Il y a quelques instants à peine, il aurait juré que c'était une lame de patin qui avait blessé sa joue durant un match. Maintenant, il ne sait plus.

Le jeune homme prend un air songeur.

– C'est étrange, poursuit-il en fronçant les sourcils comme s'il continuait de fouiller sa mémoire. Je ne me souviens plus avec qui je jouais ce jour-là. Et je n'ai aucune idée de l'endroit où ça s'est passé. Je ne me rappelle plus si c'était sur la glace du centre sportif, ou à l'extérieur, sur la surface gelée du lac Croche où il nous arrivait de…

Noah s'interrompt lorsqu'il aperçoit dans le ciel les silhouettes de Bryni et d'Abigaël; elles ont toutes deux réduit leur altitude et commencent leurs manœuvres d'approche. Avant que les deux femmes ne se joignent à eux, Brutal s'empresse d'expliquer à Noah qu'il ne souhaite pas discuter de leur petit problème devant Abigaël, pour ne pas l'inquiéter, mais surtout pour éviter de créer un incident qui pourrait nuire au sauvetage d'Arielle ou le retarder.

– Je t'accorde le bénéfice du doute… pour l'instant, le prévient l'animalter en brandissant un doigt menaçant dans sa direction. Mais sois certain que je t'ai à l'œil. Comme le disait si bien le Chat botté, mon illustre ancêtre : « Sera haché menu comme chair à pâté » celui qui souhaite du mal à ma maîtresse. *Capice ?*

– Tu n'as pas à t'inquiéter de moi, répond Noah. C'est de Razan que tu dois te méfier.

– J'ai suffisamment de méfiance pour vous deux, répond froidement Brutal.

Abigaël et Bryni se posent finalement près du jeune homme et de l'animalter. La grand-mère d'Arielle se dirige aussitôt vers le monceau de débris.

– Ils ont vraiment réduit leurs effectifs, ma parole, déclare Abigaël, surprise de ne voir aucun sylphor dans les parages. Il devrait y avoir des gardes postés ici, ou dans la rue. Ou encore là-bas, près du Reichstag. Un couple de sentinelles, à tout le moins.

Apparemment, Brutal est le seul à se réjouir de la situation :

– C'est tant mieux pour nous, non ?

– Je n'aime pas ça, observe Abigaël. Les elfes ne sont jamais aussi imprudents.

Bryni a vérifié, pourtant : il n'y a aucun elfe dans les parages, seulement des vieillards et quelques gamins membres des Jeunesses hitlériennes. Il y a aussi des fantassins de la Wehrmacht, mais ils paraissent malades et affaiblis. Abigaël mentionne que le Reichstag sert de refuge pour les derniers résistants de l'armée allemande. Heureusement, ils n'auront pas à y pénétrer ; les Russes s'occuperont bientôt de cette tâche.

— Où se trouve le maelström intraterrestre ? demande Bryni.

— Les sycophantes le changent constamment d'endroit, répond Abigaël, mais comme ils opèrent avec des effectifs réduits depuis quelques jours et qu'ils se montrent de plus en plus négligents, il est possible que l'entrée du maelström se trouve toujours au même endroit que la dernière fois.

— Pour ça, il faudrait avoir de la chance, râle Brutal.

— De la chance ? répète Noah. Si nous avons survécu jusqu'ici, c'est seulement grâce à la chance.

— Parle pour toi, hominidé. Pour ma part, je me débrouille très bien. Je suis un survivant.

Noah se met à rire.

— Facile à dire quand on a neuf vies, pas vrai ?

— Tu te mets à parler comme ce crétin de Razan, rétorque Brutal tout en s'éloignant du jeune homme pour aller retrouver Abigaël. Le truc des neuf vies, c'est un mythe. Contente-toi de parler de ce que tu connais, beau gosse. Comme les ongles incarnés, par exemple. On se comprend, *Onyxis* ? Onyxis…, répète Brutal avec un air songeur. C'est pas le nom d'un chevalier d'Émeraude ça ?

Il rejoint Abigaël, occupée à compter une trentaine de pas à partir de la pile de débris.

— Voyons voir… Oui, je crois bien que c'est là, dit-elle avant de s'immobiliser au-dessus d'une hideuse protubérance qui semble émerger du sol.

On dirait un amas de racines entremêlées. Pendant un instant, Brutal a la désagréable impression de les voir bouger. Pas de doute, cette chose est vivante. Il n'en faut pas plus à l'animalter pour se raviser : *ces gros spaghettis dégoûtants, gras et blêmes, ne sont pas des racines ; on dirait plutôt les tentacules d'une créature…*

– … d'une créature franchement dégueulasse, complète Brutal à voix haute. J'ai jamais vu un truc pareil.

– C'est un maelström organique, dit Abigaël.

Brutal demeure perplexe.

– Tu te fous de moi ?

L'animalter est à la fois fasciné et dégoûté par la créature. Il ne cesse de fixer ses tentacules, qui émergent de la terre puis s'y enfouissent dans un mouvement ininterrompu. Parfois, les appendices se tordent et se lovent comme des serpents avant de disparaître de nouveau dans le sol. La terre, boueuse, est de couleur brune, mais sa texture fait penser à celle des sables mouvants. Une scène horrible défile alors dans l'esprit de Brutal ; il se voit prisonnier des longs tentacules, puis entraîné par eux dans les profondeurs de la terre. Une fois parvenue à la sortie du maelström, la bête le libère, puis le recrache hors de la terre boueuse. *Alors c'est comme ça que cette saleté fonctionne ?* se dit-il.

– Pas question ! lance-t-il ensuite. Oh ! que non ! pas question de me laisser attraper par ce gros tas de tripes dégueulasses !

Personne dans le groupe ne s'offense des propos de Brutal, surtout pas Noah ; il observe le maelström organique avec une moue de dédain :

— Je ne suis pas très chaud à l'idée de me laisser tripoter par cette… par cette…

— Par cette saleté de gros mollusque puant ! grogne Brutal en prenant soin de diriger sa hargne vers la demi-douzaine de tentacules, à moins de deux mètres de lui, qui ondulent de façon grotesque dans la mare de boue.

Abigaël en a assez. Elle doit intervenir. Si elle ne fait rien, jamais ils n'achèveront leur mission. Car c'est bien d'une mission qu'il s'agit : une mission de sauvetage, avant tout, mais également une mission de récupération. Il leur faut délivrer Arielle, ce sera leur priorité, mais Abigaël espère qu'ils pourront aussi mettre la main sur *Révélation*, le verset manquant du *Livre d'Amon*. Plusieurs élues Queen ont tenté de le retrouver à travers les siècles, mais jamais aucune d'elles n'y est parvenue.

— Ce maelström est dégoûtant, c'est vrai, leur dit Abigaël. Mais nous n'avons pas le choix. Arielle est gardée prisonnière quelque part à l'intérieur du bunker 55, qui est situé *sous* le Reichstag. Le seul moyen d'accéder à ce satané bunker se trouve juste là, devant nous.

Elle marque un temps puis ajoute, sur un ton qu'elle voudrait rassurant :

— Je l'ai déjà fait. Plusieurs fois, même. Croyez-moi, c'est beaucoup moins terrible que ça en a l'air. Bryni, tu penses encore pouvoir réorienter la sortie du maelström ?

La Walkyrie hausse les épaules et dit :

— Pour que ça réussisse, la créature devra accepter de suivre mes indications.

— Peux-tu lui *suggérer fortement* de nouvelles coordonnées ? lui demande Abigaël.

— Tu veux dire, comme le ferait un chevalier Jedi ? fait Brutal en haussant un sourcil.

Bryni examine de nouveau la créature. Elle paraît hésitante.

— Tout dépend de son intelligence, répond-elle finalement. À ce que je vois, elle n'a rien d'un prix Nobel. N'empêche, ce sera sans doute plus difficile que de réaligner un vortex artificiel. La seule façon de vérifier, c'est de tenter le coup. Vous me suivez ? conclut-elle avant de bondir vers les tentacules.

— Hé ! attends ! intervient Brutal.

Bryni n'a pas encore touché terre que la créature déploie ses longs tentacules et l'attrape en plein vol. La Walkyrie est entraînée d'un seul coup dans les sables mouvants. En une fraction de seconde, elle a complètement disparu.

— Pour Arielle ! s'écrie ensuite Abigaël en s'élançant à son tour vers le maelström organique.

Une fois que les appendices l'ont enlacée puis tirée dans la mare de boue, Noah s'avance à son tour.

— Toi et moi aurions dû être les premiers à sauter là-dedans, dit-il à Brutal sur le ton de la réprimande. C'est à nous que revient la tâche de protéger Arielle.

— Morts, nous ne sommes d'aucune utilité à ma maîtresse, argumente Brutal. Quelqu'un devrait rester en arrière, au cas où cet idiot de calmar géant nous recracherait dans les chiottes plutôt que dans la salle aux trésors!

– On n'a plus le temps de réfléchir maintenant. C'est un risque à prendre, affirme Noah tout en bondissant à la rencontre des tentacules, lesquels se déploient de nouveau pour accueillir le garçon.

Le maelström répète sa manœuvre: il s'empare de Noah et l'attire au plus profond de ses entrailles mouvantes. Brutal se retrouve seul. Épée bien en main, l'animalter fixe en silence la mare de boue qui s'agite devant lui. Pour le moment, elle est encore houleuse, mais elle se calmera bientôt. Les tentacules referont alors surface, et le maelström organique sera prêt à accueillir son prochain passager.

– Et puis merde! lance finalement Brutal avant de plonger à son tour dans la sauce sans pouvoir effacer la grimace de dégoût qui déforme ses traits poilus. *BAAANZAÏÏÏ!*

Le cri de Brutal attire alors l'attention de soldats allemands postés plus loin sur Sommer Strasse et devant la façade est du Reichstag. Certains d'entre eux – les plus optimistes – espèrent que ce sont les Japonais qui débarquent pour venir leur donner un coup de main contre les bolcheviques.

13

*La sortie du Passage
se trouve au plafond.*

L'animalter fait une chute de plusieurs mètres avant de s'écraser lourdement sur le sol. Ce pénible atterrissage n'enlève rien à sa joie : il est heureux de respirer de nouveau, mais surtout de constater qu'il a abouti au même endroit que les autres.

– Par tous les dieux de l'Asgard ! lance-t-il après avoir recraché une motte de terre. J'ai bien cru qu'il ne me relâcherait jamais, cet idiot de mollusque !

– Il est peut-être tombé amoureux de toi, se moque Noah tout en aidant Brutal à se relever.

– Eh bien, comptez sur moi pour lui briser le cœur !

L'animalter prend une profonde inspiration et se met à tousser. Il évacue encore un peu de terre de sa bouche, puis balaie celle qui s'est logée sur son uniforme – en fait, sur celui qu'Abigaël lui a si gentiment prêté. Lorsque l'animalter se penche pour ramasser son épée fantôme – qu'il a laissé tomber durant sa chute –, il entend craquer les coutures du vêtement d'Abigaël. *C'est une chance qu'il n'ait pas fendu, celui-là*, se dit Brutal en rangeant l'épée dans son fourreau. *J'espère que le cuir finira par se détendre. Si mon sang ne se remet pas à circuler, on devra certainement m'amputer un membre ou deux.*

– Je craignais vraiment que tu nous expédies dans les latrines, confie l'animalter en se rapprochant de Bryni.

– Tu devrais me faire davantage confiance, lui reproche gentiment la Walkyrie. Dans certains bouquins, on définit les Walkyries comme étant des déesses, tu le savais ? On nous qualifie aussi de plantureuses et de robustes. Robuste, je l'admets. Mais plantureuse, ça, jamais !

Brutal aime bien l'humour de Bryni : *Plus j'apprends à la connaître, plus je la trouve séduisante ! Allez, vieux, enchaîne avec une question. Faut se montrer intéressé pour séduire les demoiselles.*

– Comment tu as fait pour t'orienter depuis la surface ?

– J'y vais à l'instinct, répond Bryni, à demi sérieuse. Une chose est certaine, nous sommes bien dans la pièce BC-23, ajoute la Walkyrie en examinant les quelques objets qui sont disposés autour d'eux. Et à ce que je vois, Abigaël n'avait pas tort : c'est bien ici que les elfes conservent habituellement leurs trésors. Je dis *habituellement*, car j'ai l'impression qu'ils ont été déplacés récemment.

En effet, la pièce est presque vide. Il y a encore quelques objets disposés çà et là sur les tablettes poussiéreuses, mais les reliques les plus importantes ont sûrement été transférées à la fosse d'Orfraie en même temps que les prisonniers de marque. *Normal*, se dit Bryni. *La prise du Reichstag par les Russes est imminente. Les sylphors auraient été idiots d'abandonner leurs objets les plus précieux ici. C'est une question de temps avant que les alters alliés aux Russes ne découvrent cette salle.*

— Des trucs bizarres émanent de cette pièce, dit Bryni. Les objets gardés ici proviennent de tous les endroits et de tous les âges, mais sont également issus de toutes les allégeances, du bien comme du mal. Certains de ces objets ont un jour appartenu aux peuples de l'ombre, tandis que d'autres ont été utilisés par les forces de la lumière.

— Tu arrives à sentir tout ça? s'étonne Brutal.

Bryni acquiesce:

— J'arrive à sentir bien des choses, c'est vrai. Je détecte la présence d'Arielle ainsi que celle de Mikaël Davidoff. Les sylphors ont déplacé Mikaël. Ils l'ont sorti de sa cellule et l'ont installé dans la même pièce qu'Arielle. Il ne maîtrise plus ses pouvoirs d'alter. Je suis certaine qu'il a repris forme humaine. On lui a sans doute retiré son médaillon demi-lune.

Bryni se concentre ensuite sur Jason Thorn et recherche la moindre indication de sa présence, mais ne trouve rien. Le jeune chevalier fulgur a quitté le bunker.

– Je suppose que les sylphors ont déjà transféré Jason à la fosse nécrophage d'Orfraie, là où j'irai le retrouver plus tard afin de l'aider à traverser ses soixante années de réclusion.

– Mais tu ne l'as pas déjà fait? s'interroge Noah.

– Je le refais sans cesse, répond la Walkyrie. Le cycle se répète encore et encore. Lorsque Brutal et toi aurez délivré Arielle, vous trouverez vous-mêmes une façon de regagner votre époque. Quant à moi, j'irai rejoindre Jason Thorn dans la fosse nécrophage d'Orfraie et passerai les soixante prochaines années en sa compagnie.

Comme ils le savent déjà, elle utilisera sa puissante aura de Walkyrie pour conserver intacts le corps et l'esprit du jeune homme. Sans autre préambule, Bryni enchaîne ensuite avec une révélation étonnante qui fait sourciller Brutal: sans gêne aucune, elle leur avoue être amoureuse de Jason Thorn, et ce, depuis le premier jour où elle l'a rencontré. Elle précise que le Jason Thorn dont elle est amoureuse est celui de la fosse; il lui appartient, à elle, et à elle seule. Chaque fois que cette boucle du continuum se répète, la Walkyrie retourne auprès de son amoureux pour une autre période de soixante ans. Cela lui convient parfaitement. L'amour qu'elle ressent pour Jason ne mourra jamais; il sera renouvelé chaque fois que le cycle recommencera. Le Jason Thorn du futur, en revanche – celui qu'Arielle et ses compagnons délivreront en 2006 –, appartient à une autre femme.

– Tu es au courant de tout ce qui suivra la libération de Jason en 2006? l'interroge Brutal.

Tu sais que tu quitteras la fosse au même moment pour aller chercher l'aide de Thornando et de ses motards fulgurs?

– Je le sais maintenant, répond la Walkyrie, mais bientôt, j'oublierai tout.

Elle précise que cette amnésie est vitale. Recommencer à l'infini les mêmes soixante années de son existence conduirait n'importe qui à la folie. C'est pourquoi les dieux l'autorisent à oublier, à effacer de sa mémoire tout ce qui se rattache de près ou de loin à Jason Thorn. Chaque fois qu'elle est renvoyée à la fosse, elle doit réapprendre à connaître Jason, et chaque fois, elle retombe amoureuse de lui.

– Et tu ne trouves pas ça pénible? lui demande Noah.

Bryni répond qu'elle est une excellente guerrière, mais que, avant tout, elle est une servante d'Odin, le maître d'Asgard, et de son fils, le dieu Thor. Les chevaliers fulgurs sont les protégés de Thor. Ce sont les meilleures Walkyries, les plus valeureuses, qui sont assignées à la protection des fulgurs, et Jason Thorn est le plus important d'entre eux car, en plus d'être le porteur du message d'Abigaël, il est le premier protecteur de la prophétie. Le protéger est un grand honneur pour Bryni.

– Bon d'accord, fait Brutal, mais ce ne serait pas plus simple de délivrer Jason dès que tu te pointeras là-bas? Pourquoi laisser pourrir ce pauvre garçon dans sa cellule pendant soixante longues années? C'est beau, l'amour, mais il y a des limites à vouloir passer du temps ensemble, non?

L'animalter se demande si ses paroles acerbes ne sont pas motivées par la jalousie. Il n'avait aucune idée que Bryni était à ce point amoureuse de Jason Thorn, et cela l'affecte plus qu'il ne l'aurait cru.

– Même si je le souhaitais, je ne pourrais pas aider Jason à s'échapper de la fosse, répond la Walkyrie. Rien n'est simple quand il s'agit du continuum espace-temps. On risque gros à défaire ce qui a déjà été fait.

Elle explique que personne ne peut modifier une partie du continuum sans en altérer l'ensemble. La réalité dans laquelle ils évoluent en ce moment est le résultat de ce continuum. Tous, ils ont fait des choix et des gestes qui ont contribué à créer cette réalité. Modifier l'un de ces choix ou l'une de ces actions aurait des répercussions sur tout ce qui doit survenir par la suite. Si Jason est délivré de la fosse avant le moment prévu, Arielle et ses compagnons ne pourront pas le libérer en même temps que Gabrielle Queen, en l'an 2006, lors de leur expédition à la fosse. Et si Jason n'est pas libéré à ce moment précis, il ne pourra transmettre la lettre écarlate à Noah, au matin du 13 novembre 2006. Sans la lettre d'Abigaël, Noah ne sera jamais informé qu'Arielle se trouve en 1945, et qu'il doit requérir l'aide d'une Walkyrie pour ouvrir un Passage entre les deux époques. Noah et Brutal ne se rendront pas en 1945. Si personne ne se joint à Abigaël, comment pourra-t-elle secourir sa petite-fille ? En résumé, si un seul événement du continuum est modifié, cela entraîne aussitôt une réaction en chaîne qui change radicalement la réalité, celle qu'ils connaissent tous. Mais tout cela est déjà bien connu des hommes modernes. Tout le monde sait maintenant qu'en changeant le passé, on change aussi le futur. C'est l'effet papillon.

– Ouais, il m'arrive aussi de regarder *Star Trek*, déclare Brutal pour signifier à la Walkyrie qu'il a bien saisi le concept. Et je suis un fan de *Retour vers le futur*.

Sans relever le commentaire, Bryni conclut en disant que, de toute façon, les dieux lui ont interdit de modifier le continuum; ce serait prendre beaucoup trop de risques.

– Il n'est pas ici! lance soudain Abigaël du fond de la pièce. *Révélation* n'est pas ici!

La jeune femme a inspecté chacune des tablettes, chacun des tiroirs, mais n'a rien trouvé. À part une fleur noire, quelques bibelots et une demi-douzaine de toiles anciennes datant de la Renaissance, il n'y a rien d'intéressant dans cette salle. Rien, à part deux grands caissons rivetés qui reposent dans un coin de la pièce.

– Immortelle de l'ombre, dit Bryni en indiquant la petite fleur duveteuse qu'Abigaël tient dans sa main. C'est un edelweiss noir. Très rare. Elle permet aux alters de survivre à l'amour.

– Tu ferais mieux me la confier, dit Brutal à Abigaël. Je connais quelqu'un qui pourrait en avoir besoin un jour.

Abigaël remet volontiers la fleur à l'animalter.

– Je préfère garder loin de moi tout objet qui peut sauver la vie à un alter.

Bryni, Abigaël et Brutal rejoignent ensuite Noah, qui s'est avancé vers les deux caissons. Le garçon les examine de près ; il n'en a jamais vu de semblables. Ils sont faits d'un métal luisant et ont à peu près la dimension de cercueils, en plus d'en avoir l'apparence.

— Ils m'ont l'air diablement solides, dit Noah en passant une main sur leur surface.

— Des abris antiatomiques portables ? propose Brutal.

Noah n'en est pas certain.

— Ce sont peut-être des cabines de sauvetage, capables de résister à une attaque atomique, mais aussi à d'autres genres de cataclysmes.

— Et par «autres genres de cataclysmes», tu veux dire ?…

— Incendie, inondation, tornade, tremblement de terre, éruption volcanique, bombardement…

Chacun des caissons est identifié par un petit panneau en bois. Le premier panneau porte l'inscription BRUCKNER, et sur le second, on peut lire le nom WAGNER. Dans la partie supérieure des caissons, à hauteur de visage, se trouve un petit hublot. Ce n'est pas tout : deux câbles noirs, de bonnes dimensions, relient la base des caissons à une espèce de petit pupitre métallique sur lequel reposent un écran et un clavier semblables à ceux des machines à écrire.

— Tu as vérifié à l'intérieur ? demande Bryni.

— Ils sont vides, répond Abigaël.

— Et ça, qu'est-ce que c'est ? demande Brutal en indiquant le pupitre et l'objet qui est posé dessus. On dirait… un ordinateur.

– Un quoi ? fait Abigaël.

– C'est impossible, déclare Noah en s'approchant de l'appareil.

Il remarque que l'écran porte lui aussi une inscription : ZUSE 203.

– Regardez ça, dit-il en caressant l'inscription du bout de l'index. Cette console porte la marque de l'ingénieur allemand Konrad Zuse, l'inventeur du Z3, le premier calculateur programmable.

– Et alors ? fait Brutal.

– Le Z3 est l'ancêtre de l'ordinateur de notre époque. Zuse l'a inventé en 1941, vous vous rendez compte ?

– Mais d'où tu sors ça ?

– Mon père est un passionné d'informatique. Selon Ivan Davidoff, le premier Z3 a été détruit pendant les bombardements de 1944. Une rumeur a circulé à l'époque, selon laquelle Zuse avait réussi à fabriquer une version portable de son calculateur. Évidemment, personne ne croyait que c'était possible, et voilà qu'ils en ont la preuve sous leurs yeux.

Brutal se contente de hausser les épaules.

– Ce n'est jamais qu'une grosse calculatrice, pas vrai ?

Noah hésite un instant avant de répondre. Il examine le pupitre métallique, puis soulève le clavier de l'appareil pour en étudier le dessous. Après avoir reposé le clavier, il s'attarde sur un petit compartiment de forme carrée, situé tout juste derrière l'écran.

– Ce prototype ZUSE 203 est beaucoup plus qu'une simple calculatrice, annonce-t-il finalement. Vous voyez cette boîte? dit-il en désignant le compartiment derrière l'écran. Eh bien, croyez-le ou non, c'est un processeur, et je suis prêt à parier qu'il fonctionne!

Après une pause, le garçon ajoute:

– Cet engin est un véritable ordinateur, et il tient dans cette unique pièce. C'est incroyable. C'est comme si on venait de découvrir qu'un homo sapiens avait inventé la première voiture!

– Et les deux caissons, demande Abigaël, à quoi servent-ils?

– Je ne sais pas, dit Noah, mais ils font partie du même système que le ZUSE 203, j'en suis certain. Vous voyez les deux câbles, là-bas? Ils relient l'ordinateur aux deux caissons.

– On dirait deux frigos, dit Brutal. Et ces deux noms, Bruckner et Wagner, ça veut dire quoi au juste?

– Ce sont des noms de code, explique Abigaël. Ceux que les elfes ont attribués à Eva Braun et à Adolf Hitler. Je penche donc pour l'hypothèse de Noah: ces deux caissons leur sont destinés, et serviront sans doute à les préserver d'une quelconque catastrophe.

– Ton truc, ce ZUSE 203, ça peut nous aider à retrouver Arielle? demande Brutal à Noah.

– Il faudrait tout d'abord découvrir la façon de le mettre en marche.

– Je sais où est Arielle! déclare soudain Bryni. Et le verset manquant de la prophétie se trouve dans la pièce où elle est détenue. Le voïvode Masterdokar et Sessmora, la jeune nécroman- cienne, sont avec elle. Mikaël Davidoff aussi est là-bas, mais plus pour très longtemps. Master-dokar et Sessmora se débarrasseront de leurs deux prisonniers dès qu'ils auront mis la main sur le médaillon demi-lune d'Arielle.

Abigaël prend la parole :

— Tu as dit que *Révélation* se trouvait aussi dans cette pièce. C'est bien vrai ?

— Oui, il se trouve quelque part sur le voïvode. Non ! se ravise-t-elle aussitôt. Il se trouve plutôt… à *l'intérieur* du voïvode.

— À l'intérieur ? répète Brutal haussant un sourcil. Et on fait quoi pour le récupérer ? Gant de latex ou laxatif ?

— C'est un minuscule document, dit Bryni, les yeux fixés sur le vide, comme si elle arrivait à voir à l'intérieur de Masterdokar. Une sorte de microfilm. Masterdokar se l'est fait implanter sous la peau, au niveau de la poitrine.

— Cette pièce dans laquelle ils se trouvent tous, elle est loin d'ici ? demande Abigaël.

— Deux étages plus bas, répond la Walkyrie.

— Et ces salauds de sycophantes ? demande Brutal. Tu en as repéré quelques-uns ?

La Walkyrie commence par faire non de la tête, puis s'interrompt. Visiblement, elle n'en est pas certaine.

— Je sens leur présence, mais ils ne sont pas dans la même pièce qu'Arielle.

— Où sont-ils, alors ?

Bryni relève lentement la tête, puis fixe son regard sur la porte de la salle.

— Ils sont… ici.

L'instant d'après, comme s'ils avaient attendu d'être annoncés pour faire leur entrée, les sycophantes poussent la lourde porte blindée et font irruption dans la salle. Brutal en dénombre une demi-douzaine. Ils sont tous grands et robustes, en plus d'être lourdement armés. Leur visage est caché derrière un horrible masque à gaz.

– Quelqu'un a pété ou quoi? leur demande Brutal. Sérieusement, les gars, c'est pourquoi les masques? Pour faire plus d'effet?

Les sycophantes ne rient pas. Dans un mouvement coordonné, ils dégainent ensemble leurs épées fantômes et se positionnent de manière à faire barrage entre la porte et les quatre intrus.

– Manifestement, ils n'ont pas peur de nous, fait remarquer Bryni.

Noah ne peut s'empêcher d'examiner leurs masques.

– Ils ont un petit look à la Darth Vader, vous trouvez pas?

– Darth qui? fait Abigaël.

– La convention *Star Wars*, c'est la porte à côté! annonce Brutal tout en dégainant son épée fantôme.

Les sycophantes ne réagissent toujours pas.

– Alors, que la fête commence! lance Abigaël en brandissant elle aussi son épée.

Noah fait de même et vient se placer entre Brutal et Abigaël.

– *Nasci Hegomi!* s'écrie Bryni.

Un grand sabre de glace prend aussitôt forme dans la main de la Walkyrie.

– Vous ne m'en voudrez pas de vous réserver un accueil… glacial, les gars !

Les sycophantes ne répondent rien. Encore une fois, dans un geste parfaitement coordonné, ils portent une main à leur ceinturon et y saisissent un objet rond et noir qu'ils lancent en direction d'Abigaël et des autres. Dès qu'ils touchent le sol, les objets dégagent une fumée blanche et épaisse.

– Des grenades lacrymogènes ! s'écrie Brutal en invitant ses camarades à reculer. D'accord, alors les masques, c'était pas juste pour le spectacle !

14

*Le pauvre garçon
va choir sur le sol.*

Les sylphors le relèvent puis l'enchaînent
ensuite à un poteau de métal, à la droite de la
jeune élue. Cette proximité permet à Arielle de
l'examiner de plus près. Il ressemble beaucoup à
Noah, c'est pourquoi Arielle n'a aucun problème
à l'identifier : il s'agit évidemment de Mikaël
Davidoff, l'élu de 1945, le compagnon d'Abigaël
Queen et futur grand-père de Noah. Le jeune
homme est toujours conscient, mais garde une
expression aussi égarée que farouche, comme
s'il ne savait plus qui il était ni où il se trouvait.
Arielle remarque que l'uniforme de Mikaël est
beaucoup trop grand pour lui. Normal, puisqu'il
ne porte plus son médaillon demi-lune ; sans le
bijou, il ne peut conserver sa forme alter et a
donc repris son apparence humaine. C'est pour
cette raison que les sylphors l'ont attaché à un
simple poteau, plutôt que de l'astreindre au
même système de contention qu'Arielle. Sans
ses pouvoirs d'alter, il ne représente aucune

menace pour les sylphors. Jamais il ne pourra briser ses chaînes, contrairement à Arielle qui a conservé toute sa puissance d'alter. Une contention efficace, dans le cas de la jeune élue, nécessite des entraves beaucoup plus résistantes, ce qui explique les bracelets spéciaux qui retiennent ses chevilles et ses poignets, ainsi que les larges bandes de métal qui maintiennent immobiles sa tête et son bassin.

Le médaillon demi-lune que Masterdokar a exhibé devant Arielle est donc réellement celui de Mikaël Davidoff. *Ne lui manque plus que le mien,* se dit Arielle. *Dès que Masterdokar aura trouvé le moyen de me le prendre, il unira mon médaillon à celui de Mikaël, ce qui, selon la prophétie, engendrera la destruction de tous les alters présents sur Terre. Bon débarras pour les sylphors, n'est-ce pas?* Arielle se souvient de la nuit où Saddington a presque réussi à réunir les deux médaillons: «À la fois si petits et si puissants», a alors déclaré la vieille femme. Dans chaque main, elle tenait un médaillon. Elle les a soulevés au-dessus de sa tête et a dit: «Moi, Hezadel Saddington, j'invoque le pouvoir des demi-lunes!» Puis elle a rapproché les médaillons l'un de l'autre et a ajouté: «Que votre union engendre l'éradication totale des alters!» Mais avant qu'elle puisse réunir les deux pendentifs, Elizabeth s'est jetée sur la sorcière et l'a renversée. Heureusement qu'Elizabeth est intervenue, sinon les alters auraient bel et bien été éliminés, ce qui aurait laissé la voie libre aux sylphors et à leur conquête. Tout en songeant aux événements de cette nuit-là, Arielle a une pensée pour son amie: *Elizabeth, où te trouves-tu en ce moment? Es-tu en danger?* La jeune élue est tirée de ses pensées par l'alarme du bunker, qui résonne pour une seconde fois aujourd'hui dans les haut-parleurs: «*Inima Intracor BC-23! Inima Intracor BC-23!*»

– Alerte! Intrusion! répète l'un des sycophantes dans une langue compréhensible cette fois.

Masterdokar ordonne aussitôt à six de ses serviteurs de se précipiter à la salle BC-23. Apparemment, c'est de là que provient le signal de détection.

– On a de la visite! déclare Sessmora.

– Ils sont en avance, répond Masterdokar, légèrement contrarié.

Qui ça, «ils»? se demande Arielle. Il ne peut s'agir que de sa grand-mère, Abigaël Queen. Sans doute est-elle accompagnée de chevaliers fulgurs; ce sont les seules personnes qui peuvent secourir Arielle à cette époque. Remplie d'un nouvel espoir, la jeune élue reporte son attention sur Masterdokar tandis que ce dernier se rapproche de l'unique panneau de contrôle présent dans la pièce. De forme rectangulaire et de couleur grise, le panneau est encastré dans l'un des murs. Masterdokar n'a qu'à appuyer sur l'un des boutons pour couper l'alarme.

– Ils ont réussi à se débarrasser plus vite que prévu des sylphors que nous avions dépêchés chez Abigaël Queen, dit Masterdokar.

Gagné! se réjouit aussitôt Arielle. *C'est bien Abigaël!*

– Mais ça ne change rien à notre plan, n'est-ce pas? poursuit Masterdokar. Nous n'aurons qu'à devancer certaines étapes, voilà tout!

Dix minutes plus tard, Masterdokar n'a toujours reçu aucune nouvelle des sycophantes qu'il a envoyés à la salle BC-23, et cela semble l'inquiéter. Le voïvode fait les cent pas dans la pièce, puis s'immobilise brusquement. Après un demi-tour rapide, il se dirige droit vers le panneau de contrôle, rapidement suivi par les quatre sycophantes restants.

– Mais qu'est-ce que vous faites? demande la nécromancienne.

– Je te l'ai dit, répond Masterdokar avec impatience: je devance les étapes!

– Attendez! fait Sessmora en allant le retrouver près du panneau.

Les sycophantes s'interposent entre la nécromancienne et le voïvode. Il est évident que leur loyauté va tout d'abord à Masterdokar. Ceux-là semblent chargés de la protection rapprochée du voïvode, un genre de garde prétorienne.

– Nous n'avons pas encore récupéré le médaillon de la fille! insiste Sessmora.

Masterdokar se tourne alors vers Arielle et la fixe intensément dans les yeux. Son regard est noir et pénétrant. Arielle ne sait pas ce qu'elle doit y lire: de la haine ou du désenchantement? Soudain, la jeune élue entend une musique; elle joue uniquement pour elle, dans son esprit. C'est une mélodie entraînante, jouée à la guitare. Arielle a déjà entendu cette chanson quelque part. Dans une fête, se souvient-elle. Une voix d'homme entonne alors les premières paroles de la chanson. En réalité, ce ne sont pas des paroles, plutôt une répétition de : « *Bam, bam, baba, bam, bam... Baba bam, bam, baba bam, bam...* » C'est une musique sur laquelle elle a dansé. Elle se revoit sur la piste de danse en compagnie d'Elizabeth, de Rose et d'Émile à la dernière fête d'Halloween de l'école. Ils dansaient tous les quatre ensemble, entre amis, et ne pensaient à rien d'autre qu'à s'amuser. À l'époque, Arielle ne savait rien des alters ni des sylphors. Elle était encore une jeune fille normale, et non l'élue d'une prophétie ancienne. Elle lisait le *Seigneur des anneaux* et *Harry Potter*, sans se douter un seul instant qu'elle deviendrait elle-même l'héroïne d'une aventure fantastique.

From Jamaica to the world !
This is just love
This is just love
Yeah !

Ça y est, Arielle reconnaît la chanson, c'est *Love Generation*, de Bob Sinclar. Mais pourquoi cette chanson joue-t-elle à l'intérieur d'elle-même ? Et à ce moment précis ? La réponse lui apparaît d'un coup, sans qu'elle ait besoin de chercher longtemps. Une chose étrange s'est produite ce soir-là, pendant la fête d'Halloween : vers la fin de la soirée, un garçon déguisé en pirate a surgi d'une vague de danseurs et s'est approché d'Arielle.

Bam, bam, baba bam, bam,
Baba bam, bam, baba bam, bam…
Feel the love generation !
Yeah, yeah, yeah !

Le garçon l'a embrassée furtivement sur la joue, puis a disparu de la piste de danse aussi vite qu'il y était apparu. Elizabeth et les autres ont même arrêté de danser, se souvient Arielle. Ils se demandaient tous ce qui venait de se passer, et qui était ce garçon.

« *C'était moi* », dit une voix dans l'esprit d'Arielle. La musique de Bob Sinclar continue de jouer, mais sans les paroles. Il n'y a que les sifflements et la mélodie rythmée, jouée à la guitare.

« *Je n'ai pas pu me retenir, princesse*, poursuit la voix. *Tu étais tellement mignonne ce soir-là.* »

Razan ! songe aussitôt Arielle. *C'est la voix de Razan ! Il est vivant !*

Masterdokar n'a pas cessé de fixer Arielle pendant tout le temps qu'a joué la musique.

« *Ne t'inquiète pas*, déclare la voix de Razan. *Je m'occupe de tout.* »

Arielle revoit la scène qui s'est déroulée un peu plus tôt dans cette même pièce. Après avoir assommé Masterdokar avec la crosse de son Luger, Razan a blessé deux sycophantes en leur logeant une balle au milieu du crâne. Lorsque les autres sycophantes se sont précipités vers lui, Razan a baissé son bras armé et prononcé une phrase étrange : « Trop tard, les gars. Je suis déjà à la pêche. » *Il s'était trouvé un autre corps*, en déduit Arielle. Pendant que les sylphors s'acharnaient sur le kobold, Razan a transféré son esprit volatil dans un autre corps. *Masterdokar était inconscient à ce moment-là*, se souvient Arielle. C'est à l'intérieur du voïvode que Razan s'est réfugié! Il a attendu que le corps de son hôte précédent, le kobold, ne soit plus viable avant de compléter le transfert.

«*Bingo!* répond Razan dans l'esprit de la jeune élue. *Tu as tout compris...* »

À ce moment, la porte de la salle s'ouvre en coup de vent et Brutal fait son entrée. Il est projeté violemment sur le sol par les trois sycophantes qui l'escortent.

— Allez-y mollo, les gars! se plaint l'animalter, pieds et poings liés. Déjà que j'y vois plus rien à cause de vos maudits gaz!

Les sycophantes agrippent Brutal par ses vêtements et le forcent à se relever.

— Brutal! s'exclame Arielle à l'autre extrémité de la pièce. Mais qu'est-ce que tu fais ici?

— Du tourisme, maîtresse, répond Brutal en sautillant, puisque ses liens l'empêchent de poser un pied devant l'autre. Visiter Berlin, c'était mon rêve!

Les trois sycophantes conduisent Brutal jusqu'au poteau où est enchaîné Mikaël Davidoff et y attachent aussi l'animalter.

— Où sont Abigaël Queen et les autres? demande Sessmora aux sycophantes.

— Ils ont disparu, répond l'un d'eux, probablement le chef de l'unité. J'ai laissé la moitié de mon équipe là-bas, au cas où ils réapparaîtraient.

La nécromancienne ne comprend pas.

– Ils ont *disparu*?

Le sycophante explique qu'après avoir lancé les grenades lacrymogènes, ses hommes et lui sont passés à l'attaque, mais n'ont rencontré que le vide. Il n'y avait plus personne dans la pièce, à part ce stupide animalter qui bondissait sur place comme s'il essayait d'atteindre le plafond.

– La Walkyrie est parvenue à ranimer le maelström, affirme Masterdokar. C'est par là qu'ils se sont échappés.

– Ils m'ont abandonné derrière! s'indigne Brutal. Pas croyable les atrocités qu'on peut faire subir aux animaux de compagnie!

Masterdokar fulmine. Qui sait maintenant où le vortex conduira Abigaël et ses compagnons? Si la Walkyrie le contrôle aussi bien qu'il y paraît, les sauveteurs d'Arielle peuvent surgir ici même, dans cette pièce, à tout moment.

Après avoir réfléchi, le voïvode ajoute:

– Cette fois, ça suffit. Je mets fin à l'opération. C'est devenu trop risqué.

Masterdokar retourne au panneau de contrôle et y effectue une série d'opérations. Après avoir appuyé sur plusieurs boutons, il plonge la main dans une poche de son uniforme de SS et en sort une petite clé dont l'anneau est en forme de hibou.

– *Herr* Masterdokar, ne faites pas ça! l'implore Sessmora.

Mais les quatre sycophantes chargés de la protection de Masterdokar font encore une fois barrage entre leur maître et la nécromancienne. Après avoir inséré la clé dans une des fentes du panneau, Masterdokar la tourne d'un coup sec, sans la moindre hésitation. C'est alors qu'un minuscule clavier comportant seulement neuf touches jaillit du panneau, à hauteur d'estomac.

Mais qu'est-ce que tu fais, Razan? se demande Arielle. *C'est censé nous aider, ton truc?*

« *Accorde-moi une minute, princesse* », répond la voix de Razan.

– C'est ta dernière chance, Arielle Queen, déclare Masterdokar en posant une main sur le clavier. Soit tu acceptes de me remettre toi-même ton médaillon demi-lune, soit j'active le mécanisme d'autodestruction du bunker. Tes amis et toi, vous y resterez tous!

Même réfugiés à l'intérieur d'un maelström intraterrestre, ses amis ne survivront pas à la déflagration finale. Auparavant, il se produira une dizaine d'explosions, moins puissantes, qui détruiront les principaux points d'appui de la structure. Le bunker s'effondrera sur lui-même avant de se consumer complètement. Lorsque Masterdokar entrera la séquence d'activation sur ce clavier, il ne restera que deux minutes avant que cet endroit et tous les gens qui s'y trouvent, ne fassent définitivement partie de l'Histoire.

Pour l'amour du ciel, Razan, explique-moi ce que tu es en train de faire!

« *Du calme, Arielle! Laisse courir et fais-moi confiance. Il n'y aura pas d'autodestruction.* »

Le mécanisme ne fonctionne pas? lui demande Arielle.

« *Oui, il fonctionne, mais je ne laisserai personne l'activer.* »

— Si tu ne le fais pas pour toi, fais-le au moins pour tes amis. Alors, qu'en dis-tu, jeune Arielle ? Tu laisses la vie à tes amis ou tu choisis de la leur enlever ?

Arielle ne sait pas quoi répondre. Encore une fois, elle s'adresse à Razan : *Ce serait peut-être le bon moment pour intervenir, tu crois pas ?* La réponse vient tout de suite : « *Et mon entrée remarquée alors ? T'en fais quoi, princesse ?* »

— *Perfekt*, dit Masterdokar. Ton silence signifie que tu choisis l'autodestruction du bunker, et comme conséquence directe, ta propre mort ainsi que celle de tes amis.

— Mais vous mourrez aussi, lui fait remarquer Brutal.

— Désolé de te décevoir, répond le voïvode en appuyant sur un autre bouton du panneau, mais en ce qui me concerne, j'aurai la vie sauve. *Schau mal !*

Un pan de mur situé à la droite du panneau glisse alors, dévoilant l'entrée d'une pièce secrète. À l'intérieur de celle-ci repose un gros objet ayant la forme d'un œuf muni de petits hublots.

— Ça m'a tout l'air d'une nacelle de sauvetage, dit Brutal.

— Bien deviné ! répond Masterdokar avec un large sourire. Et elle ne servira qu'à une seule personne : moi !

— Espèce de salaud ! lance la nécromancienne en essayant de bousculer les sycophantes pour se frayer un passage jusqu'au voïvode. Je vais t'étrangler de mes propres mains !

Masterdokar ne lui accorde aucune attention. Du bout du doigt, il commence à taper le code d'activation. Avant d'entrer le dernier chiffre de la séquence, le voïvode se tourne vers Arielle.

– Pas même une petite hésitation? lui demande-t-il en maintenant son doigt au-dessus de la dernière touche. Il est toujours temps : on y va pour le médaillon ou pour le grand boum?

– Ni l'un ni l'autre ! déclare une voix féminine derrière le voïvode.

Masterdokar tourne la tête vers l'endroit d'où provient la voix et constate qu'un des trois sycophantes revenus de la salle BC-23 a retiré son masque à gaz.

– *Fräulein* Abigaël Queen…, souffle le voïvode, figé sur place.

15

Le voïvode est frappé de stupeur,
tout comme les quatre sylphors
de sa garde personnelle.

Ils sont tellement absorbés par la vision d'Abigaël Queen, puis par celle de Noah Davidoff et de la Walkyrie retirant tour à tour leur masque, qu'ils ne se rendent pas compte que l'animalter s'est défait de ses faux liens et qu'il se rue vers eux. Brutal ne vise qu'une seule personne: Masterdokar. Il doit réussir à éloigner le voïvode de son clavier avant qu'il ne termine d'entrer le code d'activation, ce qui enclencherait automatiquement le mécanisme d'autodestruction du bunker.

– Brutal! Non! s'écrie Arielle. Ne fais pas ça!

L'animalter ne se doute pas que Razan occupe à présent le corps de Masterdokar. Arielle suppose que si Razan agit comme il le fait, c'est qu'il a certainement une bonne raison. *Il a un plan, c'est forcé! Brutal va tout gâcher!*

L'avertissement d'Arielle contribue, bien malgré elle, à alerter Masterdokar et ses sycophantes, qui sortent brusquement de leur torpeur. Ils reprennent vie d'un coup, comme s'ils avaient tous été libérés d'un sort d'immobilisation. Masterdokar s'éloigne de son clavier pour mieux intercepter Brutal et l'expédier comme un boulet vers Abigaël et les autres. L'animalter retombe lourdement sur ses compagnons et les entraîne avec lui dans sa chute. Tous les quatre se retrouvent sur le sol, alors que les sycophantes, épées fantômes à la main, foncent dans leur direction. Bryni se relève d'un bond agile et invoque quatre épées de glace qu'elle s'empresse de tendre à ses amis. Elle affronte seule les quatre sycophantes pour donner le temps aux autres de se remettre sur leurs jambes. Brutal est le premier à se jeter dans la mêlée, aux côtés de Bryni.

– On n'en a fait qu'une bouchée, de vos copains! se moque Brutal, en faisant référence aux autres sylphors, ceux qui avaient été envoyés dans la salle aux trésors pour les neutraliser. Et on n'a pas eu besoin de leur balancer du gaz lacrymo à la gueule pour les faire pleurnicher comme des fillettes!

Abigaël et Noah ne tardent pas à se joindre à la Walkyrie et à l'animalter. Ils sont maintenant quatre contre quatre, mais les sycophantes n'ont aucune chance; seul un voïvode peut rivaliser de force et d'agilité avec une Walkyrie. Cette dernière réduit au silence deux sycophantes pendant qu'Abigaël en découpe un troisième. Brutal et Noah s'occupent du dernier: après avoir été blessé par la lame de Noah, le sylphor se volatilise en poussière lorsque Brutal lui plante un injecteur acidus en plein cœur. Une fois débarrassés des sycophantes, les quatre compagnons s'attendent à affronter Masterdokar. Mais ils se trompent. Plutôt que d'engager le combat contre les amis d'Arielle, le voïvode se précipite vers Arielle.

– Razan…, souffle Arielle alors que le sylphor n'est plus qu'à quelques mètres d'elle.

«*Arielle…* », répond l'alter.

Masterdokar ne ralentit pas. Tout en courant, il plonge une main à l'intérieur de son uniforme et en retire une magnifique dague fantôme ornée de dorures et de diamants.

– Un cadeau de Himmler, révèle Masterdokar en s'arrêtant devant Arielle. Selon son sorcier personnel, cette dague protège son propriétaire contre tous les maléfices, en particulier ceux des médaillons protecteurs. C'est ce qu'on va vérifier à l'instant.

«*Arielle… Arielle, ce n'est pas moi!*» déclare la voix de Razan à l'intérieur de la jeune élue.

– Cette dague, je ne voulais l'utiliser qu'en dernier ressort, confie Masterdokar à Arielle. Je crois que ce moment est arrivé, qu'en dis-tu? Que ton médaillon me foudroie sur place ou non, je n'en ai plus rien à faire maintenant. C'est ici que ta vie se termine, *fräulein* Arielle!

Brutal et les autres se trouvent à plusieurs mètres de distance; ils ne pourront intervenir à temps. Masterdokar en profite pour brandir sa dague devant Arielle, avant de la diriger droit sur la gorge de la jeune fille. Celle-ci, toujours prisonnières des bandes et des bracelets métalliques qui la retiennent au mur, est impuissante.

Désespérée, elle suit du regard la lame incandescente de la dague qui file droit vers sa gorge. La pointe de la lame a presque atteint son but lorsqu'une ombre furtive se jette sur Masterdokar et le repousse violemment. L'ombre revient vite vers Arielle pour s'assurer que tout va bien.

– Tu n'as rien?

La jeune élue n'est pas certaine de croire à ce qu'elle voit. Et si c'était encore ces satanés hallucinogènes qui modifiaient sa perception de la réalité? Non, c'est bien Sessmora, la nécromancienne, qui se trouve devant elle en ce moment. C'est Sessmora qui vient de lui sauver la vie, écartant Masterdokar une seconde avant qu'il ne parvienne à lui trancher la gorge.

– J'ai bien essayé de m'incarner dans le corps du voïvode, explique Razan par la bouche de Sessmora. Même inconscient, son esprit était plus résistant que celui de la nécromancienne. Alors j'ai pas eu le choix, princesse. C'était ça ou l'errance éternelle. Et ne te moque surtout pas!

– Mais…

« Holà! princesse! C'est moi, Razan! T'aimes mon décolleté? »

C'est plus fort qu'elle. Arielle repense à ce que Sessmora a déclaré plus tôt, tout juste après la supposée mort de Razan, quand la jeune élue a exigé d'être libérée: « Mauvaise idée. Je te préfère là où tu es. Et sans vouloir te vexer, je sais comment les humains se battent: comme des mauviettes! » *Comme des mauviettes, hein?* se répète Arielle, amusée. *Il n'y a que Razan qui puisse parler des humains comme ça.*

– Et question entrée remarquée, je bats tous les records!

Razan avec une voix de femme? Arielle n'arrive pas à s'y faire. Mais son désagrément est de courte durée; elle constate du coin de l'œil que Masterdokar s'est déjà relevé et fonce vers eux. Razan, sous les traits de Sessmora, s'interpose entre Arielle et le voïvode, mais cette fois, l'alter n'a plus l'avantage de la surprise.

– Je me doutais bien que quelque chose clochait! lance Masterdokar après avoir esquivé le coup de Razan. Tu te bats comme une fille, alter!

Le voïvode riposte en frappant solidement Razan au visage. D'un seul coup de poing, il l'envoie au tapis. Masterdokar semble tout aussi puissant que Lothar. *Rien n'est encore fini,* se dit Arielle. *Si au moins je pouvais me défaire de ces maudits bracelets!* grogne-t-elle intérieurement en tirant sur ses entraves en acier.

Une fois qu'il a mis Razan K.-O., Masterdokar revient à la charge. Il n'a pas franchi un mètre qu'une lance de glace lui transperce l'épaule de part en part. Déstabilisé, le voïvode tombe sur un genou, mais se relève aussitôt. Abigaël bondit par-dessus lui, se retourne et amorce l'attaque. Masterdokar évite son premier coup d'épée, puis lui assène une forte poussée qui projette la grand-mère d'Arielle à travers la salle. Le voïvode retire la lance qui traverse son épaule. Au moment où Bryni et Brutal lancent la seconde offensive, Masterdokar soulève le javelot de glace et le projette dans leur direction.

La Walkyrie et l'animalter se rapprochent à vive allure. Ils sont beaucoup trop près du voïvode pour réussir à éviter la lance qui se dirige droit sur Brutal. À la dernière seconde, Bryni se glisse devant l'animalter et reçoit la lance à sa place. La pointe atteint Bryni en plein cœur. La Walkyrie s'effondre sur le sol, sous le regard horrifié de Brutal.

– Bryni! crie Brutal en s'agenouillant auprès de la jeune femme. Bryni, parle-moi!

L'animalter retire doucement la lance de l'endroit où elle s'est logée et pose la tête de la Walkyrie contre son épaule.

– Je pensais que les guerrières d'Odin étaient plus résistantes que ça, ricane Masterdokar qui n'a pas l'intention d'en rester là.

Tout en se dirigeant vers la Walkyrie et l'animalter, Masterdokar examine le fond de la salle et remarque que *fräulein* Abigaël s'est remise de son vol plané à travers la pièce. Épée de glace bien en main, elle charge de nouveau dans en direction du voïvode. *Infatigables, ces Queen*, songe Masterdokar.

Alors que Masterdokar se prépare à affronter Abigaël Queen, Noah Davidoff se dresse sur son chemin. Le maintien et l'allure du jeune homme provoquent le rire de Masterdokar. Noah ne paraît pas très grand ni très costaud en comparaison du sylphor.

– Tu n'as rien d'un guerrier, mon jeune ami. Ne tente rien contre moi, le prévient Masterdokar. Je pourrais te briser en deux d'un seul claquement de doigts.

– C'est ce qu'on verra, rétorque Noah en resserrant sa prise sur son épée de glace. Allez, approche, saleté de sylphor!

En deux bonds rapides, le voïvode est sur Noah. Masterdokar attrape le jeune homme par ses vêtements, puis, d'un simple geste du poignet, l'envoie rouler dans la poussière.

Après quelques roulades périlleuses, Noah s'immobilise tout près du corps inconscient de Sessmora. Il réalise, non sans déception, que son épée de glace s'est brisée en deux. En rampant pour ne pas attirer l'attention du voïvode, Noah se rapproche de la nécromancienne.

– Razan! chuchote-t-il à l'oreille de Sessmora. Razan, c'est moi, Noah. Je t'ai entendu et je sais que tu es là, quelque part. Réponds-moi! Allez, réponds-moi! C'est important!

– J'ai besoin de toi. On a *tous* besoin de toi. Masterdokar va nous massacrer. Et après, il va s'en prendre à Arielle.

Razan reprend vite ses esprits.

– Il a fait du mal à la gamine?

– Non, pas encore, répond Noah. Mais ça ne va pas tarder. Écoute, je te propose de réintégrer mon corps et...

Razan le corrige aussitôt:

– *Notre* corps, petit con!

– Comme tu veux. Alors écoute: je te propose de réintégrer *notre* corps. C'est la seule chance que nous avons de battre ce gros salopard. Je sais qu'à l'intérieur de la nécromancienne tu ne peux pas utiliser tes pouvoirs aussi bien que tu le souhaiterais. Mais si tu reprends ta place...

– J'ai une place, maintenant? le coupe Razan.

– L'important, c'est tu récupères tous tes pouvoirs d'alter, et nous savons très bien tous les deux que tu ne pourras y arriver que si tu te trouves à l'intérieur de moi. Alors, tu te décides?

– On va devoir s'embrasser.

Noah est certain d'avoir mal compris.

– Quoi?

Razan ne lui donne pas le temps de réfléchir et lui colle un baiser sur la bouche, juste le temps d'effectuer le transfert. En l'espace d'une demi-seconde, tout est terminé, ce qui n'empêche pas Noah de repousser vigoureusement Sessmora.

– Quel idiot! lance Noah, dégoûté, tout en essuyant ses lèvres du revers de la main.

« *Pas de panique, ma poule, je suis de retour à la maison.* »

Razan a raison: Noah sent de nouveau la présence du démon à l'intérieur de lui. Quant à Sessmora, elle gît sur le sol, les yeux ouverts, dans un état catatonique.

« *Un monstre, cette fille, affirme Razan. Jamais ressenti autant de méchanceté et de cruauté chez une personne, même chez les alters et les sylphors. Je te jure, j'en ai encore des frissons!* »

– Qu'est-ce que tu lui as fait? Elle a l'air d'un légume.

« *Une petite lobotomie maison, répond Razan. Crois-moi, j'ai rendu un service à l'humanité. Allez, mon grand, il est plus que temps de prononcer les mots magiques!* »

Noah se relève d'un bond et interpelle Master-dokar alors ce que ce dernier s'apprête à engager le combat avec Brutal, et aussi avec Abigaël qui les aura bientôt rejoints. Lorsqu'il entend son nom, le voïvode interrompt ses mouvements et se retourne lentement. Il pousse un long soupir d'exaspération lorsqu'il comprend que c'est le petit homme qui a parlé.

— Tu n'en as pas eu assez, gamin ? Tu souhaites recevoir une autre fessée de papa voïvode ?

Noah fixe Masterdokar droit dans les yeux avec un air de défi, puis déclare :

— De pleine volonté et en plein éveil, je cède le contrôle à mon alter ! *Efar die an Efar so, Aye land ich ed alter !*

La transformation se produit aussitôt : Noah gagne immédiatement plusieurs centimètres, et sa masse musculaire double de volume. Ses nouveaux biceps et ses pectoraux se gonflent sous l'uniforme SS emprunté au sycophante, qui semble d'ailleurs rétrécir au fur et à mesure que Noah est remplacé par Razan. Ses cheveux s'assombrissent et ses traits, plutôt communs et bienveillants, se durcissent et s'embellissent. Une fois l'altérisation terminée, on lui donnerait facilement deux ans de plus.

— Une autre fessée de papa voïvode, hein ? fait Razan une fois qu'il est bien en contrôle. Pourquoi pas ? Alors, c'est au pas de l'oie que tu viens me la donner ?

— Qui es-tu, toi ? demande Masterdokar.

Le sourire arrogant du voïvode a disparu. Il se méfie de ce nouveau venu. C'est un alter, il n'y a pas de doute, il est donc beaucoup plus

241

puissant que le petit homme, et il a l'air très sûr de lui, ce qui tracasse encore plus Masterdokar.

– Je suis le capitaine Tom Razan, anciennement de la garde personnelle du dieu Loki, mais aujourd'hui classé renégat.

La présentation de Razan déclenche le rire de Masterdokar.

– Depuis quand les alters ont-ils des prénoms ?

Razan hausse les épaules.

– Je suis le premier, répond l'alter sur un ton détaché. Boule de poils ? fait-il à l'attention de Brutal. Une arme, s'il te plaît !

Brutal acquiesce et lui lance son épée de glace. Tout en s'avançant pour l'attraper, Razan commande une invocation d'uniforme. Le temps que l'épée se retrouve dans la main de Razan, les vêtements de sycophante se sont déjà convertis en uniforme d'alter : bottes, pantalons, chemise, ceinturon, le tout recouvert d'un long manteau noir.

– Rien de tel que l'odeur du cuir véritable, se réjouit Razan en respirant l'odeur de son nouvel uniforme.

L'alter marche d'un pas décontracté vers le voïvode.

– C'est la seule chose, dans ce royaume pourri, qui arrive à masquer la puanteur des humains.

Masterdokar semble partager l'avis de Razan :

– On est d'accord sur ce point, alter. Pour moi, les hommes ont l'odeur du bétail.

Tout en s'avançant vers Masterdokar, Razan jette un coup d'œil à Mikaël Davidoff, le grand-père de Noah. Il est toujours enchaîné à un poteau, près d'Arielle, et affiche le même air transi où se mêlent effroi et stupeur. *Heureusement que tu ne sembles plus être toi-même, Papi l'amour*, se dit Razan, *car je t'aurais bien fait ta fête à toi aussi. Si seulement les autres savaient ce que tu nous as fait subir, salaud. Je crois bien qu'ils nous aideraient à te lyncher, ici, sur place. Mais aujourd'hui, en cette année 1945, il est fort possible que tu ne sois pas encore le monstre que tu deviendras un jour, et crois-moi, c'est la seule chose qui me retient de te découper en petits morceaux.*

Pendant que Razan et Masterdokar s'évaluent l'un l'autre, comme deux cow-boys avant un duel, Abigaël se hâte d'aller retrouver Arielle et Mikaël. Elle utilise l'acide de deux injecteurs acidus pour libérer Arielle de ses entraves et aide ensuite sa petite-fille à retirer la perfusion intraveineuse de son bras et les électrodes qui sont collées sur sa peau.

– Merci d'être venue, Abigaël! lui dit Arielle une fois libre. Je suis tellement heureuse de te voir. J'ai bien cru que j'étais devenue folle et que j'allais finir mes jours dans cet endroit lugubre.

– Comment as-tu pu penser ça? Jamais je ne t'aurais abandonnée, ma chérie! Jamais!

Les deux jeunes femmes se portent à la res-cousse de Mikaël Davidoff. Elles le débarrassent de ses liens et l'étendent doucement par terre. Le jeune homme reste conscient durant toute l'opération, mais ne prononce pas un seul mot.

– Il a été blessé gravement à la tête, observe Abigaël. Probablement lors de sa dernière incursion dans le bunker. J'espère qu'il n'en gardera pas de séquelles permanentes.

À l'autre bout de la pièce, Brutal n'a pas cessé de veiller sur Bryni. Il a pris la Walkyrie dans ses bras et tente de la garder éveillée.

– Je vais mourir, Brutal, murmure-t-elle.

– Non, tu ne vas pas mourir, assure l'animalter, même s'il sait que la blessure de la jeune femme est très grave. Tu vas t'en sortir. Tu es forte. Tu es une des guerrières d'Odin. Tu es une Walkyrie !

– Tu ne comprends pas… je *dois* mourir, si je veux aller retrouver Jason. Mais bientôt… oui, bientôt, je ne me souviendrai plus de rien. Tu devras m'expliquer… me dire ce que je dois faire, tu comprends ? Mais sans en dévoiler trop. L'avenir, je ne dois pas le connaître…

Brutal acquiesce en silence.

La Walkyrie a un petit sourire avant de fermer les yeux et de se relâcher complètement. Brutal retient ses larmes. Il sait que les Walkyries ne peuvent pas vraiment mourir, mais il réalise qu'il ne reverra plus jamais la Bryni qu'il a connue. Il en connaîtra une autre, bientôt, mais ce ne sera pas celle qui vient de s'éteindre dans ses bras. Ce sera une Bryni différente, identique de corps et d'esprit, mais possédant une autre mémoire, une mémoire privée de ses derniers souvenirs. Au bout d'une vingtaine de secondes, la Walkyrie rouvre les yeux et prend une grande inspiration, comme si elle respirait pour la première fois. *Elle revit*, se dit Brutal. *Dans mes bras, elle est morte, puis est revenue à la vie. Je l'ai accompagnée à la fois dans la mort et dans la naissance.*

— Qui êtes-vous ? lui demande-t-elle lorsqu'elle est complètement éveillée.

Brutal jette un coup d'œil à sa poitrine. La blessure infligée par la lance de glace a disparu.

— Mon nom est Brutal. Je suis un animalter.

La Walkyrie tente de se relever, mais Brutal l'en empêche. Il lui indique le voïvode, un peu plus loin, et lui explique qu'il est plus prudent de rester immobile pour éviter d'attirer l'attention du sylphor. La jeune femme semble lui faire confiance.

— Mon nom est Brynahilde, lui dit-elle.

— Brynahilde ? C'est joli, dit Brutal. Je peux vous appeler Bryni ?

— Bryni ? répète la Walkyrie, étonnée. C'est la première fois qu'on m'appelle ainsi. Oui, j'aime bien ! Dites-moi, Brutal, où sommes-nous ? Et qui sont ces gens, là-bas ? demande-t-elle en pointant Masterdokar et Razan qui sont sur le point de s'affronter.

Brutal ne sait plus trop par quoi commencer. Selon Bryni elle-même, il doit inventer une histoire pour la convaincre d'aller porter secours à Jason Thorn, dans la fosse nécrophage d'Orfraie.

— Vous voyez cette femme, là-bas, près du jeune homme qui est étendu sur le sol ? C'est Abigaël Queen. Nous sommes venus ici avec elle, dans ce repaire de sylphors, pour délivrer une de ses parentes, la jeune fille qui se trouve à ses côtés.

— Je suis venue avec vous ? demande Brynahilde.

Brutal réfléchit une seconde. « Tu devras me dire ce que je dois faire, lui a dit Bryni. Mais sans en dévoiler trop. L'avenir, je ne dois pas le connaître… »

— Non, répond Brutal. Mais… euh… c'est ici qu'on vous a retrouvée. Vous étiez aussi prisonnière des sylphors. Abigaël nous a demandé de vous délivrer. Disons qu'elle… qu'elle a besoin de vous. Un de ses amis est enfermé dans un autre repaire de sylphors, en Bretagne, sous le château d'Orfraie.

— C'est avec honneur que je rembourserai ma dette à cette femme, dit la Walkyrie. Et je connais bien le château d'Orfraie.

— Parfait, dit Brutal avec soulagement. C'est là-bas que vous devez vous rendre et retrouver un jeune chevalier fulgur qui se nomme Jason Thorn. Il est prisonnier dans le niveau carcéral de la fosse nécrophage d'Orfraie.

— Votre amie Abigaël souhaite que je le délivre, comme elle l'a fait pour moi ?

Brutal secoue la tête.

— En fait, elle souhaite seulement que vous demeuriez avec lui, jusqu'à ce qu'il soit délivré par un autre groupe, en l'an 2006.

La Walkyrie ne cache pas sa surprise.

— En l'an 2006 ? Je dois lui tenir compagnie jusque-là ? Pourquoi ne pas…

— Le temps presse, la coupe Brutal. Je ne peux pas vous en dévoiler davantage, car moi-même je ne comprends pas tout, mais ce que je sais, c'est que Jason Thorn doit remettre une lettre importante à un garçon de 2006 et que s'il ne le fait pas, il y aura de graves conséquences pour nous tous. Bryni, vous avez déjà regardé *Star Trek*? Le truc du continuum espace-temps, ça vous dit quelque chose? Pensez au Doc Brown et à Marty Mcfly…

Le continuum? La Walkyrie se rappelle soudain une conversation qu'elle a eue avec un de ses maîtres, le dieu Thor, héritier d'Odin. Elle ne sait plus à quel moment ni à quel endroit, mais elle a la certitude que c'était très important : « J'ai l'impression de l'avoir toujours fait, depuis le début des temps, a alors dit Brynahilde. Je revis sans cesse la même existence. Vie après vie, je recommence… » Le dieu Thor a répondu ceci : « Je sais que tu t'accommoderas bien ta mission, courageuse Walkyrie, car tu le fais depuis toujours, depuis que la vie existe et que le continuum de Midgard a été gravé dans l'écorce du grand arbre. »

Le visage serein de la Walkyrie s'éclaire alors d'un sourire.

– Je crois que j'ai compris, dit-elle.

Elle fait un clin d'œil à Brutal, puis ajoute :

– Vaut mieux que je ne pose pas trop de questions, n'est-ce pas? Et que j'aille tout de suite retrouver ce pauvre garçon au château d'Orfraie.

Brutal acquiesce :

– Merci, Bryni.

– Est-il vrai que les animalters se transforment en princes quand on les embrasse?

Brynahilde relève la tête et pose un baiser sur la joue poilue de l'animalter.

– Dommage que je doive déjà vous quitter, Brutal. Sachez que j'étais très confortable dans vos bras.

Elle pose ensuite sa tête sur l'épaule de Brutal et ferme les yeux. À voix basse, elle récite ceci : « Sur ma force et ma volonté repose la trame de toutes les destinées humaines. Je sais que moi, Brynahilde, je servirai cette cause avec honneur, car c'est pour cet unique accomplissement que j'ai été recrutée. Maintenant, aujourd'hui, je m'en souviens. » Sans s'en rendre compte, Brutal a aussi fermé les yeux. Lorsqu'il les rouvre, la Walkyrie a disparu. L'animalter n'a nul besoin de confirmation ; il sait que Bryni a enfin retrouvé Jason, son grand amour, à la fosse, et qu'elle le préservera de la folie et du vieillissement, jusqu'à ce jour de novembre 2006 où un doberman animalter du nom de Freki ouvrira la porte de la cellule 45 et libérera le jeune chevalier fulgur de son interminable réclusion.

Au centre de la salle, Razan et Masterdokar s'apprêtent à engager le combat. Le voïvode a rangé sa dague et remplacé celle-ci par une épée fantôme, qu'il a ramassée près du cadavre d'un sycophante.

– Je ne laisserai personne sortir d'ici vivant, affirme Masterdokar. *Verstehen ihr ?*

– Je comprends, répond Razan.

Après s'être assurées que Mikaël allait bien, Arielle et Abigaël se rapprochent de l'alter et du voïvode qui se font face, l'un et l'autre dans une attitude hostile. Brutal imite les deux jeunes femmes et s'avance lentement vers les deux adversaires.

— Il est à moi, leur dit Razan afin de s'assurer que ses compagnons n'interviendront pas durant le combat.

Arielle et les autres se positionnent autour de Razan et de Masterdokar tout en s'assurant de garder une certaine distance. Ce combat est celui de Razan ; ils n'ont pas l'intention d'intervenir, du moins, pas tant que Razan sera en mesure de se battre.

Masterdokar se porte à l'attaque le premier. La lame de son épée fantôme frôle Razan de près mais ne le touche pas. L'alter s'esclaffe aussitôt :

— Tu oublies une chose importante, elfie ! lance Razan en échappant au second assaut du voïvode. Pourquoi Loki aurait fait de moi un officier de sa garde personnelle si je ne maniais pas l'épée avec grand talent ?

Du bout des pieds, arquant le dos, Razan esquive la troisième charge du voïvode à la manière d'un toréador. Au passage de son adversaire, l'alter s'offre même le luxe de lui donner un coup de pied au derrière, ce qui n'est pas sans attiser la colère du voïvode. Plus Masterdokar est en colère, moins il est concentré, et plus il rate ses attaques contre l'alter. Razan n'en finit plus de s'amuser aux dépens du sylphor.

— Qui t'a enseigné le maniement de l'épée ? Ta sœur ?

Masterdokar n'a pas l'intention de se laisser ridiculiser. Il multiplie les attaques et augmente sa vitesse d'exécution. Sans le laisser paraître, Razan a de moins en moins de facilité à se soustraire aux offensives répétées du voïvode.

– Tu peux rameuter les petits, princesse! lance tout de même Razan à l'attention de la jeune élue. J'en aurai bientôt fini avec notre Hitler version sylphor!

Et il ajoute, pour le voïvode cette fois:

– Tu sais quoi, elfie? Question escrime, ton copain Lothar te surpassait, et de loin!

Si Razan a une faiblesse, c'est bien sa vanité, se dit Arielle. Comment peut-elle être attirée par un individu aussi prétentieux? Il a une belle gueule, c'est vrai, mais est-ce suffisant? Il est tout le contraire de Noah, et elle aime bien Noah. *Lequel des deux choisiras-tu, ma vieille?* se demande-t-elle. Mais aura-t-elle vraiment à choisir? C'est alors qu'elle se souvient de sa rencontre avec Absalona, Lady de Nordland, et des paroles de la jeune femme: «Tu connaîtras plusieurs amours, Arielle. Ton cœur oscillera entre Noah, Tom et le roi Kalev. Si tu fais les bons choix, c'est Kalev que tu finiras par choisir.» Arielle a répliqué: «C'est l'élu de la prophétie que je dois choisir. C'est la seule façon de sauver ce monde.» Absalona a acquiescé: «L'élu t'aidera à accomplir la prophétie, c'est vrai. Mais l'aventure ne se terminera pas là.» Arielle n'a pas pu savoir ce qu'Absalona avait voulu dire. Mais que pouvait-il y avoir d'autre que la prophétie? Avec cette question en tête, elle reporte son attention sur Razan. Arielle a la vague impression que l'alter s'en sort moins bien qu'au début. Il semble plus lent à réagir, et ses attaques n'atteignent pas toujours leur cible. Razan a réussi à blesser le voïvode à un bras et au flanc gauche mais, de sa position, Arielle peut voir que ce ne sont que des égratignures ; rien qui puisse ralentir le voïvode, qui se bat avec de plus en plus d'adresse et de vigueur. Le doute a remplacé l'assurance dans le regard de Razan. Son sourire s'est effacé, et il ne fait plus de commentaires désobligeants au sujet du voïvode. Ce n'est pas tant l'agilité de Masterdokar qui inquiète Arielle que sa force. Grâce à l'enchaînement de ses puissants coups, il parvient à fatiguer Razan. À chaque coup porté contre lui, l'alter abaisse un peu plus sa garde. Le voïvode se rapproche suffisamment de Razan pour qu'il soit à portée de main. Masterdokar exécute ensuite une feinte et assène un violent coup de poing au visage de Razan. L'alter recule de plusieurs mètres et va s'écraser contre le mur derrière lui. Il demeure sur ses jambes, mais un bref vacillement des genoux indique qu'il a été fortement ébranlé par le coup du voïvode.

— Tu rigoles moins maintenant, alter ! lance Masterdokar.

— Tu frappes fort, c'est vrai, répond Razan en essayant de rassembler ses forces.

Il doit s'appuyer au mur pour ne pas perdre l'équilibre.

— Mais tu n'as aucune finesse, continue l'alter. À l'école primaire, il m'arrivait souvent de défendre ce trouillard de Noah contre des grosses brutes épaisses dans ton genre.

— Ça me touche, ce que tu racontes ! ricane le voïvode en se dirigeant l'alter avec l'intention ferme d'en finir avec lui. Vraiment !

Toujours adossé au mur, Razan brandit son épée de glace et se prépare au combat.

– Allez, approche, *herr General*…

– Razan, ne le provoque pas! lance Arielle en faisant un pas dans sa direction.

– Reste où tu es, princesse! lui ordonne l'alter. Je suis capable de m'occuper seul de ce gros tas de graisse!

L'espace d'une seconde, Razan est distrait par l'intervention d'Arielle, et Masterdokar en profite pour se ruer vers lui. Razan parvient à écarter l'épée du voïvode juste avant qu'elle lui transperce l'épaule. Masterdokar laisse tomber son arme et riposte à mains nues. Il arrache l'épée de glace des mains de Razan et, de ses deux poings, martèle l'alter au corps et à la tête. Razan reçoit une pluie de coups à l'estomac, puis à la poitrine et au crâne. Un crochet du droit lui fend la lèvre inférieure. Il essaie tant bien que mal de renverser la vapeur, mais il s'affaiblit sans pouvoir reprendre le dessus. La dernière combinaison de trois coups vient à bout de ses forces, ses jambes s'affaissent sous lui et il s'écroule aux pieds de Masterdokar. Le sang qui s'écoule de sa lèvre se répand sur son menton et sur ses vêtements. Razan tente de l'essuyer. Son uniforme en est couvert.

– OK…, souffle-t-il avant de relever péniblement la tête vers Arielle. Je crois que je vais avoir besoin… besoin d'un petit coup de main…

Son appel à l'aide est inutile: Arielle, Abigaël et Brutal sont déjà en plein élan. Tous les trois bondissent au même moment et atterrissent ensemble sur le voïvode. Brutal enfonce ses crocs acérés dans l'oreille de Masterdokar et lui arrache le lobe, pendant qu'Abigaël lui plante ses ongles dans la nuque. Quant à Arielle, elle contourne rapidement le voïvode et se place devant lui.

— Il y a une chose que j'ai envie de vérifier, dit-elle avant de lui envoyer un violent coup de pied dans l'entrejambe.

Masterdokar s'immobilise d'un coup : sa bouche se fige dans une plainte silencieuse et ses yeux prennent la taille de deux kiwis bien mûrs. Toujours aux prises avec Brutal qui s'acharne à grignoter son oreille et Abigaël qui lui pèle la peau du cou, le sylphor tombe sur ses genoux et demeure immobile pendant de longues secondes.

— Bien visé, dit Razan en se relevant. Mais quand même un peu vicieux comme coup, non ? Pas vrai, elfie ? fait l'alter en hochant la tête pour Masterdokar. Si on te le demande, tu as une voix de soprano maintenant, d'accord ?

Le voïvode ne bouge toujours pas. Il reste paralysé, les deux genoux sur le sol, la bouche en O et les yeux grands ouverts, fixant le vide. Derrière lui, Abigaël nettoie ses ongles, tandis que Brutal tente de se débarrasser d'un morceau de chair coincé entre ses dents.

— Quelqu'un a de la soie dentaire ?

Razan ramasse son épée de glace, tandis qu'Arielle et les autres préfèrent récupérer les épées fantômes des sycophantes morts. Tous armés, ils reviennent ensuite vers le voïvode.

— On l'achève ? demande-t-il.

L'alter pose une main sur son propre flanc, ce qui le fait grimacer de douleur. Une côte fêlée, certainement. Quant à l'hémorragie de sa lèvre, elle s'est résorbée quelque peu.

– À toi l'honneur, répond Brutal. Après tout, ça ne fera qu'un sylphor de moins.

L'alter se prépare à abattre la lame tranchante de son épée de glace sur le voïvode, mais ce dernier se dresse d'un bond et saisit Razan à la gorge avant que ce dernier ait pu tenter quoi que ce soit. Masterdokar soulève Razan de terre et le projette contre le mur. La force de l'impact est telle que le béton se fendille derrière Razan. L'alter en a le souffle coupé. Plus vif que l'éclair, Masterdokar se retourne, espérant régler le compte des deux élues Queen et de l'animalter avec autant de facilité que celui de Razan, mais le trio est déjà préparé.

– Maintenant ! s'écrie Arielle.

C'est le signal : ensemble, tous les trois, ils transpercent le voïvode avec leurs épées. Les lames s'enfoncent profondément, jusqu'à la garde, puis sont aussitôt retirées. Cette fois, Masterdokar s'écroule de tout son long. Razan reprend son souffle et, pour la deuxième fois, récupère son épée par terre.

– *Sieg heil !* fait Razan, et il tranche la tête de Masterdokar d'un seul coup de lame.

Le corps du voïvode s'assèche en quelques secondes à peine. Tout ce qui reste de lui, c'est un petit tas de poussière aux pieds de Razan. Abigaël se penche et ramasse le médaillon demi-lune de Mikaël, que Masterdokar gardait sur lui, ainsi qu'un autre petit objet qui repose aussi parmi les cendres du voïvode. Elle tend l'objet à Arielle.

– Voici le microfilm sur lequel est imprimée une copie de *Révélation*, le verset manquant de la prophétie.

Abigaël prend ensuite le *vade-mecum* des Queen dans la poche de son manteau et le confie à également Arielle.

– À toi aussi, il pourrait être utile, lui dit celle-ci.

Abigaël secoue la tête.

– C'est terminé pour nous. La prophétie se réalisera à ton époque. Voilà pourquoi tu dois non seulement conserver *Révélation*, mais aussi le *vade-mecum*. Noah et toi en aurez besoin. Vous êtes les nouveaux élus de la prophé…

– Il n'y a pas d'élus! Et pas de prophétie! s'écrie une voix masculine derrière eux.

Ils se retournent tous au même moment. Mikaël Davidoff, tout près du panneau de contrôle, a posé une de ses mains sur le petit clavier à neuf touches qui active le système d'autodestruction.

– Mikaël, qu'est-ce que tu fais? lui demande Abigaël.

– Ça n'a plus d'importance, Abi. Il est temps de mourir, maintenant.

– Mikaël, attends, tu as été blessé à la tête et…

– Non, Abi! On ne peut plus attendre! C'est terminé!

Razan fouille dans la mémoire commune qu'il partage avec Noah et se souvient de ce que Nayr, l'alter de Ryan Thomson, leur a dit au sujet des élus Davidoff qui perdent la boule et s'en prennent aux élues Queen une fois qu'il devient clair que la prophétie ne se réalisera pas à leur époque.

– C'est Abigaël qu'il veut tuer, les prévient Razan. Mais pour être certain d'y arriver, il va tous nous passer au barbecue !

Mikaël acquiesce :

– Il nous faut accepter cette délivrance, dit-il en appuyant sur la dernière touche du clavier.

– NOOOON ! s'écrie Abigaël.

La jeune femme prend son envol et fonce droit sur Mikaël. Une fois sur lui, elle le projette sur le sol et le frappe au visage, espérant le neutraliser. Mikaël la repousse et se remet debout, mais cette fois, il se retrouve face à Razan, qui n'a pas la moindre affection pour grand-papa Davidoff. L'alter lui assène un solide uppercut qui envoie Mikaël au tapis.

– Au moins, la journée n'est pas perdue ! dit Razan, heureux d'avoir enfin étendu quelqu'un.

– Mon Dieu ! La séquence d'autodestruction est enclenchée ! les prévient Abigaël après avoir examiné les différents indicateurs sur le panneau de contrôle.

Un grésillement se fait entendre dans les haut-parleurs, puis une voix électronique amorce le compte à rebours qui conduira à l'autodestruction du bunker : « Z MOINS CENT VINGT SECONDES... CENT DIX-NEUF... CENT DIX-HUIT... CENT DIX-SEPT... »

– Il faut se dépêcher de sortir d'ici ! dit Brutal.

– T'es sérieux, boule de poils ? lui répond Razan avec ironie. Moi qui pensais m'attarder un peu, question d'assister au feu d'artifice.

Arielle force Abigaël à la suivre jusqu'à la nacelle de sauvetage, celle que comptait utiliser

Masterdokar pour s'échapper du bunker. La nacelle ne peut accueillir qu'un seul passager. Deux, à la limite.

– C'est toi qui dois y aller, dit Arielle à sa grand-mère. Et tu dois emmener Mikaël avec toi.

Abigaël proteste, elle souhaite que ce soit Arielle qui profite de la nacelle, mais la jeune fille s'empresse de lui expliquer qu'elles n'ont pas le choix: c'est Abigaël qui doit être sauvée en priorité.

– Si Mikaël et toi mourez aujourd'hui, les lignées des Queen et des Davidoff mourront avec vous. Abigaël, tu dois absolument donner naissance à ma mère, car si Gabrielle ne vient pas au monde...

– Toi non plus, tu n'existeras pas, termine Abigaël.

« QUATRE-VINGT-DIX-NEUF... QUATRE-VINGT-DIX-HUIT... QUATRE-VINGT-DIX-SEPT... »

Arielle demande à Brutal et à Razan de transporter Mikaël à l'intérieur de la nacelle. Le véhicule de sauvetage fonctionne comme un ascenseur: il est fixé à un rail et se déplace à travers un puits grâce à un système de poulies. Le puits s'ouvre certainement à la surface du bunker, plusieurs mètres plus haut.

« SOIXANTE-DIX... SOIXANTE-NEUF... SOIXANTE-HUIT... »

Tout en installant Mikaël dans la nacelle, Brutal rassure Abigaël au sujet de Jason. Bryni se trouve probablement avec lui en ce moment même. Arielle salue sa grand-mère rapidement, puis referme la porte du compartiment. Abigaël active les commandes qui sont situées à l'intérieur de l'habitacle, et le véhicule de sauvetage commence son ascension.

Tout en suivant la progression de la nacelle, Arielle a une dernière pensée pour sa grand-mère : *Bonne chance, Abigaël. Nous nous reverrons, j'en suis sûre.*

« Cinquante-sept... cinquante-six... cinquante-cinq... »

– À nous maintenant ! dit Brutal. Il nous reste moins d'une minute pour retourner dans la salle aux trésors !

– La salle aux trésors ? répète Arielle. Pourquoi ?

– Si cette grosse limace de maelström se trouve toujours là-bas, nous sommes sauvés, répond Brutal. Suivez-moi ! Ne perdons pas une seconde de plus !

L'animalter entraîne ses deux compagnons vers la porte, puis à l'extérieur de la salle, dans le couloir.

– Deux étages plus haut ! indique Brutal en les conduisant vers les escaliers.

Le trio grimpe les marches quatre à quatre jusqu'au niveau indiqué par Brutal.

« Quarante et un... quarante... trente-neuf... »

– Vite ! Vite ! s'écrie l'animalter. Par ici ! On y est presque !

L'animalter est toujours en tête du trio et file droit vers la porte de la salle au trésor, qui est demeurée ouverte. L'un à la suite de l'autre, les trois compagnons s'engouffrent dans la salle.

« Trente-six… trente-cinq… trente-quatre… »

Arielle a l'impression que la voix électronique du compte à rebours est de plus en plus forte. Elle est certaine qu'elle résonne dans sa tête plutôt que dans les haut-parleurs du bunker. *C'est une idée que tu te fais, ma vieille. Allez, fonce, et ne pense plus à rien.* Malgré l'urgence de la situation, Razan ne peut s'empêcher de s'esclaffer lorsqu'il réalise que Brutal porte un uniforme de femme :

— C'est quoi, cet accoutrement, boule de poils ? Tu fais de la publicité pour Mademoiselle Miaou ?

— C'est vraiment pas le moment, idiot !

L'animalter scrute le plafond de la pièce à la recherche du maelström organique, mais ne trouve rien.

— Je ne le vois pas ! Je ne le vois pas !

— Active-toi, minet, lui dit Razan, sinon on va tous y rester !

« Vingt-huit… vingt-sept… vingt-six… »

« Les caissons ! Les caissons ! » ne cesse de répéter une voix à l'intérieur de Razan. L'alter sait très bien à qui elle appartient.

— Noah veut que nous regardions les… caissons, dit Razan.

Brutal cesse de chercher le maelström et fonce vers les deux caissons.

— Selon Noah, dit Brutal, ils sont pratiquement indestructibles. Regardez : ils portent les noms de Bruckner et Wagner, ce sont les noms de code d'Adolf Hitler et d'Eva Braun. Ces caissons ont été construits pour protéger le *Führer* et sa compagne en cas de cataclysme.

«Vingt… dix-neuf… dix-huit…»

– Non, ce n'est pas du tout ça! dit Razan, qui a soudain accès aux résidus mnémoniques de la nécromancienne, ceux qui subsistent encore dans sa propre mémoire. J'ignore comment je sais ça, mais ces trucs sont des caissons *cryogéniques*. Hitler souhaitait constater par lui-même la longévité de son IIIe Reich.

– Des caissons *quoi*? fait Brutal.

– Le truc à l'intérieur duquel est conservé ce type… voyons… le papa de Mickey Mouse!

– Walt Disney? répond Arielle.

– Dans le mille, princesse. Allez, dépêchez-vous d'entrer là-dedans. Boule de poils, tu vas devoir passer en mode «quatre pattes» si tu veux nous accompagner.

«Quatorze… treize… douze…»

– Mais je ne peux pas… Je veux dire, c'est pas facile pour moi de…

– Tu te transformes en joli petit chaton, insiste Razan, ou bien tu restes ici, à profiter de la canicule!

Arielle ne perd pas de temps et s'installe dans le premier caisson.

«Z moins dix secondes avant auto-destruction… neuf… huit…»

Brutal court la retrouver. À moins de un mètre du caisson, il ferme les yeux et s'élance vers elle. *Faites que ça marche! Faites que ça marche!* Le miracle se produit: tout juste avant de pénétrer dans le caisson de sa maîtresse, Brutal reprend sa forme animale. L'uniforme que lui a prêté Abigaël, devenu trop grand, reste derrière lui. Arielle tend les mains pour attraper Brutal, mais une seule suffit. Dans sa main libre tombe une petite fleur noire que l'animalter a probablement entraînée avec lui, sans le vouloir, dans son élan.

« SIX… CINQ… »

Razan est toujours devant l'espèce de clavier, celui qui semble contrôler les caissons. Noah lui transmet des directives en pensée : « *Une date ! Il te suffit d'entrer une date ! Le calculateur fera le reste pour toi !* »

« TROIS… DEUX… »

– Princesse ! s'écrie Razan. Une date ! Il me faut une date ! Vite ! Quand souhaites-tu te réveiller ?

« UN… ZÉRO… »

Arielle ne prend pas la peine de réfléchir et lance :

– Le matin du 13 novembre 2006 !

C'est à ce moment qu'Abigaël et elle ont utilisé le *vade-mecum*, dans le garage du manoir Bombyx, pour voyager vers le passé. C'est à ce moment précis qu'elle doit rependre le fil de sa vie. L'évocation du garage lui fait penser à Noah. Ce dernier était présent lorsqu'elle a quitté l'année 2006 avec Abigaël. Elle sait que le jeune homme s'est porté à son secours. Elle l'a aperçu, un peu plus tôt, avec Abigaël et la Walkyrie. Lui aussi s'est battu contre les sycophantes. *Mais où est-il à présent ?* s'inquiète Arielle. Elle se dit que le garçon est probablement retenu prisonnier à l'intérieur de son propre corps, puisque c'est Razan qui exerce le plein contrôle en ce moment. *Noah, si tu m'entends, sache que je serai là pour toi aussi,* songe Arielle à l'attention du jeune Davidoff. *Ne t'inquiète pas, si Razan t'a fait du mal, il en paiera le prix, crois-moi.*

«Autodestruction imminente... Auto-destruction imminente...»

Les premières explosions ont commencé. La structure du bunker se met à trembler et de larges fissures apparaissent sur les murs ainsi qu'au sol et au plafond. Ce n'est plus qu'une question de temps avant que la pièce – et peut-être le niveau tout entier – ne s'effondre sur eux.

– RAZAN, VITE! le supplie Arielle, sachant que si l'alter s'en tire vivant, Noah aussi sera sauvé.

Razan ressent déjà sur sa peau la chaleur intense produite par le feu des explosions. Dans tout le bunker, l'air se consume à une vitesse folle. Les flammes font leur chemin à travers les couloirs, jaillissent dans les cages d'escaliers comme des geysers, puis envahissent les niveaux inférieurs à la recherche de nouvelles sources d'oxygène à dévorer. Comme une bête affamée et enragée, le feu mange et détruit, il ravage tout ce qui se présente sur son passage. La réaction en chaîne produite par les explosions affaiblit la structure du bunker. À certains endroits, les flammes sont si intenses qu'elles réussissent même à faire fondre les métaux les plus résistants.

Les secousses successives empêchent Razan de conserver son équilibre, mais aussi sa concentration. Il sait que la bête approche. Il la reconnaît à son cri, qui ressemble à un rugissement enragé.

L'alter se hâte de taper les coordonnées sur le clavier du calculateur : 2006.11.13.0600AM, puis réalise soudain que la porte de son caisson cryogénique a commencé à se refermer. Il a tout juste le temps de bondir vers le caisson et de se faufiler derrière sa cloison étanche. Lorsque la porte s'est entièrement refermée, Razan perçoit un petit sifflement, comme si l'habitacle était en train de se sceller. L'alter a dû réagir très vite, et n'a malheureusement pas eu le temps de s'assurer qu'Arielle allait bien. Il se demande si la porte de son caisson est bien close. *Idiot, tu aurais dû vérifier!* Ces compartiments sont-ils vraiment aussi solides que Noah et l'animalter le prétendent? Mais cela a-t-il vraiment de l'importance maintenant? Ils n'avaient pas d'autre choix, de toute façon. *C'était ça ou la mort,* conclut Razan.

– Princesse, est-ce que tu m'entends? crie l'alter en posant ses mains en coupe contre la paroi interne du caisson.

La réponse ne vient pas. *Non, mais qu'est-ce que tu espérais? Qu'Arielle te réponde?* La température commence à se refroidir à l'intérieur de l'habitacle. La fatigue gagne Razan d'un coup. Sans résister au processus cryogénique, il ferme les yeux et se laisse lentement emporter par le sommeil. Au début, il ressent un froid intense, mais finit par s'y habituer. Plus il fait froid, plus il a sommeil; assurément une conséquence de l'hypothermie. Il n'y a pas un son ici; c'est calme, paisible, contrairement à l'extérieur, où tout n'est que flammes et destruction. La dernière chose que Razan voit à travers son hublot, ce sont les deux panneaux portant les noms de code Bruckner et Wagner. Ils reposent sur le sol. Sans doute une secousse ou une chute de débris les a-t-elle fait tomber. Malgré la fatigue, Razan fixe son regard sur les panneaux et les regarde s'enflammer. La chaleur est si intense, là dehors, que Bruckner et Wagner ne résistent que quelques secondes avant d'être entièrement consumés. Étrangement, Razan se laisse aller à fredonner une chanson : «*From Jamaica to the world. This is just love!... I've got so much love in my heart, no one can tear it apart...*» Survient alors une autre explosion provenant des niveaux inférieurs. Elle est si puissante qu'elle fait s'affaisser le sol et s'écrouler les murs. Les deux caissons cryogéniques font alors une chute de plusieurs mètres. Leur descente s'arrête au niveau 2, où ils ne tardent pas à être ensevelis sous une avalanche de débris. «*This... is just love...*»

16

*La capitulation inconditionnelle
de l'Allemagne est signée
le 8 mai 1945.*

*Les quatre grands alliés victorieux, l'URSS,
la France, le Royaume-Uni et les États-Unis, tous
infiltrés par les forces alters, se divisent le pays en
quatre zones d'occupation.* Les alliés sont chargés
de l'administration de ces territoires jusqu'à ce
que des structures démocratiques soient mises en
place. Quatre ans plus tard, en 1949, sont créées
la RFA, la République fédérale d'Allemagne, et la
RDA, la République démocratique d'Allemagne.
Tout comme le territoire allemand, la ville de
Berlin est aussi divisée en deux parties, Berlin-
Ouest et Berlin-Est. Le Reichstag se trouve dans
la partie ouest de la ville, qui est sous influence
américaine. La partie est, quant à elle, demeure
sous contrôle communiste. En 1961, alors que les
travaux de rénovation du Reichstag ont débuté à
Berlin-Ouest, la RDA entreprend la construction
du fameux mur de Berlin, qui divisera le peuple
allemand pendant tout le temps que durera

la Guerre froide. C'est en 1963 qu'une firme d'ingénieurs américains, le Groupe Machaon, obtient la permission de la RFA d'effectuer des travaux d'excavation sous le Reichstag. Cette firme se révèle être, en fait, l'une des nombreuses sociétés civiles servant de couverture à la CIA, le service de renseignements américain créé pour espionner le nouvel ennemi des États-Unis : l'URSS. Cette branche obscure de la CIA, dirigée par un jeune universitaire nommé Ryan Thomson, est sous contrôle alter depuis septembre 1960. Ryan Thomson, un alter de haut niveau nommé Nayr, veille personnellement à ce que les travaux d'excavation sous le Reichstag soient à la fois classés TOP SECRET et SECRET DEFENSE. Mais l'ampleur des opérations est telle qu'il se produit plusieurs fuites. Un journal de Berlin en fait même sa première page : *Wohin fahren sie ?* (« Où allez-vous ? »). Malgré tous leurs agents déployés sur le terrain, la Stasi (la police d'État de la RDA) et le KGB (le service de renseignements russe) sont incapables de découvrir le moindre détail concernant l'opération de la CIA au Reichstag. Le 23 mai 1964, la Stasi et le KGB reçoivent l'ordre explicite du Présidium de Moscou de ne rien tenter pour nuire aux opérations de la CIA et de stopper immédiatement toute surveillance. L'ordre provient d'un haut fonctionnaire du Comité central du parti – qui, secrètement, est aussi un sympathisant des alters.

Ce que veulent Nayr et ses alters de la CIA, c'est réussir à creuser suffisamment sous le Reichstag pour atteindre le bunker 55 et mettre la main sur les documents stratégiques que les sylphors ont négligé de détruire avant de fuir leur repaire lors de la prise de Berlin par les Russes, à la fin d'avril 1945. Les alters infiltrés chez les Russes souhaitent la même chose que leurs confrères de l'Occident, et c'est d'un commun accord qu'ils décident de laisser Nayr et son équipe opérer seuls.

Au début de l'année 1965, les travaux d'excavation sont interrompus. Nayr et ses alters de la CIA sont parvenus à creuser un passage jusqu'au bunker 55 et à y pénétrer. En plus d'y trouver les dossiers ultra-confidentiels tant convoités, les alters de Nayr découvrent, sous plusieurs mètres de débris, deux caissons cryogéniques contenant deux êtres humains et un chat. Tous les trois sont en parfait état d'hibernation. Les caissons fonctionnent toujours et n'ont subi aucune avarie sérieuse, contrairement à la console de contrôle qui, elle, est réduite en miettes. Les alters procèdent à l'extraction des caissons et les transportent hors de l'Allemagne par avion, et jusqu'en Amérique par bateau. Ils sont ensuite confiés à des experts du Pentagone, qui parviennent à y brancher une nouvelle console de contrôle. L'équipe d'experts conserve les coordonnées d'éveil cryogénique qui se trouvent stockées dans la mémoire résiduelle des caissons, soit le 13 novembre 2006 à 6 heures précises. Certains membres de l'équipe souhaitent devancer l'éveil et procéder immédiatement à l'ouverture des caissons, mais cette initiative est aussitôt contrée par

Nayr. L'un des deux occupants, la jeune fille, porte sur elle l'un des médaillons demi-lune de la prophétie. Nayr et plusieurs de ses supérieurs jugent plus prudent de maintenir la jeune fille dans un état de sommeil prolongé et ordonnent de ne rien changer aux données sources des caissons.

Dans la nuit du 19 mars 1965, une foreuse de transport XV-17 de classe GIMLI parvient, par voie souterraine, à atteindre le hangar secret où sont entreposés les deux caissons cryogéniques. Les commandos sylphors voyageant à l'intérieur du XV-17 ont été chargés d'une mission de récupération. Une fois qu'ils se sont emparés des deux caissons, ils disparaissent de nouveau dans les profondeurs de la terre à bord de leur trépan mobile. Deux jours plus tard, les caissons sont remis à Masterthrall, dit Lothar, en visite au Canyon sombre du Lost Lake, alors dirigé par Masterkoy. Satisfait, d'avoir possiblement mis la main sur un des médaillons demi-lune – «possiblement», car il existe plusieurs répliques connues de ces pendentifs; des répliques tout aussi ressemblantes qu'inopérantes –, les deux voïvodes décident, comme les alters avant eux, de conserver les deux jeunes gens et leur animalter en état d'hibernation jusqu'à ce qu'ils sachent exactement ce qu'ils feront d'eux. Selon Lothar, il serait inutile, voire même risqué, de libérer les occupants des caissons avant de savoir réellement qui ils sont. Masterkoy propose alors d'entreposer les deux caissons dans la salle des coffres du Canyon, cet endroit sûr où l'on garde déjà Magni et Modi, les épées de glace de Leif Eriksson, ainsi que le *vade-mecum* des Queen.

Plusieurs années plus tard, au début des années 1990, Masterfalk, dit Falko, prend la relève de Masterkoy à titre de voïvode du Nouveau Monde. À la mort de Falko, le titre revient à Mastermyr, son dauphin. La nuit du 13 novembre 2006, Mastermyr et une nécromancienne du nom de Gabrielle Queen pénètrent ensemble dans la salle des coffres du Canyon sombre, afin d'y récupérer le *vade-mecum* des Queen, tel qu'ordonné par Lothar. Le livre magique se trouve bien dans le premier coffre-fort. À l'intérieur du deuxième, le jeune voïvode et la nécromancienne découvrent une étrange console d'ordinateur. Ils ne le remarqueront que plus tard, mais le coffre renferme aussi deux caissons cryogéniques, ceux-là mêmes où reposent Arielle Queen et ses deux compagnons depuis le 23 avril 1945.

Date actuelle : Nuit du 13 novembre 2006
Lieux : Le Canyon sombre, État de l'Oregon, à l'intérieur de la salle des coffres.

La première chose que Gabrielle et Mastermyr distinguent, c'est une console d'ordinateur. Elle est d'un ancien modèle, apparemment, et est munie d'un écran vert pâle et d'un clavier crasseux, tous deux posés sur un pupitre métallique – pas très récent lui non plus. Au centre de l'écran, il y a une série de chiffres verts, luminescents, qui ne cessent de changer. On dirait un compte à rebours. Il affiche les heures, les minutes et les secondes, mais les premiers zéros de la séquence indiquent qu'il a déjà affiché les années, les mois et les jours :

00 : 00 : 00 : 05 : 01 : 45
00 : 00 : 00 : 05 : 01 : 44
00 : 00 : 00 : 05 : 01 : 43

Si la mère et le fils se fient aux chiffres de l'écran, le compte à rebours se terminera dans environ cinq heures. Deux câbles noirs sont reliés à l'ordinateur. Ils serpentent sur le sol et sont raccordés à deux gros objets, situés un peu plus loin derrière la console. Les objets ressemblent à des caissons de la taille de cercueils. Sur leur surface en métal s'alignent des rangées de rivets. Ils sont placés à la verticale, et une petite vitre de forme ovale, dont le contour est givré, permet de voir ce qui se trouve à l'intérieur.

– Mon Dieu…, souffle Gabrielle en apercevant le contenu des caissons.

Elle est incapable de bouger. Mastermyr aperçoit soudain ce qu'elle voit et se fige lui aussi.

– Mais… qu'est-ce que c'est que ça ? réussit à articuler Gabrielle malgré sa stupeur.

Mère et fils n'en croient pas leurs yeux.

– Incroyable…, fait Mastermyr. Il y a sûrement plusieurs années qu'ils sont là-dedans.

– Ce sont des jumeaux? demande la nécromancienne. Ou peut-être des clones?

Le sylphor secoue la tête, sans pouvoir détacher son regard des deux caissons.

– Non, dit-il. C'est encore mieux que ça.

Sur la console, le compte à rebours ne ralentit pas:

00 : 00 : 00 : 05 : 00 : 01
00 : 00 : 00 : 05 : 00 : 00
00 : 00 : 00 : 04 : 59 : 59

Mastermyr et Gabrielle sont incapables de détacher leur regard des deux caissons.

– Tu es certain que ce ne sont pas des jumeaux? demande la nécromancienne.

– Ce sont bien eux, mère.

Les deux visages sont identiques à ceux d'Arielle Queen et de Noah Davidoff. Gabrielle ne peut l'admettre.

– C'est ridicule! Je le répète: Arielle et Noah sont au manoir Bombyx! Ils ne peuvent pas se trouver à la fois ici et là-bas!

– C'est pourtant le cas, répond Mastermyr.

Le jeune voïvode se dirige vers le pupitre métallique sur lequel est posée la console d'ordinateur. L'appareil date de plusieurs années. Son écran est recouvert de poussière, tout comme l'espèce de machine à écrire plate qui lui sert de clavier. Sur l'écran, les chiffres luminescents du compte à rebours continuent de défiler:

00 : 00 : 00 : 04 : 59 : 01
00 : 00 : 00 : 04 : 59 : 00
00 : 00 : 00 : 04 : 58 : 59

Mastermyr étudie la console plus attentivement, et en vient à la conclusion qu'il ne s'agit pas d'un ordinateur, plutôt d'un genre de terminal servant de contrôle à distance. Le sylphor baisse les yeux sur les deux gros câbles noirs qui relient le terminal aux caissons.

– Les caissons sont connectés à cet appareil, dit-il en se penchant vers le clavier pour l'examiner de plus près. On peut les contrôler d'ici.

– *Contrôler*? répète Gabrielle, qui ne comprend toujours pas.

– Ce sont des caissons de sommeil cryogénique, explique Mastermyr en relevant la tête vers sa mère.

Il se souvient que Falko en a parlé une fois. Ce sont des serviteurs kobolds qui ont inventé ces trucs en 1944, avec l'aide des nazis. Étrangement, Falko n'a jamais mentionné qu'il en possédait deux dans ses coffres-forts.

Mastermyr fait une pause, puis indique les deux caissons.

– Arielle Queen et Noah Davidoff sont probablement enfermés là-dedans depuis plusieurs années déjà.

– Depuis plusieurs années? s'étonne Gabrielle. Mais qu'est-ce que tu racontes?

Mastermyr lui révèle que la cryogénie permet de conserver les tissus vivants pendant de très longues périodes. Le principe est similaire à celui de la congélation des viandes, excepté que dans le cas du sommeil cryogénique, les êtres « congelés » sont toujours vivants. En fait, ils ne sont qu'endormis. À l'intérieur des caissons, les sujets ne subissent pas le passage du temps. Qu'il s'écoule une journée ou une année, pour eux, cela ressemble seulement à un long sommeil.

– Une forme d'hibernation, conclut Mastermyr.

– Alors… ils sont encore vivants ? demande Gabrielle.

Mastermyr observe tour à tour les deux hublots givrés.

– Je le crois, oui.

Gabrielle hoche la tête ; elle semble avoir compris cette partie de l'explication.

– D'accord, dit-elle, mais comment se fait-il qu'il y ait deux Arielle et deux Noah présents à la même époque ? Comment expliquer que les deux élus soient dans ces caissons, là, devant nous, et qu'ils se trouvent au manoir Bombyx au même moment ?

Mastermyr prend une grande inspiration tout en secouant la tête. Il répond qu'il n'en a aucune idée. Vraiment, il n'a aucune explication.

– Je n'aime pas ça, râle Gabrielle. Je n'aime vraiment pas ça. Et si on se retrouvait avec deux couples d'élus dans les pattes ?

– C'est possible, mais ça m'étonnerait.

– On peut saboter les caissons. Ça les tuerait, tu crois ?

Mastermyr répond que oui, ça les tuerait sûrement, mais il ajoute qu'ils n'en feront rien tant qu'ils n'auront pas une véritable idée des conséquences. Si Falko a conservé les caissons dans l'un de ces précieux coffres pendant toutes ces années, c'est certainement qu'il avait une bonne raison de le faire.

— Quand s'éveilleront-ils? demande Gabrielle, mécontente.

— Lorsque débuteront les phases de réchauffement, puis d'éveil, répond le jeune voïvode.

— Et ça se produira quand?

Mastermyr désigne l'écran du terminal.

— Dans un peu moins de cinq heures, quand le compte à rebours arrivera à zéro.

Cinq heures plus tard, Gabrielle a repris possession du *vade-mecum* des Queen et a quitté le Canyon sombre à bord du *Danaïde*, le véhicule appartenant aux compagnons d'Arielle. Le corps du serviteur kobold Mathéo a été réduit en cendres à la suite de possession que Loki a exercée sur lui. Le dieu du mal a ainsi pu s'adresser à son fils, Emmanuel Queen – mieux connu sous le nom de Mastermyr –, et lui léguer l'armure Hamingjar, ancienne propriété du grand Ivaldor, le premier elfe noir à avoir foulé le sol de Midgard. Lorsque son corps mutilé s'est joint à la puissante armure, Mastermyr est alors devenu l'elfe des elfes, le premier et le dernier.

D'un pas prudent, Elizabeth s'approche d'Hamingjar. L'armure rutilante demeure immobile, malgré la présence de Mastermyr à l'intérieur de sa cuirasse. Lorsqu'elle se trouve à moins de un mètre de l'armure, Elizabeth s'arrête. Elle observe l'enveloppe de métal avec curiosité. Elle n'avait pas remarqué avant ce moment que la visière du casque représentait le visage d'un elfe. L'expression du visage est neutre. Deux fentes noires remplacent les yeux. Elizabeth se rapproche de la visière, espérant y rencontrer le regard de Mastermyr. Elle n'est pas déçue car dès qu'elle se trouve à proximité du casque, deux iris de couleur rouge, pareils à ceux des albinos, apparaissent dans les fentes. Mastermyr s'est éveillé et a ouvert les yeux. Elizabeth a un mouvement de recul. Après un moment, elle s'aventure une nouvelle fois vers l'armure. Celle-ci demeure immobile et silencieuse.

– Mastermyr, tu es là ? demande Elizabeth. Réponds-moi s'il te…

La jeune kobold n'a pas le temps de finir sa phrase. L'armure s'arrache brusquement à son support et se dresse bien droite devant Elizabeth. Le mouvement soudain a figé la jeune fille. Elle parvient néanmoins à baisser les yeux et remarque qu'un des brassards s'est mis à bouger. L'instant d'après, un gantelet de fer s'élève jusqu'au visage de la kobold, mais ne la frappe pas.

– Je pourrais te briser le cou, grogne Mastermyr.

La paire d'yeux rouges derrière les fentes de la visière fixent la jeune fille avec intensité.

– Tu ne me reconnais pas ? C'est moi, Elizabeth.

Mastermyr ne répond pas. Vêtue de sa nouvelle armure, il écarte Elizabeth et sort du coffre. Il réussit parfaitement bien à contrôler chaque partie de son armure, autant les brassards que les jambières, chose étonnante quand on sait que le garçon est désormais privé de bras et de jambes. Ses premiers pas dans la salle des coffres conduisent Mastermyr droit vers la console du deuxième coffre, celle qui est reliée aux deux caissons. Elizabeth ne tarde pas à le rejoindre. Le compte à rebours ne s'est toujours pas arrêté, mais à présent, ce n'est plus qu'une question de secondes. Que se passera-t-il alors?

00 : 00 : 00 : 00 : 00 : 15
00 : 00 : 00 : 00 : 00 : 14
00 : 00 : 00 : 00 : 00 : 13

Mastermyr se penche sur la console et l'étudie en silence.

– Qui es-tu? lui demande Elizabeth.

Le sylphor laisse passer quelques secondes, puis se tourne vers la jeune fille.

– *Nasci Magni!* s'écrie-t-il en posant ses yeux de feu sur Elizabeth.

Il y a un éclat de lumière, puis une grande épée de glace se déploie dans le gantelet de Mastermyr. Elizabeth est certaine que le sylphor s'en servira pour la transpercer de part en part. Sur l'écran, le compte à rebours arrive à son terme:

00 : 00 : 00 : 00 : 00 : 02
00 : 00 : 00 : 00 : 00 : 01
00 : 00 : 00 : 00 : 00 : 00

Dès l'instant où le compte à rebours s'arrête, une série de lumières bleues et vertes se mettent à clignoter sur la console. Un indicateur de température signale que la chaleur à l'intérieur des deux caissons cryogéniques a augmenté d'un degré, ce qui a pour effet d'enclencher la phase d'éveil. Endormis depuis 1945, Arielle et Razan reprennent lentement conscience et parviennent même à entrouvrir les yeux. *Où sommes-nous?* se demande Arielle à l'intérieur de son caisson. Elle sent la chaleur de Brutal sur ses bras. Le sang de l'animalter recommence à circuler dans son petit corps poilu. « La prophétie se réalisera un jour, c'est écrit, annonce une voix sourde à l'extérieur des caissons. Mais ce jour verra aussi l'avènement de la Lune noire! » À travers le hublot de son caisson, Arielle distingue un homme en armure qui pivote sur lui-même et abat une lame de glace au centre de la console de contrôle. Traversé de haut en bas par l'épée de glace, l'appareil se scinde en deux et finit par s'enflammer, après une explosion de courts-circuits.

La disparition de la console engendre une soudaine baisse de la température à l'intérieur des caissons. À peine éveillés, Arielle, Brutal et Razan seront bientôt forcés de replonger dans leur sommeil cryogénique. *Mon Dieu, mais qu'est-ce qui va nous arriver?* se demande Arielle sans pouvoir réagir. Elle suppose que Noah et Razan se posent la même question dans leur propre caisson et qu'ils se sentent tout aussi impuissants qu'elle. Arielle vérifie que Brutal se porte bien. L'animalter ne s'est pas encore éveillé. À l'extérieur, l'homme en armure s'adresse à une autre personne, une jeune fille : « Tu veux savoir qui je suis? dit l'homme à travers le ventail de sa visière. Eh bien, dorénavant, on m'appellera l'Elfe de fer! » *La jeune fille, c'est Elizabeth!* réalise brusquement Arielle. *Mais qu'est-ce qu'elle fait là?* La jeune élue a envie de crier le nom de son amie pour lui signaler sa présence, ou peut-être pour la prévenir du danger qu'elle pressent mais qu'elle est incapable d'identifier. Arielle a beau y mettre tous ses efforts, elle n'arrive pas à articuler la moindre parole, à produire le moindre son: ses lèvres sont scellées. La panique s'empare alors de la jeune élue, mais son sentiment d'angoisse est vite contrecarré par une mélodie familière, qui débute doucement dans son esprit. Cela contribue à régulariser la respiration d'Arielle et à apaiser ses peurs. La musique est jouée à la guitare, et elle est accompagnée des «bam, baba bam, bam...» si particuliers à la chanson *Love Generation* de Bob Sinclar:

> *From Jamaica to the world!*
> *This is just love*
> *This is just love*
> *Yeah!*

Arielle se détend doucement au son de la musique. C'est encore la voix de Razan, familière et réconfortante, qui interprète la chanson. L'alter occupe le corps de Noah, dans l'autre caisson, et ce chant est peut-être le seul moyen qu'il a de communiquer avec elle:

I've got so much love in my heart
no one can tear it apart, princess…

Un sourire discret mais paisible se dessine alors sur les lèvres de la jeune élue. Razan est le pire des vauriens, c'est vrai, mais il se trouve toujours là au bon moment pour lui éviter des ennuis. Et elle se sent en sécurité, parfois, lorsque l'alter se trouve près d'elle, de corps… ou d'esprit.

Doucement, la chair d'Arielle se fige et son sang se glace. Sa circulation sanguine ralentit et elle entre lentement dans une sorte d'hypothermie contrôlée. Alors que ses membres se raidissent et qu'elle perd de plus en plus de sensibilité, elle parvient tout de même à sentir la petite fleur noire entre ses doigts. À quoi peut-elle bien servir? se demande-t-elle. Malgré le froid qui l'engourdit, elle sent soudain que son sang se réchauffe et que son cœur bat plus vite. Elle entend alors un roulement de tonnerre et le bruit de la foudre qui frappe le sol. Une voix d'homme s'adresse alors à elle en pensée. La voix est lointaine et caverneuse, comme celle de Loki. Peut-être est-ce la voix d'un autre dieu? «*L'edelweiss noir que tu tiens dans ta main est une fleur très rare, lui confie la voix. On l'appelle aussi l'Immortelle de l'ombre. Grâce à elle, un alter, un seul, pourra aimer.*» Arielle songe qu'elle pourrait toujours offrir la fleur à Razan, si jamais un jour il tombait amoureux d'elle. Ça éviterait au démon de devoir retourner dans l'Helheim. Après tout, l'alter de Noah n'est-il pas un allié de grande valeur? Il serait dommage de devoir se priver de ses services. Mais est-ce réellement pour cette raison qu'Arielle lui confierait l'edelweiss ? *Est-il possible que tu sois amoureuse de Razan ?* se demande-t-elle. Non, elle confond ses sentiments ; c'est sûrement Noah qu'elle aime – du moins, elle essaie de s'en convaincre. « *À toi, jeune mortelle, cette fleur sera inutile*, précise la voix, *car celui qui porte le nom de Razan n'est pas un alter.* »

Razan... pas un alter ? se répète Arielle, confuse. Si Razan n'est pas un alter, qu'est-il au juste ? Et qui est cet être qui s'est adressé à elle ? Cette question sans réponse constitue sa dernière pensée. L'instant d'après, Arielle se fige une nouvelle fois dans le sommeil cryogénique, tout comme Noah et Razan avant elle. Qui sait ce qu'il adviendra d'eux à présent. S'éveilleront-ils de nouveau un jour, ou bien demeureront-ils à jamais prisonniers de cette hibernation artificielle ? Personne, à cette époque, n'aurait pu prévoir leur destinée.

Arielle et ses compagnons n'allaient revoir le jour que beaucoup plus tard, lorsque la prophétie annoncée par Amon serait sur le point de se réaliser. Dans l'intervalle, le royaume des hommes allait connaître bien des bouleversements ; des bouleversements qui allaient changer la face du monde à jamais. Arielle et Noah croyaient qu'ils avaient connu le pire avec les elfes noirs et les alters, mais ces vulgaires démons n'étaient rien en comparaison de ce qui les attendait au jour de la Lune noire.

From Jamaica to the world!
This is just love!
Just love…

La production du titre *Arielle Queen, Bunker 55* sur 13 330 lb de papier Rolland Enviro 100 Édition plutôt que sur du papier vierge aide l'environnement des façons suivantes :

Arbres sauvés : 113
Évite la production de déchets solides de 3 266 kg
Réduit la quantité d'eau utilisée de 308 936 L
Réduit les matières en suspension dans l'eau de 20,7 kg
Réduit les émissions atmosphériques de 7 172 kg
Réduit la consommation de gaz naturel de 467 m^3